行走在邛河岸边

黄孝东 著

经济日报出版社

图书在版编目（CIP）数据

行走在邛河岸边 / 黄孝东著. -- 北京：经济日报出版社, 2022.4
ISBN 978-7-5196-1072-2

Ⅰ. ①行… Ⅱ. ①黄… Ⅲ. ①散文集-中国-当代
Ⅳ. ①I267

中国版本图书馆 CIP 数据核字（2022）第 059016 号

行走在邛河岸边

作　　者	黄孝东
责任编辑	王　含
责任校对	蒋　佳
出版发行	经济日报出版社
地　　址	北京市西城区白纸坊东街2号（邮政编码：100054）
电　　话	010-63567684（总编室）
	010-63584556 63567691（财经编辑部）
	010-63567687（企业与企业家史编辑部）
	010-63567683（经济与管理学术编辑部）
	010-63538621 63567692（发行部）
网　　址	www.edpbook.com.cn
E - mail	edpbook@126.com
经　　销	全国新华书店
印　　刷	成都兴怡包装装潢有限公司
开　　本	880mm×1230mm　1/32
印　　张	8.75
字　　数	290 千字
版　　次	2022 年 4 月第 1 版
印　　次	2022 年 4 月第 1 次印刷
书　　号	ISBN 978-7-5196-1072-2
定　　价	68.00 元

自　序

　　邛水河是三穗的母亲河。它流淌了千百年，用甘美的乳汁浇灌了两岸古老的农耕文明。如今，更哺育出了全新的现代风貌。

　　我生于邛水河边，灵山脚下，是喝邛水河长大的。一生之中，除大学4年之外，我人生的脚步一直踏实地行走在邛水河两岸。生于斯，长于斯，奋斗于斯，终老于斯。如今，已是两鬓染霜，迟暮之年。但也无须悲哀，善待自己，用心走好生命的最后路程，则此生无憾矣。

　　回顾几十年来的风雨历程，其间有激情燃烧、高歌行进、意气风发的平坦大道；亦有备尝艰辛、历经磨难、身陷困苦的厄运逆境。曾记得20世纪60年代初的饥肠辘辘，"文革"期间的求知渴望，5年知青的岁月蹉跎，这些都给我留下了刻骨铭心的记忆。而改革开放则改变了我一生的命运，至今倍感幸运的是，在经历了5年"苦其心志，劳其筋骨，饿其体肤"的知青生活磨炼后，1978年我考入了贵州大学哲学系，实现了少年时代五彩斑斓的梦想。大学4年是我一生永远值得怀念的黄金时光。

　　1982年7月大学毕业后，我先后在县委宣传部、八弓镇和县水电局工作，1993年4月进入县政府班子直至2014年3月退休，都未曾有过变动。正常退休后，本可以告老归去，安度晚年。但因工作的特殊性，县委县政府返聘我担任县两高指挥部的副指挥长，并负责日常工作，这一干又是7年之久。虽快接近古稀之年，但还得一如既往，负重向前，拼尽余力，做到善始善终。来得干净，走得清白。

人生的命运是难以捉摸的，而上苍对于每个人似乎并不都是一样。于我而言，且不论5年知青的坎坷曲折，就是大学毕业参加工作后，好像总是与艰难结缘，相伴而行。难忘的是近20年来，始终与国企改制、旧城改造、两高征拆这些令人深感头疼以致心力交瘁的苦活难事打交道。它当然更让空谈之流望而却步，平庸之辈闻之胆怯了。我不敢奢谈有何作为或贡献，但扪心自问，为回报这块养育我成长的土地，我奉献了一生的汗水、心血和才智，自感无愧于心。

20余年虽是弹指一挥间，但其中却饱含了太多的艰辛、困苦、委屈、感慨和思考，可谓一言难尽。但话又说回来，复杂的经历也是人生中的一笔宝贵财富。较之于他人，自己或许多些付出和多遭磨难，但自感欣慰的是收获了担当使命的快乐和他人未曾获得的智慧，由此绽放了生命的美丽，升华了人生的境界，体现了自身的价值。概言之，20余年来，我不仅经历了三灾八难般的磨炼，更经受住了改革开放的严峻考验。今日回首，在我身后留下的是坚定踏实的清晰脚印、热血沸腾的奋斗岁月、爽爽宜人的阵阵清风和富有实效的工作业绩。

生命美丽可爱，但却短暂脆弱。"人只不过是一根苇草"，但"他是一根能思想的苇草"。哲学家帕斯卡尔如是说。思考是人类所特有的，也是人类的伟大之所在。生命在于思考。黑格尔说过："人是靠思想站立起来的。"多思可以出智慧。思考可深化对生活的认识，可帮助自己不断成长。人生行走在天地之间，不仅需要坚定踏实的脚步，更需要具有睿智明亮的双眼，才能辨明世间的是非善恶，才能识别前行路上的陷阱暗坑，从而少遭挫折，少走弯路，有益人生和事业。生活的经历告诉我，勤于学习、善于思考，是力量和智慧的源泉。而坚持知行合一、埋头苦干，人生方可有为。此外，在多年来的征拆工作中，我也曾看到不少自私、贪婪、刁滑、刻薄、狭隘、愚昧等丑恶现象，还有就是推诿拖拉、敷衍塞责、漂浮马虎、专横任性、散漫懒惰等不良作风。这些都猛烈地撞击着我的心灵，常使我陷入对人性的善恶、道德的美丑和作风的优劣的沉思之中。我总感觉好像有一股恶浊之气堵塞于胸，不吐不快。每偶有灵感，我便伏案挥笔，倾吐心曲，让胸中奔涌的一腔激情和一股凛然之气，顺着笔尖飞快地流淌而变成了不甚通畅的文字。我只是希望它能起到一点激浊扬清、弘扬正气的作用。所幸的是，这些拙文得以在有关报刊发表，抚慰了我的心灵，给平淡的生活增添了一份快乐。此外，近20年来，经历不谓不难，每忆及于此，常感慨不已，激情所至，落笔成文，也有不少收获。现经收集整理，草草编辑成书问世，只不过是滥竽充数，聊以自慰罢了。

尽管如此，它毕竟真实地记录了我近20余年来的奋斗历程，以及感悟人生和认识生活的思考轨迹。字里行间，凝结着我冷静沉思的心血，体现了我崇尚的价值取向和向往的人生追求。

岁月不居，时节如流。我坚信的人生哲学是"顺天命而尽人事"。天下从无一帆风顺之事，但万事可尽心而为。人生至关重要的是选择正确的奋斗方向，具有坚定不移的生活信念、热爱生命的敬畏之心和自觉强烈的责任意识，执着向前，坚韧不拔，竭尽全力干好自己应干之事，且有所作为，便可赋予生命崇高的意义。这才是人生的主题所在，是颠扑不破的硬道理。不然，就辱没了生命的瑰丽和高贵。

哲人云：世上没有两片相同的树叶。天下万物各具特色。人亦如此。但可贵的是守护特色、展现特色，哪怕卑微似一棵小草，也要尽力为大地献出一份美丽。人绝不能为别人的议论而活着，不能为了迎合世俗的偏见而与之沉浮，随其俯仰，磨灭棱角，挫钝锋芒，把自己混同或等同于他人。失去了特色，也就失去了自我，平庸则是其凄凉的归宿。不管处于何种环境，都要行走正道，守护尊严，彰显鲜明的个性，一生本色不变，活出品位，活出风骨，更活出精彩。特立独行不仅难为世人理解和认同，更会时常遭到小人的冷嘲热讽、恶徒的诽谤攻击，甚至世俗的群起非之。对此，可一笑置之，轻蔑以待。"走自己的路，自由的心灵会引导你前进。"孔子云："人不知，而不愠，不亦君子乎？"庄子也曾讲过："举世而誉之而不加劝，举世而非之而不加沮。"知我也好，不知也罢，正如一位名人所言："人生如果不被理解，也不必悲伤。"一时不被他人理解，或许表明你走在了他人的前面，正在创造着新的生活。行高于人，众必非之。古来如此，又何必为此而忧虑呢？忠实于生活，为着人民的利益而执着奋斗的，无须任何辩护，冷静的岁月可以回答，深情的历史可以作证，又何必祈求时下世俗的认同和赞赏呢？

岁月已逝，往事如烟。一生虽平凡普通，但我对社会、对人民，以及一切曾经帮助过我的善良的人们，始终怀有一颗感恩之心。由此产生强烈的责任担当，脚踏实地，埋头苦干，将所学的知识用于服务社会、感恩人民、报效祖国，同时也体现了自己的人生价值。虽贡献甚微，但无愧平生奋斗，也无愧于脚下这块养育我一生的古老土地。九九归一，而应永远感谢的是父母的养育深恩。

我谨以此书再次告慰九泉之下的父母，如果他们泉下有知，也应为此感到高兴。我将永远铭记他们的教诲，继续坚定踏实地前行，奋斗到生命的最后一刻。

目 录
CONTENTS

任怨更比任劳难

　　我们历来提倡任劳任怨的奉献精神。此话说起来轻轻松松，但要躬身践行，矢志不移，那却是令人可敬可佩的。任劳本身不易，任怨更难乎其难。而其难又在何处呢？笔者有如下之感。

　　一是埋头苦干的费力流汗苦不堪言，而流于清淡的却悠然自得其乐无穷。一件事即使干好了，也不可能是十全十美的。而要从中挑剔不足，那是轻而易举之事。清淡者虽干事无能，但多年来在生活的八卦炉中炼就了一双金星火眼，观人可直视五脏六腑，察事则秋毫皆明，更让人佩服的是擅长从鸡蛋里挑出骨头。他们一旦发现了干事者的"瑕疵"，便如获至宝，又哪有不评头品足一番呢？随之而来的是指责之声不绝于耳，嘲弄之言充斥于市。叫你百口难辩，以致无地自容。满腹辛酸也只得默默忍受，流了一身的汗，还得暗自悄然流泪。如果不能吞咽这种痛苦，坚定内心的执著，那你今后就别想再干事了。

　　二是假如你干成了别人不敢干又干不了的事，其难就可想而知了。如今，矛盾突出的是大胆推进改革，触犯了某些人的既得利益，迎面扑来的不仅仅是非议谩骂，而是刁难阻挠了。面临困境，既要奋力推进工作，又得承受沉重的精神压力，更难的是还得充分做好心理准备，经受诽谤攻击的煎熬。前行路上，时常遭遇的是荆棘丛生，风雨交加。其中的苦楚，唯有亲身经历者才有切肤之痛，但个中之味却难与外人道也。

三是干成了事且干成了难事，在获得世人认同和赞赏之时，也同时招来了嫉妒仇视的目光，因为天下事都是相比较而存在的。假如你高人一筹，不就使别人相形见绌，矮了半截，失了面子吗？嫉妒者又岂容你一花先放，独占春光呢？嫉妒是人类最为卑劣的一种情感，它燃起的邪恶之火，可将一切如花似玉之物化为灰烬。许多有为之士常被嫉妒者伤害，但却不知暗器来自何方。身体的伤痛可坚持挺住，但心灵的伤痕却不是一时半会儿可抚平和消失的。

忍辱方可负重，苦其心志是担当大任的先决条件之一。做人要想有所作为，就得磨炼自己具有"无故加之而不怒"的广阔胸怀，装得下世间之怨，任劳就有了坚强的精神支柱。它可产生出源源不尽的持久之力。人生可笑对毁誉，傲视打压，挺直腰杆，踏实干事，砥砺出生命的坚韧和不屈。

有人讲：生命是美好的，也是艰难的。到底是艰难显示了美好，还是美好印证了艰难。依我之见，二者既相反又相成，更相得益彰。犹如玫瑰的芳香和多刺奇妙地交织于一身。"受屈不改心，然后知君子。"任怨更比任劳难，能任劳任怨，方可干成更多造福百姓的实事，人生的脚步便可步入崇高的境界。

2011 年 9 月 8 日发表于《三穗报》

我赞美桂花的高尚情操

古人云："秋花之香者，莫能如桂。桂乃月中之树，香亦天上之香。"此言美哉。我新居的楼前恰好有几株丹桂，亭亭玉立，观之甚美。时值金秋，桂花开了，随风送来阵阵清香，沁入肺腑，顿觉神清气爽，一时忘却了生活的烦恼和纷扰，感到惬意和舒心。桂花之香令人陶醉，触发灵感，产生了不少遐想。

桂花远无桃花的灿烂、牡丹的富贵、玫瑰的多情、莲荷的高洁，可它却以自己清淡的花香，在百花丛中独树一枝，别有风韵。桂花或许登不了大雅之堂，也很难为文人墨客讴歌吟唱，或被丹青妙手泼墨挥毫入画。它质朴淡然、清雅脱俗，静静地生长，悄悄地开放，为秋天赢得了丹桂飘香的美誉。

桂花开放时，没有花团簇拥的鲜艳色彩，也没有众人观赏的热闹场景。它只是在绿叶间闪烁着小巧玲珑的淡黄身影，好似有几分羞涩和胆怯。"大都一点宫黄，人间直恁芬芳。"桂花不是用绿叶来烘托自己的高贵，相反，它却躲藏在绿叶之下，甘愿牺牲自我，映衬出绿叶格外可爱。桂花朴实无华，低调谦让，从不张扬，更不狂躁。花开时，也不会引来蜂飞蝶舞、喧嚣吵闹。它乐于与秋风为伴，把扑鼻的香气洒向四面八方，但绝不乞求廉价的赞美。早在一千多年前，唐朝的诗人就将它赞誉为："草木有本心，何求美人折？"可见，桂花是把全身的灵气凝结成醉人的芳香，慷慨无私地奉献给秋天、人间和大地，以此表达生命的丰盈和灵魂的高尚。

桂花不尚浮华、不趋时髦，它崇实务本、鄙视虚荣。当春天万紫千红、百花争奇斗艳之时，桂花不屑从流随俗，它选择了清静无为，独处一隅，沐浴阳光，吸取雨露，积蓄能量，耐心地等待秋天的来临。因为，只有五谷丰登的秋天，才是它生命闪耀的美好时节。一旦倾听到秋风深情的呼唤，它便争先恐后地尽情开放，让金色的秋天犹如春天一样，飘洒着醉人的花香。此时，桂花虽有几分孤单和冷清，但却别有一番感人之处。桂花的可爱是不与桃李混芳尘，也不与百花争一时之妍。或许它曾被其他的花儿所嫉妒，甚至群起攻之。对此，它不屑一顾，一笑了之。特立独行，秉性不移，年年岁岁依旧生机勃勃，满树飘香，显示出一种孤傲之美。

大千世界，万物各具特色。桂花亦然。但可贵的是守护特色，不断展现出奇异的风采，为世界增添一份美丽。魅力来自特色，如果屈从世俗，与世沉浮，磨灭棱角而丧失了特色，平庸便是其生命凄凉的归宿。我欣赏桂花独有的芳香，更崇尚其朴实无华、淡泊宁静、坚守自我、乐于奉献的高尚情操。假如生命也能像桂花一样美好和高贵，那就应献出满腔的赤诚和挚爱，不仅给生活添上一抹鲜艳的色彩，更让它的芳香长留天地之间。

2011 年 9 月 23 日发表于《三穗报》

善于反思是走向成熟的标志

从古至今，天下从无一帆风顺之事。从某种角度而言，失败的教训较之于成功的经验或许更为宝贵。然而不少人对此缺乏清醒的认识，思维存在片面性也就不足为怪了。继而言之，无论做人还是做事，善于反思，有助于走向成功，是人生不断成长的一大动力。

常言道："失败乃成功之母。"成功无疑包含着失败的因素，但失败并不一定就必然达到成功。而成功也绝非是失败的简单叠加和反复累积。如果不善于吸取失败的教训，改变方法，另辟新径，就是失败了成百上千次，也只能在失败的怪圈中痛苦徘徊，而无法步入成功的殿堂。拿破仑说得好："不会从失败中找寻教训的人，他成功的路是遥远的。"有的人一生苦苦打拼，屡仆屡起，但总难与成功握手相庆，其重要原因正是缺少反思所致。

众所周知，爱迪生是美国家喻户晓的发明大王，他一生最大的贡献是发明了电灯。为了找到合适的灯丝，他历经 3 年的艰辛探索，共做了 1600 次耐热材料和 6000 多种植物纤维的实验，最终才摘取了成功之果。爱迪生曾深有感触地说过："只有在我知道一切做不好的方法之后，我才能知道做好一件工作的方法是什么。"这是善于吸取失败教训的至理名言，我们可从中获得深刻的启示。今后在生活中若遭遇挫折，不可沮丧消极，悲观失望，一筹莫展，放弃努力。重要的是冷静反思，分析失败的原因，用心寻找正确的方法破解困难，坚韧不拔，奋力打通走向成功的道路。

其实，善于反思是人类古老的智慧。曾子就主张"吾日三省吾身"。古人还讲："败莫大于不自知。"人生遭受挫折并不可怕，而真正可怕的是不知败因何在。好似盲人骑瞎马，夜半临深池，那结局危矣。如历史上的西楚霸王，虽可"力拔山兮气盖世"，但直到兵败垓下，自刎乌江，也还不知其悲剧的缘由何在。后来司马迁评价他："自矜功伐，奋其私智而不师古，谓霸王之业、欲以力征经营天下、五年卒亡其国、身死东城，尚不觉寤而不自责，过矣。乃引'天亡我、非用兵之罪也。'岂不谬哉？"司马迁之语一针见血，切中要害。项羽失败的原因是多方面的，但"尚不觉寤"则是致命之因。这是他留下的千古遗恨和一道沉重的历史话题，值得后人深思。

还有，生活中常见这样一种人，为人处世常与周围的人们发生纠葛以致冲突，人际关系十分紧张，为此还吃了不少苦头。可令人不解的是，此辈却不知反思为何物，从不反躬自问，自责其心，有何教训值得记取，由此改变处事之道，打造新的人生。但恰恰相反，自认为完美无缺，而错的全在别人，是别人与自己过不去。因缺少直面自我的勇气和反思的智慧，心态越加不平，陷入恶性循环的怪圈，对周围的一切皆持偏见，颇为仇视，好走极端。其人生步入了一条死胡同，四处碰壁是自寻其苦。正如鲁迅先生所言："不知反省的人""祸哉祸哉"。

古人云："自知者明。"人类最大的困惑是难于认识和战胜自己。如果敢于直面人生，善于反思和勇于剖析自我，明于知己，过而能改，那是走向成熟的标志，也是走向成功的动力。

美国著名作家海明威讲："比别人强，并不算真正的高贵。比以前的自己强，才是货真价实的高贵。"只有不断战胜和超越自己，才可能去改变世界和创造幸福，人生才可不负韶华，行致远方。

2011 年 10 月 14 日发表于《三穗报》

沉默是智慧的闪光

"鸟类中最会说话的是鹦鹉，而它是飞不高的。"记得这是飞机发明者莱特兄弟的名言。它幽默含蓄，富有创意。世事无常，生活多变，不少时候也确需要懂得保持沉默。

其一，是不该说话时，则缄口不言。柏拉图说过："智者说话，是因为他们有话要说。愚者说话，是因为他们想说。"有的腹内空虚，但却爱好卖弄。凡与人交言，无不装腔作势，故弄玄虚，以示高深。其实，是想以此博取虚名，但适得其反，所暴露的恰是自己的浅薄。孔子云："君子欲讷于言而敏于行。"所谓讷于言是谨慎笃实，三思而后言。生活中常见：喋喋不休者多为平庸之辈，大言不惭者必是狂妄之徒，吹牛扯谎者则乃道德沦丧之类。"多言者，必无笃实之心。""君子耻其言而过其行。"说大话、假话和空话更是贻害无穷。我们应少说多干，讲老实话、干老实事、做老实人，这样才经得起历史的检验。

其二，遇上小人的漫骂攻击、造谣诽谤，可冷眼相看、超然处之。爱因斯坦是20世纪最伟大的科学家，可在相对论问世之初，也同样遭到了旧势力的疯狂反对。1930年德国曾出版了一本《100位教授出面证明爱因斯坦错了》的"奇书"，对如此荒唐可笑的闹剧，爱因斯坦不予理睬，仅是轻描淡写地说道："干吗要这么多人？要证明我真的错了，只要一个人出面就足够了。"曾几何时，那些反对相对论的各种奇谈怪论，虽一时甚嚣尘上，但最终不也是销声匿迹，全都化为粪土而落得了遗臭万年的骂名。以此为鉴，当你被小人和恶徒攻击时，可气定神闲，轻蔑视之，不要匆忙作无谓的辩白，因为越辩越陷入被动，弄巧成拙，徒添痛苦。还是鲁迅先生说得好："最高的轻蔑是无言。"身陷困境，重要的是保持沉默，继续埋头扎实干事，依然故我行走人生。随着时间的推移，真理的阳光必将驱散一切阴霾迷雾。历史老人终会为你讨回公正，还你清白。

其三，善待荣誉，不慕浮华。当我们人生有为，步入成功的殿堂，迎来鲜花、掌声和赞美时，要淡然视之，虚怀以待，低调沉默。不可头脑发热，得意忘形，张扬喧哗，追逐虚荣。哲人培根讲："名誉有如江河，它所漂起的常是轻浮之物。"居里夫人是诺贝尔奖的获得者。她曾将获得的金质奖章拿给女儿玩耍，别人见之极为惊讶，而她却淡淡地说道："荣誉就像手里的玩具，只能玩玩而已，不能看得太重，否则必将一事无成，贻害终生。"爱因斯坦称赞她，"所有的著名人物中，居里夫人是唯一不为荣誉所腐蚀的人。"居里夫人是我们学习的榜样。荣誉也同样有双重性，弄不好则会为其所累甚至所害。面对荣誉，学会沉默，淡然于心，才是明智的选择。

浅浅溪水，哗哗作响；无语长江，浩浩东流。做人懂得如何保持沉默，体现了理性和睿智，人生可少碰钉子，走得顺畅。而低调平淡，朴实无华，老老实实地做人和做事，较之于昙花一现的虚名浮誉，生命不知要厚重和可贵多少倍。

2011 年 10 月 20 日发表于《黔东南日报》

不怕事方可干成事

让干事的有平台，干成事的有地位，这是时下出现频率较高的励志之语，当然也是社会应着力追求的公平。能干事首先应具有不怕事的胆略，因为它是干成事的先决条件之一，也是干事者应具备的基本素质。

君不见，如今征地拆迁可称之为天下第一难事。而要干成这一难事，除了埋头苦干、乐于奉献、秉公办事、注重方法等等之外，还得具有敢于担当、不怕困难、压倒邪恶的凛然正气。比如，征地拆迁中的"钉子户"，其特点是死钻牛角尖，无视政策和法律，狮子大开口，漫天要价，颇有些贪得无厌。不论谁上门做工作，他便将矛头对准谁。而惯用的手段是蛮横无理，要挟威胁，动辄扬言杀人，以命相拼。碰上这种耍无赖的，不能有半点畏惧和丝毫胆怯，而应理直气壮地坚持原则，以理服人，以正压邪，必要时敢于依法采取果断措施，坚决搬掉绊脚石。有的底气不足，不敢担当，担心惹出什么乱子而危及自身。于是，变得缩手缩脚，畏头畏尾，致使矛盾依然如旧，"钉子户"成了令人头疼的"拦路虎"，阻碍了工作的顺利推进。这不仅助长了歪风邪气的蔓延，更给今后的工作带来了极大的阻力。如此精神状况，又何能干成事呢？

干事难，难干事，这是许多干事者的共同感受。为何有如此之叹呢？稍加分析，个中原因大概如下。一是清谈者对埋头干事的持有偏见，看着总不顺眼。"非我族类，其心必异。"在清谈者的眼中，凡干事的不外乎是冲着利益而去，无利不起早，其中必有猫腻。不然，谁愿吃苦耐劳流血流汗，甘当傻子呢？流言蜚语于焉而生，随之四处飘荡。无形之中有一股看不见、摸不着的阴风向你袭来，聚集在你周围，弄得你周身寒冷，内心悲凉，精神压抑，好像干了什么亏心事，竟然抬不起头来。你不时会遇上怀疑猜测的诘问，寒言冷语的讥讽，平白无故的指责，含沙射影的攻击。如果你自信不足，不敢担当，患有"软骨病"，屈服于这些压力，那就只好偃旗息鼓，鸣金收兵，灰溜溜地退却了。二是干不了事的嫉妒干成事的。嫉妒者历来都巴望别人干不成事，大家不相上下，不论优劣，个儿一般高，步子一般大，谁也不领先，岂不皆大欢喜？为此，嫉妒者暗中常给干事的设障碍，下绊桩，挖陷阱，叫你举步维艰，事难有成。而要识别和化解这些阴谋诡计，就应像《水浒传》中的宋江第一次攻打祝家庄能顺利走出盘陀路，不仅需要勇气，更需要智慧了。如果智慧欠缺，能力不足，那一腔热血也只有忍痛付之东流，仰天长叹。而嫉妒者们正好躲在阴暗的角落里，乐得弹冠相庆、举杯同欢了。

上述之难，其因皆源于内耗。内耗产生的负能量，却可断送不少好事。对此，也不必大惊小怪，动摇信心，泄气松劲。"树大必招风，风过树还在。"工作该怎么干，就义无反顾，奋勇向前。如果害怕清谈者的议论指责，畏惧嫉妒者的干扰阻挠，由此止步不前，甚至畏葸退缩，那我们就只好望难兴叹，在成功的山峰下徘徊观望，还高谈什么干成事呢？

记得伟人毛泽东说过："彻底的唯物主义者是无所畏惧的。"人生于世，不管生活怎样，世事茫茫，长路漫漫，只要始终坚定信心，执着顽强，什么困难都可踩在脚下。不怕事，说到底是敢于担当。这种可贵的品质是源于进取不息的精神，开阔坦荡的胸怀，务实苦干的作风，超群出众的智慧。继续奋斗吧！时代在呼唤埋头苦干者。让我们全身投入波澜壮阔的伟大事业，用多干事、干成事去实现人生的价值，演绎出生命的多姿多彩。

2011 年 11 月 4 日发表于《三穗报》

麻将引起的人生思索

几年前，我曾发表过一篇短文，名为《麻将的困惑》。该文招惹来了一些非议。有不少人认为打麻将乃时尚之为，个人爱好，完全用不着大惊小怪。只有不识时务的"书呆子"，才会假装斯文，空发议论，小题大做。

对此，我虽保持沉默，但却常在思考。生命是由时间组成的，迷恋麻将不仅浪费光阴，而且消磨意志，不是在白白地毁坏生命嘛，道理不言自明。但如今不沾麻将的又能有几人呢？古希腊的哲人苏格拉底说过："未经思索的人生不值得一过。"有的或许思索人生是少之又少，而琢磨麻将却用心良多。一个人如果缺乏对生命的敬畏和热爱，那势必导致精神空虚，人生迷茫，生活乏味，时间也就变得无足轻重，甚至还成了累赘，又何来珍惜之心。反正活一天便混一天，而搓麻将恰是混日子的亲密伙伴，既可打发无聊，又能刺激神经。手气顺时，还有白花花的银子流进腰包。谁说鱼和熊掌不可得兼，此事当首推麻将。天底下有如此两全其美之事，当然是心迷于此、甘之如饴了。

君不见，在某些地方，麻将风行有泛滥成灾之虞。有的上班时无精打采，心不在焉，虚混时光。可到了麻将桌上，就好像喝了兴奋剂，顿时精神焕发，全神贯注，专心致志，毫无倦容。有的哪怕是挑灯夜战，闹个通宵达旦，也是乐在其中，斗志旺盛，越战越勇。生活如果缺少了麻将，定是枯燥乏味，百无聊赖，心烦意乱，有痛不欲生之感。麻将一旦成了精神的依托，人生也就失去了进取的动力，生命将渐渐地枯萎，天长日久，最后剩下的只是一具没有灵魂的躯壳。而沉迷赌博，是睁着两眼跳火坑，毁掉了自己，也毁掉了家庭，这种令人痛心的悲剧还在不时上演。

人生短暂，在生命富有活力的岁月，应把主要精力用于工作和学习。勤勤恳恳地干事，扎扎实实地求知，充实和丰富生命，才是人生力行的立身之道。活着本来不易，生命至为宝贵，实在没有浪费的理由，又怎可麻将桌上度春秋呢？人生不是享乐，重要的是在于创造。"年年岁岁花相似，岁岁年年人不同。"岁月的流逝一去不复返，人无两度再少年。哲人蒙田告诫我们："在我们所有的缺点中，最严重的就是轻视自己的生命。"哲人的话语重心长，发人深省。如果火红的生命被麻将奴役而陷入歪门邪道，它必然变得暗淡无光，沦于平庸，甚至堕落，那样实在是枉费了一生。

人生转眼即逝，有许许多多的事等待着我们去完成，因此，应具有自觉的生命意识，用多干实事奉献人民，回报社会，在执着的追求中体现自我价值。迷恋麻将赌博是玩物丧志，走向自我沉沦。悲莫大于心死。心死了，万劫不复。生活复杂，世事艰难，当个人无力改变所处的环境之时，可约束自己，独善其身，远避邪恶，又有什么不好呢？

2011 年 11 月 18 日发表于《三穗报》

重视培养高雅的爱好

人生于世，皆有所好，只不过是有好坏之别、雅俗之分而已。高雅的爱好体现了积极向上的精神和乐观豁达的心态，它不仅有益身心健康，更有助于人生和事业的成功。然而，不良的嗜好则会葬送人生，危害事业，其害无穷。

爱因斯坦是 20 世纪最伟大的科学家。他创立的相对论，惊世骇俗，震动世界，令世人敬佩之至。人们至今都还不能完全弄清其奇妙灵感来于何处。对此，有人提出其灵感来源与音乐可能有极大关系。因为爱因斯坦一生热爱和痴迷音乐，他拉小提琴的造诣达到了世界一流水平。正如其所言："如果不是命运使他走上了科学的道路，他会成为一个很优秀的小提琴家。"音乐成了爱因斯坦终生不渝的追求。人类的知识都是相互关联和触类旁通的。音乐需要丰富的想象力，科学研究更是如此。有位名人讲过："艺术与科学总是在山脚分手，最后又在山顶上相逢。"爱因斯坦正是有此高雅的爱好，或许是借助音乐神奇的想象力，给自己的科学研究插上了飞翔的翅膀，相对论于是横空出世，石破天惊，成了 20 世纪科学发展史上伟大的里程碑。

然而，世上万物又都是相反相成的。据说，法国的路易十六无心朝政，却醉心于修锁的玩艺。虽然他修锁的技艺十分高超，且极富创意，但可悲的是无论如何也打不开波旁王朝那把锈迹斑斑、破旧失灵的铁锁。路易十六最终被法国大革命押上了断头台。其修锁的趣闻，成了千古谈论的笑料。无独有偶，明朝的熹宗朱由校不务正业，却钟情于木工活，常年沉醉于此，甚至走火入魔。朱由校的木工手艺可谓超群，以致"巧匠不能及"，但他也挽回不了明朝走向灭亡的衰势。明帝国这座百孔千疮、摇摇欲坠的大厦，20多年后，便在风雨飘零中轰然倒塌，化为了历史的尘埃。朱由校的木工传奇，虽荒诞不经，但却是难得的历史反面教材。

　　回味历史，有时总令人伤感不已，一唱三叹。同时也使你在感叹中冷静反省，悟出一些道理。时下世风浮躁，物欲横流，金钱至上，有的迷失了精神家园，沉沦于灯红酒绿，纸醉金迷，追求及时行乐。其爱好随波逐流，陷入低级趣味的泥坑而自我沉沦。令人痛心疾首的是，有的迷恋麻将，嗜好赌博，被魔鬼引诱断送了前程，也毁坏了家庭。不良嗜好酿成的悲剧，值得我们冷静深思和引以为戒。

　　业余爱好，因人而异，不可强求一律。但重要的是坚持正确的价值取向，推崇高雅健康、积极向上、培育才艺、提升品位的项目，如书法、音乐、绘画、写作、摄影，等等。业余爱好能有这样正确的选择，人生也就有了精神寄托。你可倾注心血，辛勤耕耘，打造出生命新的闪光点。

　　爱因斯坦说过："人的差异在于业余时间。"纵观古今，培养高雅的爱好并非无足轻重的小事，它事关人生有为和事业有成，又岂可小视。在诸多的爱好中，笔者以为爱好读书至为可贵。多读书、读好书，持之以恒，学以致用，可一生受用无穷。与书相伴而行，就能守护好精神家园。人生有崇高的理想，有坚定的信念，有奋发的精神，面对时下形形色色的诱惑，金钱至上的浊浪，玩物丧志的颓风，任何时候都不会迷失自我，行得正，走得稳，心中无邪念，傲然天地间。

2012年1月13日发表于《三穗报》

儿子外出打工之后

3 年前，儿子大学毕业了。就业何去何从，他的人生面临着一次重要的选择。作为家长，我心中无底，自是犹豫不决。一位与我十分要好的朋友建议他到珠三角去闯荡，这有利于他今后的发展。好友古道热肠，四处奔走，最终在广东为他谋到了一份打工的差事。我征求儿子的意见，他很爽快地答应了。于是，我决定让他外出自谋职业，自己寻找生存和发展的空间。

几天之后，我送他到玉屏县上火车。看着他高而单薄的身体，想到他刚走出校门，缺乏生活经验，单纯幼稚，却要远离父母，只身一人到千里之外去独闯天下，而所处的环境又异常复杂，心中好似五味杂陈，颇有几分惆怅，除了担心还是担心。火车的汽笛声响了，他背起行囊快步登上了南去的列车，那行囊中装着他的梦想，而他正是怀揣梦想毅然踏上了一条充满风险和命运难测的人生之路。担心再多也于事无补，人或许都是环境逼出来的。"雄鹰展翅飞，哪怕风雨骤。"儿子虽不是什么雄鹰，但只要敢于做一只搏击风云的小鸟，南方的天空无比宽广辽阔，不是可以飞得更高更远嘛。

儿子勇敢地去了广东，我的心里无时不装满惦记，天下为父母的哪有不关心自己子女的呢，子女无论走得多么遥远，就是天涯海角，都永远走不出父母慈爱的心怀。这是人类特有的感情，又有谁能够割舍呢？后来，我时常给他打电话，问问他的生活与工作，帮助他分析问题，提供方法，化解困难，总结经验，踏实行进。尤其是在他遭遇挫折之时，更是热情鼓励他坚定信心，执着顽强，退却是没有出路的。另一方面是提醒他注意处理好人际关系，虚心向他人学习，与人和睦相处，不可斤斤计较，学会宽厚待人。总之，人生的路只能靠自己去走、去闯，不经历生活的风风雨雨和摸爬滚打，又怎能磨炼自己，尽快地走向成熟而独立于世呢？

转眼之间，3 年一晃就过去了。在这 3 年之中，儿子也品尝到了不少的酸甜苦辣，开始体会到生活的不易和复杂，逐步学会用自己的双眼去观察世界，独立思考和处理问题，由此积累了一些处世的经验，于人生而言乃宝贵的财富。他曾跳过槽，现在一家外企就职，待遇不错，薪金较高。3 年的艰难打拼，总算在繁华的大都市找到了一席立足之地，这确实来之不易。儿子也逐渐走向了成熟，好比蹒跚学步的孩童，现可离开父母的扶持而独自行走了。看到他的这些进步，我为之感到欣慰。

每一代人或许都有自己面临的生存之艰。而"80 后"和"90 后"所面临的最大难题则是选择就业，这是不少为父母的一块心病。但仅担忧无济于事，重要的是帮助他们理性地选择适合自己的职业，使之学有所用，用有所成。时下，许多人一心向往的是考上公务员，于是出现了千军万马挤独木桥的悲壮情形，令人可叹，但也无可厚非。常言道："条条道路通罗马。"可真正要选择创业之路，敢于投身市场经济的大海踏浪弄潮，许多人既缺少勇气，还欠缺能力。这除了传统的官本位观念影响外，还与我们安于现状、怕担风险的心理有关。有的只要能求得一个铁饭碗，则平生之愿足矣，哪还想到去谋求更大的发展呢。其实，改变观念，打开眼界，天涯处处可行走，山外的世界更加美丽动人，更可激发创业的激情。走出去，天地无限，可找到属于自己的广阔舞台，何不一展抱负，上演一幕激情飞扬的戏剧，精彩绽放青春的活力和美丽呢？

儿子的工作现在同样承受着沉重的压力，在日益激烈的市场竞争中，稍有懈怠，就可能被淘汰出局。但愿他明白"生于忧患，死于安乐"和"勤能补拙"的道理。今后生活的道路还很长，少不了坎坷泥泞和风雨雪霜，还需继续顽强打拼，争取人生能有作为。"天高任鸟飞，海阔凭鱼跃。"他能否飞得更远，跃得更高，一切全靠他继续努力奋斗了。

2012 年 3 月 2 日发表于《三穗报》

空谈与实干的区别

有这样一则故事，甲乙两人同去竞聘厨师。甲口若悬河，滔滔不绝，无论西式糕点，或中国的几大菜谱，皆烂熟于心，无一不能无一不精。甲对自己的表现颇为得意，料想定被录取。待考官问及乙时，乙木讷口呆，只是轻声说道："如有可能，请给我半小时，我能做出一桌菜让你们品尝。"最后，乙被录用了。读了这则故事，空谈与实干的区别，不是一目了然了嘛。

天下事从来都是干出来的，而绝非来于空谈。无论何时何处，要干成一件事，哪怕此事微不足道，都得脚踏实地，付出努力。如果是干复杂之事，其间不知要耗费多少心血，饱尝多少艰辛，方可事有所成。孔子说过："古者言之不出，耻躬之不逮也。"这正是实干者所恪守的至理名言。他们崇尚知行合一，埋头苦干，踏实前行。因为人生价值的大小、判断的标准只能是来自实干所做的贡献，而非嘴上功夫。光说不练，流于清谈，靠耍嘴皮子沽名钓誉，于己于世何益？生命被空谈白白地消耗殆尽，那实在是人生难言的悲哀和莫大的耻辱。

世上无论干什么事，都不可能是一帆风顺的。有时还要遭遇挫折和失败，付出的辛劳非但没有回报，还得暗自忍受世俗的挖苦讥笑，歧视诋毁。但我时常在想，这些都是生活的题中应有之意，并无什么可怕。不经风雨，怎见彩虹。善将历经的磨难化作生命的坚韧和生活的智慧，那是人生的一大幸事。空谈者无此经历，也就无此体验和感悟。他们什么事也不肯干，阅历单调，意志薄弱，心中空空如也，又哪有什么经验可言呢？然而令人不解的是，空谈者却又常以智者自居，好为人师。遇事动辄空发一通议论，喜欢评头论足一番，以显其能。但这又好似江湖庸医，只会误人性命。或许干事的天生笨拙，只知"敏于行"而"讷于言"，难于理解空谈者天马行空般的奇思妙想，除了惊诧不已以外，唯有顶礼膜拜的份了。

空谈小则害人害己，大则祸国殃民。如战国时的赵括，"自少时学兵法，言兵事，以天下莫能当"。但后来为将，却造成了长平惨败，45万大军被秦军坑杀，上演了历史上最为惨烈和血腥的一幕。三国时的马谡与之同病相怜。马谡吹嘘："某自幼熟读兵书，颇知兵法。岂一街亭不能守耶？"但言过其实，失了街亭，丢了性命，更留下了千古笑话。以此观之，可见空谈也并非今日的"特产"，其传统也是源远流长的。如今的空谈者，讲大道理头头是道，上知天文，下晓地理，天下无论怎样复杂的难事，他们谈论起来好像举手投足之间即可扭转乾坤。可真正干起事来，却眼高手低，手足无措，招招皆败，结局狼狈不堪。赵括、马谡虽早已化为泥土，但空谈的恶习并未销声匿迹。以史为镜，空谈从来创造不了任何财富，只会浪费光阴，错失良机，危害事业。因此，凡沉迷空谈的，应迷途知返，千万不要再去步其后尘了。

时下，我们迎来了千载难逢的发展机遇。脚下这块热土在深情地呼唤我们。一方水土养一方人，但一方人更应呵护一方水土。我们应多干实事，让山更青、水更绿，事业兴、百姓富，才对得起养育我们的父老乡亲。

2012 年 3 月 8 日发表于《黔东南日报》

重读 "龟兔赛跑"

　　龟兔赛跑是《伊索寓言》中的一则故事。儿时读过，记忆颇深。今日重读，感受截然不同。兔子因骄傲懈怠输给了缓慢爬行的乌龟，由此背上了骄傲的恶名，一直被世人嘲笑至今。如果换一角度思考，那见解却大相径庭。

　　乌龟与兔子相比，其行走的速度差之远也。力量如此悬殊，可却要二者赛跑，此事悖于常理。输赢早成定局之事，比赛有何意义，既无任何悬念，也谈不上什么观赏价值，纯属一场闹剧。平心而论，兔子发生失误亦是情有可原，过错并不全在兔子。但此事却可给人另外的启示。日常生活之中，假如遇上素质差、层次低、见识浅的平庸之辈与你发生冲突时，应以兔子为戒，大可不必计较，不妨泰然处之，心无所怨。兔子之傻是明知自己远远胜过乌龟，却犯了与之一争高下的低级错误。结果是自寻烦恼，自贬其身，还留下了一大笑话。

　　正因为龟兔之间的速度相去甚远，兔子何来竞争压力，产生惰性，一时懈怠，贪念睡觉也是事出有因。兔子毕竟是兔子，它哪里知道人类社会关于"生于忧患，死于安乐"和"骄兵必败"的古训呢？就是贵为万物之灵的人，不也常犯此类过错吗？所以，还是宽容大度一点为好，少些指责和嘲笑，重要的是吸取失误的教训。人在顺利时，容易忘乎所以，甚至得意忘形而兵败

"滑铁卢"。哲人培根告诫人们："幸运最能显露恶德。"有的人在厄运逆境中坚韧不拔，负重前行；可一旦步入鲜花遍地、掌声四起的顺境，却迷失自我，走向了堕落和毁灭。生活千百年来在连续不断地上演同样的悲剧。其痛之深，岂可忘乎？因此，当人生放怀高歌之时，要常怀如履薄冰、如临深渊的自律之心，谨慎从事，低调谦卑，善始善终，才是可值得赞美的。

乌龟最终获胜，是因为兔子发生了失误。如若不然，乌龟赢得比赛的概率为零。乌龟的执着固然博得了许多人的称赞，但如果将取胜寄希望于对手的失误，而不是依靠自身的力量和智慧登上风光无限的领奖台，那种缺少创新思维和拼搏精神的侥幸心理是极不可取的。但它从另一方面又提醒人们，人生不论是身处商场、情场或其他什么场，都应以兔子为前车之鉴，不可骄傲轻敌，贪图享乐，消极懈怠，因其失误，而给远不如己的对手提供了成功的机会，自己却吞咽了失败的苦酒，那或许是天底下最大的愚蠢和无尽的悲哀。

龟兔赛跑的故事寓意深刻，如何理解，因人而异。但不管怎样，骄傲和懈怠实为人生的大敌。顺利时能保持谦虚谨慎，继续奋斗不息，才是顶天立地的真正英雄。人不怕别人否定自己，而令人可悲的是见异思迁，半途而废，一事无成；或丧失信念，消沉堕落，自我否定，那才是最为可怕和可痛之事。

2012 年 3 月 12 日发表于《三穗报》

懂得妥协　有助成功

　　谈到妥协，人们许多时候是将其与软弱无能、没有骨气甚至卑躬屈膝相提并论，且多加抨击。此种做法虽失之偏颇，但长期以来却流行于世，误人不浅。生活波澜起伏，祸兮福兮相连。如果缺少善于妥协的智慧，人生难免碰壁而难有作为。

　　人世间，谁也不可能一生风平浪静，诸事称心如意。当自己境遇不佳之时，为求其生存和谋取发展，采取妥协退让，乃化险为夷的高招。君不见，楚汉相争之际，刘邦先入咸阳，本可名正言顺地为王。但当他得知项羽准备进攻的消息后，刘邦便主动赴鸿门向项羽谢罪，以此求得项羽的谅解。鸿门宴上"项庄舞剑，意在沛公"那惊险的一幕，刘邦只好忍气吞声，甘受其辱。"如今人方为刀俎，我为鱼肉"，后借上厕之机仓皇逃走。假如刘邦自不量力，逞匹夫之勇，争一时之气，与项羽一决雌雄，那无疑是引火自焚，必招致灭顶之灾。历史在此将发生逆转，刘邦后来又哪能慷慨激昂地唱《大风歌》，不早就成了项羽的阶下囚。俗话讲"人在屋檐下，不得不低头"。真正的大丈夫，能屈能伸，暂时委屈低一下头，并无损大节。退让示弱是一种策略，更是一种智慧。如果死要面子，明知己不如人，却要硬着头皮蛮干，碰得头破血流那是自找苦吃，甚至从此败走麦城，毁掉一生。

　　妥协不仅是保存自己的权宜之计，有时更是为实现长远目标的深谋远虑。如《三国演义》中的赤壁大战，诸葛亮客居东吴，周瑜因妒其才华而三番五次设计相害。诸葛亮见此心知肚明，将个人安危置之身外，致力巩固孙刘联盟，共同抗曹。他机智巧妙地应付周瑜，不因周瑜狭隘而与其争锋。如其所言："目今用人之际，只愿吴侯与刘使君同心，则功可成；如各相谋害，大事休矣。"这正是诸葛亮的高明所在。其广宽的胸怀和超人的智慧，千载之下，仍令人赞叹不已。历史本来就是一本教科书。我们何不学学诸葛亮，将其成功的经验用于今日的工作呢？可有的人却不然，工作一旦遇到干扰和阻碍，便沉不住气，一时没了主张，不是想方设法排除阻力，拼力把事干好，相反是偏离主题，逞好斗之气，陷入相互倾轧之中。精力用于内耗，结果两败俱伤，更贻误了事业。这实在是令人可叹之事。还有一种人狭隘偏执，蛮横霸道，争强好斗，常为鸡毛蒜皮、蝇头小利之事而与人势同水火，大动干戈，甚至闹出人命关天的惨剧。这非但可悲复可笑，更是愚蠢之极了。

如今，市场经济更需要人们具有妥协的意识。因为市场经济追求的是优势互补、资源整合、互利互惠，凡经济合作项目，如果双方各执一端，互不相让，那合作就是一句空话。双赢则是纸上谈兵，发展依然举步艰难。有的人观念陈旧，视野狭小，至今还徘徊在"十八姑娘上吊死，宁可肥土不肥人"的小农经济的暮色苍茫中，视追求双赢是没有骨气。宁可守住骨气，安于现状，也不要加快发展的速度。但愿这样的骨气和面子少点为好，我们才会尽快走出落后的困境，早日赶上别人前进的步伐。

生活坎坷艰辛，世事错综复杂。只有那些目光远大、放眼全局、面向未来的明白人，才真正懂得妥协的价值，从而灵活地运用它去开启前进之路。"曲径通幽静，禅房花木深。"妥协也可视为一种曲径，它能把我们带入别有天地的幽境，领略幽境独有的奇异风光。

2012 年 5 月 11 日发表于《三穗报》

悲夫，今日的"井底之蛙"

庄子笔下的井底之蛙，早已成了狭隘自大的代名词。时光虽流逝了两千多年，而其幽灵至今仍在某些角落飘来游去，继续毒害人们。由此观之，陈腐的观念不会自行消失。对此加以剖析，激浊扬清，有利观念更新。

那么，今日的井底之蛙又有何特点呢？

其一，狭隘无知，狂妄自大。井底之蛙不是向东海之鳖自夸，"回头看水中那些小虫、小蟹、小蝌蚪，没有哪个能比上我的快乐"。环境决定了视野，就像阿Q从来都没有离开过未庄，未庄以外气象万千的世界，在他看来都是荒谬的。如今，在某些穷乡僻壤，有的孤陋寡闻、浅薄轻浮，但却不知天高地厚，竟自命不凡，常以明白人自居。遇到兴办公益之事，他总要借机表现一番，露露脸面，出出风头，但每每弄巧成拙，画虎类狗，忽悠了众人。笔者近期就亲历了一件怪事。有的人不了解国家重点工程的征地政策，煞费苦心地从网上弄来一些似是而非的东西，便好似得到了尚方宝剑，摇身一变成了通晓政策的行家里手。张嘴法规，闭口民生，扰乱视听，蛊惑人心，阻挠工程。稍试分析，此辈与井底之蛙何异？其所作所为损害了群众的根本利益，更损害了当地发展的大局，但却不知反思自责，还自鸣得意，确有几分可恶。

其二，目光短浅，安于现状。井底之蛙自我感觉良好。"擅一壑之水而跨跱，陷阱之乐，此亦至矣。"有的人其思想境界与之并无两样。如今早已解决了温饱，家中稍有余钱剩米，逢年过节有酒喝有肉吃，快乐似神仙，万事已足。何若还要劳神费思，用心尽力地谋发展呢？只要安心种好一亩三分责任地，子孙相传，可保衣食无虞，而享万世太平。谁要搞城镇化、工业化，那是败了祖宗的家业，断了子孙的出路，实属大逆不道而乃千古罪人。而他们一心向往的是世事如常，日出而作，日落而息，得一节火把照一节路，守着多大的碗儿就吃多少饭。他们不希望城镇面貌气象日新，乡村建成宽阔平坦的柏油公路，村寨的环境变得优美舒适，青壮年可在本地打工谋求发展……更不希望高铁和高速通向山外，把乡村与城市紧紧连在一起。总之，他们迷恋过去，抱残守缺，还在悠闲地赶着老牛破车，沿着狭窄弯曲的乡间古道，哼着千年不变的过时老调，缓慢而颠簸地行进。人生有此足矣，天底下还有什么比这更快乐的呢？

贫穷落后固然可怕，但愚昧无知、狭隘保守则比之更可怕千百倍。上述井底之蛙的现象，正是它在某些地方的突出表现。治穷先治愚，至今仍未过时。一切用心谋求发展的人们，千万不可忽视愚昧带来的种种危害。

2012 年 5 月 18 日发表于《三穗报》

以人为镜，可以知得失

唐太宗曾自誉有"三镜"。而"以人为镜，可以知得失"即是其一。读此名言，反复思之，感悟到认识自我，具有自知之明，善于扬长避短，于人生而言，可谓成功之道。

人乃万物之灵。其实，人性中存在的弱点也十分明显，而最大的困惑则是难于认识自己。平常之中，我们对别人的事可看得一清二楚，甚至入木三分。但反观自身，却好似雾里看花，模糊不清，常常心中不明。这或许是"不识庐山真面目，只缘身在此山中"之故吧。冷静沉思，人生一世，如果连自己有几斤几两都不知其然、心不明、眼不亮，那只能是糊里糊涂地混迹于世，前景暗淡，又岂敢奢望有为？认识自己固然十分之难，但也并非难于上青天。"世上无难事，只怕有心人。"只要敢于正视自身，善于"以人为镜"，则"可以知得失"。这是认识自我的有效方法之一。

古人云："尺有所短，寸有所长。"人亦然。知晓此理，已属可贵，但更为可贵的是懂得对其长短进行分析和比较，知其优劣所在。《史记》载，刘邦在谈及取得天下的原因时说过："运筹帷幄之中，决胜千里之外，吾不如子房；镇国家，抚百姓，给馈馈，不绝粮道，吾不如萧何；连百万之众，战必胜，攻必取，吾不如韩信。"刘邦正是有此自知之明，故能知人善任，三杰皆为其所用，由此开创了汉朝400年的一统天下。读史悟人生，天下事都是相比较而存在的。能自觉做到"以人为镜"，则可知人之长，明己之短。以此定位人生，正确选择适合自己的平台，扬长避短，方可在生活中充分扮演好属于自己的角色。如果角色错位，结局不但不如人意，甚至极有可能是不幸的。

此外，世上谁也不是完美无缺的，其能力都不可避免地存在局限。古人讲得好，"智者千虑，必有一失"，而凡夫俗子无疑失之更多。诸葛亮乃千古奇才，但七擒孟获之战，他虚心采纳了马谡"攻心为上，攻城为下；心战为上，兵战为下"的建议，七擒七纵令孟获心悦诚服，蜀之南方从此定矣。古往今来，不论何人，哪怕才智胜过诸葛亮，也要善听忠言，吸取他人的智慧，弥补自身的不足，尽力避免失误和挫折，事业才可长足进展。何况我们这些平庸之辈，就更要虚心为之了。卢梭讲："妄自尊大是一切巨大痛苦的根源。"人尤为可怕的是自以为是，固执己见，刚愎自用。认识一旦发生偏差，付之践行则是差之毫厘而失之千里了。

从上观之，能否自觉做到"以人为镜"，至关重要的是加强学习，勤于反省，借助他人，认识自我，改变自我。"好风凭借力，送我上青云。"这或许是有为者的成功之道，我们何不向其学习呢？

2013年3月1日发表于《三穗报》

切莫损人不利己

著名学者茅于轼说过："损人不利己不但不合于道德，而且对社会非常有害。"此话含义深刻。它告诉人们，不论立身处世，还是创造事业，都应善于与人合作，利人利己更利社会。可有的人观念陈旧，对此不以为然，甚至反其道而行之，其害也就更烈了。

生活好似万花筒，天下怪事层出不穷，损人不利己的现象可谓多矣。比如，农村有的地方建桥修路，邻村愿与之合作，这本是节省投资、整合资源、共享其利的好事。可某些不明事理的，为顾及面子，便断然拒人于门外，非要硬着头皮筹资自建，单打独斗以逞其强。干了损人不利己的蠢事，反倒觉得有骨气。死要面子活受罪，其悲哀格外令人痛心。此外，有的部门之间遇到协作之事，各自为政，推诿扯皮，更有甚者是人为设置障碍，谁也动弹不得。别人受阻挠，自己无作为。损人终归损己，严重的是危害事业。至于某些"公仆"，至今依旧是门难进、脸难看、事难办。自己不外乎是过了过官瘾，显示了一下权力在握的高傲，但却把别人害得叫苦不迭，事无所成。此类事虽早已司空见惯，但遗憾的是久难根治，至今仍不时伤害他人。

损人不利己，其思想根源是来自"邻国相望，鸡犬之声相闻，民至老死，不相往来"的小农意识。其典型特征表现为狭隘、自私、封闭、保守、落后，死死抱住的信条是万事不求人，以邻为壑，画地为牢。宁可自己处境窘迫，但也绝不让别人过得舒服，哪怕是利己之事，也不会让人把事干成。损人不利己，与互利互惠、共享双赢的现代理念水火不容，阻碍了经济和社会的健康发展。

见此怪事，我的记忆中浮现出了一件历史往事。第二次世界大战时期，罗斯福总统面对美国的孤立主义势力，于1940年12月17日发表了著名的"出借水龙带"的"炉边谈话"，得到了美国社会的广泛支持，终于迫使国会在1941年3月8日通过了《租借法》。此后，美国不仅支持了英国，而且后来也支持了苏联以及所有反法西斯盟国，最终赢得了战争的胜利。斯大林曾对《租借法》给予了很高的评价。美国凭此也从中获利颇丰。可见，相互合作，互利互惠，对推动社会前进功不可没，它是人类谋求发展应遵循的基本准则。

总之，为加快发展，实现后发赶超，我们必须坚决抛弃损人不利己的落后观念，树立实现双赢和多赢的全新理念。奋力开创全新局面，建设美丽家园，这才是现代人应具有的思维方式。

2013年3月25日发表于《贵州民族报》

强化过程管理十分重要

君不见，天下无论何事，其存在皆表现为一个过程。有什么样的过程就有什么样的结果，即过程决定结果。抓工作强化过程管理，我想道理正在这里。

可有的却不然，抓工作推行的是"只要结果，不问过程"的管理方式。其具体表现为，一是目标不明，措施无力。务虚不务实，以为开了会，讲了话，发了文，就算任务落实，大功告成，可高枕无忧，坐等结果了。二是忽视效率，放松管理。工作无计划，无要求，无检查，敷衍拖拉，哪里黑便哪里歇。拖拉何来效率，往往穷于应付而无所作为。三是作风漂浮，怕苦怕累，怕深入实际，尤其害怕现场解决问题。而是习惯于在办公室听汇报，看材料，擅长遥控指挥，满足表面文章。即使有时下基层，大多也是走马观花，眼中浮光掠影，胸中一片茫然。调研不外乎摆摆样子，走走形式，于事何补？概言之，这种人奉行的是"不求无功，但求无过"的庸人哲学。年复一年，工作原地踏步，旧貌又何能变新颜？忽视过程管理，执行力必大打折扣，求真务实成了欺上瞒下的一块挡箭牌。如此作风，天上又怎能掉下来令人满意的结果呢？

发现问题是为了有效地解决问题，那么，如何才能强化过程管理呢？依笔者拙见，一是明确责任，分解任务。开会发文都是必要的，但关键所在是措施得力，贵在落实。既要防止光讲不干，浮在表面，又要克服中途受阻，落而不实。要一竿子插到底，确保任务到人，压实责任，各负其责，全力推进工作。二是突出效率，明确时限。工作有计划，有要求。强化检查，加强调度，紧盯任务，把握时间节点。今日事今日了，本月事本月清，坚决有效地克服拖拉恶习。一切抓紧于前，不可慌乱于后，确保目标如期实现。三是深入实际，全局在胸，创新动态管理，加大督促力度。如计划脱节要及时调整，典型经验应大力推广，存在问题需及时解决，等等。毫不松懈抓好过程的每个环节，层层推进，收获好的结果则可功到自然成。

　　总之，工作的过程进展如何，决定了结果的好坏。强化过程管理十分重要，它是行之有效的工作方法，更是一门领导艺术。有心于此，应结合实际灵活运用，并不断创新，工作可得心应手，举一反三，又有什么事不能干好呢？

　　　　　　　　　2013 年 4 月 1 日发表于《贵州民族报》

用知识照亮人生的前行之路

如今，我们已跨入了 21 世纪，提倡终身学习，乃时代发展之需。学习可贵，贵在持久，坚持不懈，必终身受益。

俗话讲，登高才可望远，而书籍则是我们攀登高峰的阶梯。平时多读书，勤思考，重践行，善总结，学有所得，提高自我。依靠知识的支撑，不论世事怎样茫茫难料，生活如何变幻莫测，人生哪怕命运不济，我们都可挺直自信的脊梁，看得远，想得深，不迷茫，不消沉，奋力踏平一切坎坷，走出一条幸福的人生之路。毛泽东同志说得好："有了学问，好比站在山上，可以看到很远很多的东西；没有学问，如在暗沟里走路，摸索不着，那会苦煞人。"我们应将此铭刻于心，催促自己奋进。不管怎样讲，忽视学习、知识贫乏是人生的一大缺陷，也是不少人存在的通病，更是导致工作失误和人生遭遇挫折的重要原因。而博学多识，崇实笃行，则可引导人生和事业走向美好的前程。

人类的历史世代血脉相连。人之所以被誉为万物之灵，是因为人具有思维活动，懂得反思和不断总结经验，并将其升华为知识而代代相传。后人都是站在前人的肩上，推动历史车轮滚滚向前。古人讲："以古为镜，可以见兴替。"努力向书本学习，借鉴前人的智慧，我们可少走弯路，少些折腾，免交学费，用好机遇，把事业干得风生水起，龙腾虎跃，一片兴旺发达。

培根讲："读书在于造成完全的人格。""慷慨不同时俗辈，清高多读古人书。"读书可知晓事理、陶冶情操，其重要性还在于增强辨别是非善恶的能力，提高了文化层次，也就增强了文化自信力。正如著名作家余秋雨所言："真正能保护你的，是你自己的人格选择和文化选择。"如果能把成为君子作为自己的人格和文化选择，那心中便有了一根定海神针，可自觉抵制金钱、美色等诱惑，不易其志、拒染纤尘，"要留清白在人间"，才是人生应执着追求的崇高目标。

　　读书的好处非三言两语可说清道明。古往今来，凡有作为者，无一不是勤学好思的。"知识就是力量"乃永恒的真理。古人云："君子之学，死而后已。"人生是一个过程，但同时更应是一个不断加强学习的过程，即使是受过良好教育的人们，也不可自我满足，固步自封，同样需要加强学习，跟上时代前进的步伐。工作之余，我们应养成爱好学习的高雅兴趣，持之以恒，必有收获。不可将八小时之外的光阴浪费在麻将桌上，消耗于灯红酒绿之中，玩物丧志，其害不浅，凡正直之士，岂可不慎之？

　　生命美如鲜花，而岁月不居，时节如流。学习应成为一种生活方式，终身与书籍相亲相敬，用知识照亮人生，生命就洋溢活力，富有激情，彰显智慧，永远青春常在。

2013 年 4 月 24 日发表于《黔东南日报》

扫清门前雪责无旁贷

常言道："各自打扫门前雪，莫管他人瓦上霜。"此话仅从表面来看，好像有几分贬人之意，但用心思索，其实不然。敢于担当应负之责，主动扫清门前雪，又有什么不好呢？

社会是一个异常复杂的庞大系统，其分工五花八门，千差万别。但有一点则是相同的，那就是不管从事何种职业，都应忠于职守，爱岗敬业，服务社会。即使是当清洁工，也要尽心尽力，把大街打扫得干干净净。可见，干好本职工作便是"扫清门前雪"。而能否履职，责任心则是第一位的。责任心淡薄或者责任心缺失，又何谈"扫清门前雪"？其作风常表现为敷衍拖拉、推诿漂浮、拈轻怕重，从来不管是否扫清门前雪，抱定混日子的消极心态打发光阴，混其一生，平庸无为。此种人颇似《辍耕录》寓言中的那只寒号鸟。深冬之际，毛羽脱落，好似雏禽，严寒难耐，凄苦之至，还自鸣"得过且过"。如此苟且偷生，其教训难道不值得我们记取吗？

此外，还有一种人从不用心打扫门前雪，却专爱管他人的瓦上霜。如果看见他人扫清了门前雪，又清除了瓦上霜，那心中便愤愤不平，继而妒火燃起，周身不爽。因为相比之下是脸上无光，显得自己无能，而要挽回脸面，行之有效的办法是谋事远不如谋人。从此，费尽心机专找别人的茬子。一旦鸡蛋里找到了骨头，抓到了打压别人的把柄，接下来的卑劣手段便是攻击一点，不及其余。只要能把别人打下去，无形之中，不也就抬高了自己。大家都半斤八两，彼此彼此，不分高低。排排坐，吃果果，你一个，我一个，心安理得，享之无愧。从此，混日子再无后顾之忧，可高枕而卧了。

　　这股歪风邪气，由来久矣，是制约我们加快发展的一大阻力。于今之计，再不可熟视无睹，任其蔓延，而应坚决扫除，让它再无藏身之处。重要举措是改进作风，创新管理，奖优罚劣，扶正去邪，工作务求实效。家家门前不再堆有积雪，户户瓦上也不见留存残霜。面貌一新，告别贫穷落后也就指日可待了。

　　概言之，扫清门前雪责无旁贷。只有每个人都恪尽职守，干好本职工作，社会才会处于良性运行之中。如果有更多的人能乐于帮助他人清除"瓦上霜"，那就可极大地提升全社会的文明程度，促进经济的快速发展，这不正是我们应致力追求的社会进步吗？

2013 年 5 月 22 日发表于《黔东南日报》

善待能人

有位领导讲："要善待能人。"这说出了人们的心里话。人才难得，能人更是凤毛麟角。用好一个能人，可兴一项事业，活一方经济，还可带出一批人才。能人产生的正能量，值得我们高度重视，关键是怎样善待能人。

可天下事常是美中不足。在某些地方，能人好像难获任用。究其根源，主要是存在偏见，嫉妒作怪，红眼病害人。有的是武大郎开店，不容高者立足。此辈恰如《三国演义》中的周郎，气度狭小，嫉贤妒能，置大局不顾，却用尽心机残害诸葛亮。他那句"既生瑜，何生亮"的临终叹息，并非周瑜独然，时下某些人不是也同样存此心结。

大地有巍峨的高山，也有幽深的山谷。人世间从来是人无完人，金无足赤。能人亦然。能人的长处超群出众，令人称赞，而其短处也显而易见，格外扎人刺眼。两者看似离奇，却相反相成，这或许是能人的一大鲜明特点。如电视剧《亮剑》中的李云龙，智勇双全，胆识超人，敢打敢拼，屡建奇功。可有时却目无纪律，抗命不从，擅自做主，自行其是，因而立功受奖与遭受处分几乎相等。上级对此虽感头痛，但却宽容以待，每逢硬仗，仍令其担当大梁，委以重任。正是上级大度开明，知人善任，李云龙才得以大显身手，上演了一幕幕惊天地、泣鬼神的威武戏剧。

能人敢为人先，敢做第一个吃螃蟹的勇士。但其创新之举有时又难为世人理解和得到认同，免不了引来非议指责。笔者就曾目睹了这样一件稀奇之事。前几年，某国企陷入绝境，面临倒闭。有位擅长经营的能人承包了该厂，改变经营方式，几经打拼，使企业起死回生，出现生机，并逐渐步入正常运转的轨道。但有的人是戴着有色眼镜看人，将其视为违规经营，横挑鼻子竖挑眼，一时闹得风风雨雨，严重挫伤了经营者的积极性。后幸遇上级干预，一场风波方息。往事已逝，但此类现象如今并未绝迹。

"一头狮子带领的一群羊，可以打败一只羊带领的一群狮子。"这个形象生动的比喻，是拿破仑赞美能人的经典名言。强将手下无弱兵，古今中外概莫能外。遗憾的是，某些地方能人的命运好像有些不顺，因为有人总是盯住其短处不放，而对其长处却视而不见。一叶障目，不见泰山，能人又怎能脱颖而出。

我们常感叹人才匮乏，能人难得，但只要转换一下视角，就可不断发现能人所在。然后大胆启用，真心关爱，用其所长、容其所短、宽其所过。一马领先，引来万马奔腾，这正是我们所期待的发展新局面。

兔子败于乌龟的深层原因

　　我对"龟兔赛跑"这则古老的寓言情有独钟。今日再次读之，又有所悟。兔子败于乌龟，好像并不是源于骄傲懈怠，而是另有其深层的原因。

　　龟兔赛跑，兔子取胜，乃是已成定论之事。故而兔子可拿得起，放得下。其实，真正令兔子感到害怕和担忧的是一旦赢了比赛，定会遭到群兽的嫉妒。那时百兽群起攻之，流言蜚语好似漫天风沙滚滚而来，吹得你睁不开眼、直不起腰、挪不动步，身陷如是险境，只有喊爹叫娘，呼天抢地，自认倒霉。嫉妒所带来的伤害，兔子早已多次领教，至今伤口未愈，仍在隐隐作痛，当然心有余悸。两害相比取其轻，输了可躲避是非，远离灾祸，求得安宁，又何苦平白无故惹起一场风波，再遭创伤呢。

　　兔子天性善良，懦弱胆小，心境淡然。每天能有青草充腹，土穴藏身，相安无事，则心满意足了。它从不企盼获得什么取胜的掌声和鲜花，更不敢奢望出人头地的光环、美名和财富。平日间，兔子安分守己，老实忠厚，从不惹是生非。每每见到狐狸的狡猾、狮子的凶猛、群狼的残忍、毒蛇的贪婪等等，兔子皆不寒而栗，胆战心惊，无不逃之夭夭。惹不起还躲得起，不合俗流，独安己身。今日输掉比赛无伤大雅，心无所求，富贵于我如浮云，谁要议论和指责都随他去吧！

龟兔赛跑，兔子满腹不悦，故轻蔑视之。双方力量如此悬殊，又何谈竞争？不知是哪位好事者乱点鸳鸯谱，名曰赛跑，实则一场滑稽可笑的闹剧。输掉比赛更能体现与世无争的开阔胸怀。即使被迫背上"骄傲"的黑锅，也可背得起，扛得住。兔子心明眼亮，把兽国的红尘世事看得清清楚楚，明明白白，心中坦然，淡然处之。人世间的君子何不向兔子借用一下智慧呢？不管处境如何复杂，都要风骨独立，人格至上，不屑与小人为伍，更不可向其低眉折腰。"道不同，不相为谋。"君子虽常被小人暗算，吃亏不少，但君子仍是坦荡荡，小人却是常戚戚。

此则寓言，见仁见智，因人而异。兔子远比乌龟跑得快，这是生活的常识。在生活之中，如果都像乌龟那样缓慢爬行，在当今激烈的社会竞争中，寄取胜的希望于对手的失败，那是平庸之辈的生存哲学。另一方面，兔子也用不着害怕嫉妒，该出手时就出手，生命能有闪光之时，就要让它一直闪耀下去，使之成为自身的一大亮点。推而言之，当生活为我们提供了宽广的平台之时，就应大步迎上前去，敢于担当，不负使命，一展平生抱负，真正为人民干成几件值得可庆可贺的实事。如能此，我们的生命可活得格外充实，每天都跳动着奋进的乐章。我们的人生则无怨无悔，流出的血汗定可谱写出动人的诗行。

2015 年 8 月 12 日发表于《黔东南日报》

当谣言扑面而来之时

古人诗云："长恨人心不如水，等闲平地起波澜。"生活复杂，世事艰难，人心险恶，而谣言恰是"平地起波澜"的突出现象之一。古往今来，许多正直之士、贤良俊彦常被谣言所伤所害，上演的悲剧连绵不断，可谓血迹斑斑，史册累累。如今，擅长此道者早已是青出于蓝而胜于蓝了。它是市井无赖、卑劣小人、无耻恶棍、诽谤他人、残害无辜的一把杀人不见血的软刀子。

谣言的表现形式虽多种多样，但万变不离其宗，都是为了陷害和打击他人。它源于阴暗丑恶的灵魂、变异扭曲的人格、疯狂仇视的心态、残忍狠毒的本性。对谣言稍加分析，我们不难发现，造谣者不外乎出自以下几种卑劣的心理。

一曰嫉妒心理。中国是一个平均主义源远流长的古国，时至今日，平均主义的陈腐观念在某些地方仍然根深蒂固，这就为嫉妒的产生提供了适宜的温床。君不见：在官场、商场和职场之中，假如你独行于世，不合于俗，鹤立鸡群，头角峥嵘，"妆成每被秋娘妒"，那你无疑成为众矢之的而遭千夫所指。而打压你常见的手段便是造谣中伤，最为卑鄙的是传播桃色绯闻和腐败贪财之类的谣言，即可唤起世人同仇敌忾，群起毁之，可收立竿见影、一剑封喉之效。可见，因嫉妒而生谣言，二者乃因果关系。

著名作家王蒙讲："嫉妒使人产生一种祸害他人的罪恶心理。"由嫉妒点燃的邪恶之火，可毁灭天地间一切美好之物。制造和传播谣言即是其一。

二曰阿Q心理。凡读过《阿Q正传》的或许都应记得，阿Q有一个独特而深刻的见解，那便是："凡尼姑一定与和尚私通；一个女人在外面走，一定想引诱野男人；一男一女在那里讲话，一定要有勾当了。"阿Q虽不知偏见为何物，但其见解却是典型的"以小人之心，度君子之腹"。如今，不少人与阿Q其病同源，更将其"理论"发扬光大、推陈出新了。自己以权谋私、贪婪成性，却以为世人与之一样龌龊不堪、腐败堕落。在此辈眼中，天底下哪有见钱眼不开、心不动、魂不乱的正人君子，于是，以己度人、污人贪财、毁人名声便找到了充足的理由，制造和传播谣言可脸不红、心不跳，诬陷他人好不洋洋得意。正如鲁迅先生所讥讽的那样："偷汉的女人的丈夫，总愿说世人全是王八，和他相同，他心里才觉得舒畅。"其实，人世间卑劣与崇高、可耻与高尚、残忍与善良、邪恶与正义、贪婪与廉洁从来都是相反相成，水火不容的。只不过燕雀安知鸿鹄之志，井底之蛙何知东海之大，卑劣之徒又怎能理解正直之士的高风亮节呢。

三曰仇视心理。生活中有这样一种人，愚昧无知，狭隘偏执，蛮横霸道，本性残忍。凡事以我为中心，常将个人意志强加于人以至整个社会。只要与人意见相左或发生纠葛，哪怕鸡毛蒜皮之事，也耿耿于怀，时常寻机报复。这种疯狂的仇视心理，是以天下人为敌。平时像疯狗一样，两眼发红，张牙舞爪，不管碰上谁都要凶恶地扑上去狠狠撕咬几口。为倾泄心头之恨，陷害他人无所不用其极，巴望不得把世人都踩在脚下，任其践踏蹂躏。鲁迅先生曾讥刺这种人："平生只有一个大愿，就是愿中国人都死完，但要留下他自己，还有一个女人和一个卖食物的。"此类人是心理变态的迫害狂，整日算计的是如何伤害他人，幻想着把阴谋变成血淋淋的现实。至于造谣诽谤，那仅是小菜一碟，运用起来易如反掌，且丧心病狂，当然要将其发挥得淋漓尽致了。

鲁迅先生说过："谣言这东西，却确是造谣者本心所希望的事实。"造谣者的可耻目的就是混淆是非，以假乱真，搞乱人心，毁坏你的名声，伤害你的心灵，扰乱你的生活，让你活得不舒服，不快乐。如果你缺少辨力和定力，为此而心烦意乱，甚至产生痛苦，放弃了工作和学习，那恰恰中了造谣者设下的圈套，正是他们所求之不得的。

造谣者哪怕费尽心机，舌灿莲花，就是把谣言重复一千遍，它也永远变成不了事实。而面对谣言，"最高的轻蔑是无言"。如同对待屋中的垃圾一样，挥帚将其扫掉，换来一片洁净而适宜身心。因此，当遭遇谣言攻击之时，我们应保持清醒和冷静，善于用歌声驱散心中的烦恼，用理智战胜拦路的妖魔，用奋斗装扮出多彩的生活，人生走得更加自信、坚定和乐观。

著名作家王蒙用自身的经验告诉世人："相信时间，时间对善良有利，对智慧和光明有利，对阴谋不利，对狭隘不利。"谣言可骗人一时，又岂能长久欺世。随着时光的流逝，一切都将大白于天下。"多行不义必自毙。"造谣者难逃历史的惩罚，其卑劣低下的人品，最终必被世人嘲笑和唾弃。

止谤不如修身。谣言亦有双重性。它从反面提醒我们要居安思危，谨慎笃行，拒尘埃，洁其身，永不变。我们应感谢那些造谣者，有这样难得的反面教员，也是人生中的一大幸事，可为我们提供生活的智慧。坚信光明在前，"一蓑烟雨任平生"，又有什么能阻挡我们去追求和创造美好的生活呢。

2015 年 8 月 10 日发表于《贵州民族报》

乱扔垃圾不是小事

　　闲暇之时，漫步在大街上，常见有人乱扔垃圾，其中不乏窈窕淑女，帅气小伙。他们衣着时髦靓丽，展现潮流之新，洋溢青春之美，但此举却丢人现眼，大煞风景。令人颇感困惑，由此引起了我的深思。

　　乱扔垃圾看似无足轻重的小事，但可小中窥大，看出一个人素质的优劣。因为，乱扔垃圾一是不尊重环卫工人的辛勤劳动，缺少对他人的关爱之情。二是公共道德观念淡薄，对社会规则无敬畏之心，忽视环境大局。深入剖析，如果以为恶小可为之，任意放纵，久而久之，习以为常，那么，灵魂将变得麻木不仁，自我约束力逐渐松弛，在人生的进程中难免要出差错或跌跤子。

　　平常之中，乱扔垃圾早是司空见惯之事。人们对此也是熟视无睹了。君不见，在许多风景如画的旅游景点，总有那么一些人，无视景点的管理规定，只图自己一时方便，随心所欲，乱扔垃圾，损害了景点的美好形象而毫无愧色，反倒觉得是天经地义之事。还有，在一些公共场所，如体育比赛、文艺演出等等，当活动结束，人群散去之后，场地上总会留下一些人的"杰作"，那便是五颜六色的各式垃圾。长期以来，乱扔垃圾屡禁不止，似乎成了难治之症，严重地影响了我们创造文明美好的生活环境。说得更远一点，是影响到我们民族复兴的千秋大业。

时下，我们正在全力推进生态文明建设，提出了绿水青山就是金山银山的全新理念。而保护绿水青山，农村首当其冲。如今，农村的面貌焕然一新，乡村四处交通便利，水泥道路平坦顺畅，许多村寨砖房林立，房屋明亮整洁，四面青山苍翠，到处鸡啼鸟鸣，山村自然风光优美，令人沉醉而流连忘返。然事有美中不足之叹。其突出问题是不少地方依然存在乱倒垃圾的陋习，更令人担忧的是，有的甚至将之倾倒于河中。平时河水浑浊不堪，雨季洪水过后，沿河两岸到处漂浮着各色塑料垃圾，这给山村美景涂上了丑陋的一笔，变得黯然失色，更为严重的是污染了水源，危及人们的健康。如今山是越来越青，生机盎然。而有的地方流水则仍受垃圾所害，一时难展山泉水清的天然美姿。整治垃圾，让绿水长流、青山常青、山村更美，我们的生活才会变得更加美好。

古人云："勿以恶小而为之，勿以善小而不为。"乱扔垃圾虽是恶小，但恶小不治则可累积成恶大。对此，不可小视而放任自流。我们应多管齐下，标本兼治，根治这一顽疾。农村的当务之急是修建垃圾池，或安装垃圾桶，订章立规，专人监管，让垃圾"得其所哉"，不再兴风作浪，危害环境。长久之策则是下大气力从小孩抓起，家庭、学校和社会共同配合，持之以恒，教育他们从小养成遵守社会规则的文明习惯，自觉做到不乱扔垃圾，全社会的文明就前进了一大步。切实抓好这样的"善小"，就可促进民族复兴的大业早日实现。

2015年8月17日发表于《贵州民族报》

木良游记

"到了木良，不想爹娘。"儿时常听长辈们讲这句古老的民谣。那时年幼，不知木良是什么地方，更不知为何到了那里竟然不想爹娘？从此，我忘不了这句古老的民谣，对木良怀有一种难忘的神秘感。在几十年的人生中，这种神秘感从未消失，一直萦绕于心。

1984年春，我在县委宣传部工作，被抽调到桐林镇抓计划生育。记得是3月初一个风和日丽的日子，我第一次去了木良。沿六洞至顺洞的公路信步而行，自渡头坝以下，邛水河在山谷中穿行，山环水绕，峰回路转，景色幽静。而到了木良却柳暗花明，展现在眼前的是一块平坦开阔、土地肥沃的坝子。这或许是上苍对木良的格外恩赐，也是木良的先民们选择于此开创家园、生存繁衍的重要因素。六洞河从村前缓缓流过，寨子位于田坝中间的小山丘之上，绿树环绕，房屋依小丘之势而建，炊烟袅袅，鸡啼鸟鸣，田坝里是一派繁忙的春耕景象，木良确有世外桃源之美。更让人惊奇的是寨前那棵树径数围、挺拔高大的古银杏树，不知历经了多少岁月的沧桑，如今依然生机勃勃、枝繁叶茂，见之令人顿生敬畏之情。银杏，郭沫若先生将此誉为中国的国树，称之为"中国人文的有生命的纪念塔"。木良长有此树，也可见是地灵物杰、天赐其福了。六洞河千年奔流，浇灌出了木良美丽的田园风光、悠久的农耕文明和古朴纯真的北侗风情。木良，第一次给我留下了难忘的美好记忆。

20世纪90年代后期下乡，每次乘车都是从木良匆匆而过，没有在此停留，感觉也是一种缺憾。记得90年代末，有一次经过木良，汽车爬上了木良背后的大坡，看到公路两旁许多地方都被开荒种植了庄稼，难见几处绿荫。我下车站在山顶上，回头向四面的山坡远远望去，那些毁林开荒之处，犹如一张张硕大无比的五色地图铺在山坡上。见此情形，心情悲凉，忧从中来。我在心中默默地念到：可爱的木良，你就像一位淳朴清秀的山村姑娘，如今美丽的脸庞却留下了丑陋的疤痕，又怎能不让人为之痛惜。感叹至此，心中不免有几分遗憾，更平添了一些惆怅。木良过去给我留下的美好记忆，此时却被深深的忧虑所替代了。但我又想，时移势易，木良定可医治好它的伤痛，在世人面前再现原有的美丽姿容。

时光流逝，岁月更替。自去年以来，不时耳闻木良在大力发展乡村旅游，已初具雏形。心为所动，也想前去感受一番。前几天，我邀约几位好友欣然前往，乘车沿三黎高速而行，仅半个多小时便到了木良。车子停放在村委会前的操场上，站在操场上俯瞰，如今的木良面貌一新，山青了，水秀了，人笑了。平坝电站的建成，十里峡谷险滩变成了高原平湖。六洞河上架起了一座至平阳的石桥，解决了人们的通行之难。公路可直通河边新建的码头，码头上停放着几艘崭新的游船。沿河两岸垂钓的不少，而让人感到新奇的是有几位妇女和娃娃也乐在其间。可见，平湖碧水给人们带来了无穷的乐趣，甚至改变了人们的生活节奏。这里的人们钟情于水、陶醉于水，生活显得悠闲而有情趣。

休息片刻，我们便乘船游览。过了千年船形古屯，两岸青山相对，形成了十里峡谷平湖，好似一处小巧玲珑的"长江三峡"。其功应归之于平坝电站的建成，为三穗增添了一处水上美景。游船顺流而下，水流山转，两岸满目翠色，一片生机盎然。碧水青山，相映生辉。习习凉风扑面，拂去了身上的尘土风沙；清清微波荡漾，洗涤了心中的凡思俗念。置身青山绿水之间，烦恼尽消，心旷神怡；放眼蓝天白云之上，忧愁全无，天高思远。游船前行，笑语阵阵，山回谷应，其喜洋洋。此时此景，不由想起了苏东坡《前赤壁赋》中的名句："飘飘乎如遗世独立，羽化而登仙。"十里峡谷风景如画。青山苍翠欲滴，山高而不险。碧水平面似镜，水深而不惧。鱼跃波美，鸟鸣山幽。游峡谷平湖，寄花甲豪情，倍觉这里的山水富有灵秀之气，透出天然之美。与大自然融为一体，感到快乐无比，不知今夕是何夕了。

水是生命的摇篮，是流动着的音乐。游玩绿水碧波之上，你会感悟到水的纯净、活力、灵秀、美好。有位作家讲过："我认识美，学会思索，水对我有极大的关系。""三十年来水永远是我的良师，是我的诤友。"这赋予了水隽永的哲思。三穗本来水资源贫乏，能有这样一个十里平湖为人们提供游玩的水上乐园，这是三穗的一颗明珠，值得我们倍加珍爱。它启示我们更好地热爱自然，致力追求天人合一的境界。

乘船游玩上岸之后，余兴未尽。儿时留在心中那份痴情于木良的神秘感，让我浮想联翩，产生了不少疑问。比如：木良的地名从何而来？古老的银杏树其树龄几何？为何六洞河从木良至平坝一带形成了奇特的峡谷，其地质成因何在？木良属北侗区域，而北侗风情又有何特点？疑问还有许多，难以一一言说。这些都值得我们今后认真地去挖掘、探寻、收集、整理和提高，然后向世人展现其丰富的内涵和独特的魅力，这样方可打造出自己闪光的品牌。

"到了木良，不想爹娘。"木良发展乡村旅游，其势红红火火，前景美丽诱人。它定会用特有的民族风情诠释这句古老的民谣，我们期盼着这一天早日到来。

2015 年 9 月 8 日发表于《黔东南日报》

吃得亏是做人的一种境界

"吃亏的人常常在。"这是民间流传的俗语，也是老百姓喜爱的生活格言。其中蕴涵着为人处世的智慧，常思常新，感慨不少。为何"吃亏的常常在"呢？笔者浅陋，感觉道理或许如下。

人类社会是互利互惠的。人与人之间相处，你怎么对待别人，反之亦然，可谓"种瓜得瓜，种豆得豆"。而有的自私贪婪，凡事斤斤计较，分毫不让，锱铢必争，恨不得占尽世间一切便宜，哪怕拔一毛利天下都不为。别人与之相处和相交，无不受其伤害。因而对其心存戒备，哪还谈得上相互信任、同甘共苦呢？做人一旦失去了人脉，成了孤家寡人，当遭遇困难之时，又有谁甘愿援手相助呢？全凭个人孤军苦战，其境况可想而知。与此相反，吃得亏的宽厚善良，善解人意，见利可退避三舍，相让于人。"吃得亏才做得堆。"顺利之时可与人友好相处，合作共事，携手共进，不断开拓人生和事业新的天地。而碰到不幸以致身陷逆境之时，可得到别人的慷慨帮助和倾力支持，从而渡过难关，步出困境，人生之路越走越宽。因为帮助了别人，最终也是帮助了自己。凡是付出了，早晚定会有回报的，所以，遇事吃得亏，始利人，终利己。明乎此，才是真正的明白人。

于工作而言，有的责任心淡薄，缺少担当，干事挑三选四，偷懒耍滑，稍遇困难便绕道而行，或推给他人。碰上克难攻坚，以当缩头乌龟为能事，躲在一旁看热闹，不流汗、不费神、不担忧，耍耍小聪明，日子就混得有模有样，哪还想到多付出而自找亏吃呢。

而吃得亏的老实人，干事从来不计得失，不论遇上多大的困难都主动担在肩上，不知推诿和退却为何物，总是拼尽全力埋头苦干。有时干成了事，虽劳而有功，但却遭遇误解和冷落。任劳了还得任怨，那份伤心之痛，也只能默默忍受。能经受住这种苦其心志的磨炼，有利人生走向成熟。换一角度思考，吃得亏的，常担当别人不愿干和不能干的苦活难事，无疑要比别人付出更多的汗水和辛劳，经历别人未曾经受过的煎熬和折磨。但其好处是，收获了别人未能得到的经验，由此丰富了阅历，增长了才干，这又何尝不是人生中的宝贵财富呢。古人云："曾经沧海难为水，除却巫山不是云。"今后，哪怕是遇到天大的困难，你都能扛得住，顶得起，心志坚，步子稳，攻克难事，干成大事，赢得世人的称赞。吃亏换来事业有为，那是生命之幸，人生之福。

有人讲："吃亏是福。"此话不无道理。人世间的祸福是相互转化的，但遗憾的是，许多人并不懂得这一生活的辩证法，所以，导致人生多有失误而难于摆脱平庸。社会在不断向前发展，任何时候都需要吃得亏的人做出奉献。吃得亏是做人的一种境界，它可赋予平凡生命崇高的意义。

2015 年 9 月 10 日发表于《黔东南日报》

好方法来源于智慧

我们常讲生活充满了矛盾,矛盾无处不在,无时不有。比如夫妻间的口角言语、邻居里的是非纷争、工作中的隔阂摩擦等等,这都属生活的常情。重要的是如何有效地化解矛盾,有利工作与生活。

笔者最近读到两则有趣的小故事,其化解矛盾的方法独辟蹊径,令人称奇,值得点赞。现简述如下。

一、有位老人单门独户居住。某天来了 3 位小孩玩耍,把放在附近的几只破垃圾桶踢得轰轰作响。老人受到噪音的干扰,心情极为不快,但又不好采取简单的方法加以制止。于是,老人主动跟孩子们谈判。说道:"我很喜欢你们踢桶玩。只要你们来玩,我保证每天每人给一元钱。"孩子们听后高兴极了,接下来每天玩得更欢了。老人也爽快地兑现了承诺。过了几天,老人心怀忧虑地对孩子们讲:"单位效益不好,我的工资被减了一半,所以,从明日起,我只能每天每人给五角钱了。"老人的话让孩子们很不高兴,但还是勉强答应了。又过了一个星期,老人愁眉苦脸地央求孩子们:"我已经领不到养老金,以后每天每人只能给两角钱了。"此话一出,孩子们满脸不悦,然后悻悻地离去了。从此,生活恢复了原有的平静,老人又过上了安宁和舒心的生活。

二、李先生家的隔壁住有一位老太太。她养了一大群鸡,但鸡笼破破烂烂,不少鸡经常飞进李先生家的院子里,糟蹋花草和蔬菜。李先生多次找邻居老太太理论，但老太太每次都以种种理由敷衍，情形依然如故。一天，李先生突然发现老太太把鸡笼修好了，院子里再也看不到鸡的踪影。晚上，他高兴地将此事告诉了妻子，没想到妻子笑着说："你还真以为是老太太觉悟高呀！那是我这几天在菜地里放了一个筐，每天上午放上两个鸡蛋，晚上再拿回来。老太太见此，当然也就把鸡笼修好了。"

上述两则故事的矛盾虽然不同，但化解的方法却有异曲同工之妙。看来，两位老人都深谙人性的弱点，攻心为上，以智服人，其方法闪耀着智慧之光。老头是欲擒故纵，将欲取之，必先与之，以退为进，不知不觉中让孩子们乖乖就范。而李先生的妻子却是利用心理暗示来提醒老太太，你不让鸡在外面下蛋，就只能及时把鸡笼修好。悄然无声便息事宁人，不战而屈人之兵，真是"此声无声胜有声"。两位老人的睿智，令人叹服，值得我们学习和借鉴。

可见，化解矛盾的方法十分重要。但好的方法从何而来呢？依笔者之见，一是要加强学习，多读书，勤思考，用力拓开知识视野，登高方可望远。有知识照耀前行，遇事可看得清，拿得准，寻找好的方法也就水到渠成。二是虚心向生活学习，向能者学习，向一切有经验的学习，不断从生活中吸取营养丰富自己，见多识广，方法可应运而生。三是注重道德修养，善良大度，宽厚待人，碰上矛盾，冷静对待，大事化小，小事化了，方法自在其中了。总之，腹有才华，心有灵气，好方法才会"为有源头活水来"。作家沈从文有一句名言，即是"我一生，从不相信权力，只相信智慧"。人生从来都离不开智慧的关爱。我们应尊重知识，崇尚智慧，明白事理，善待世人。不管生活遇到怎样的困难，你都可凭借自身的智慧逢凶化吉，遇难呈祥，活得自在，获得快乐，那才是幸福的人生。

2015 年 9 月 18 日发表于《三穗报》

时代呼唤认真精神

有人讲："认真是哲学的灵魂。"我想研究哲学是这样，干工作也不例外。认真二字大多数人都知其含义，但要付之践行，坚持不懈，却异常艰难。正因为如此，提倡认真负责的精神，也就显得格外重要。

作家周国平说过："中国人最大的毛病就是不认真。"此话虽刺耳砭人，但却是一语中的，切中时弊，触及心灵。不独有偶，胡适先生曾写过一篇有名的短文，名曰《差不多先生传》。差不多先生做人的信条是："凡事只要差不多就好了，何必太认真呢?"不认真的毛病不仅是胡适先生和作家周国平所痛心疾首的，凡一切踏实干事的人，对此都深有同感。然而这一怪疾至今还在不少人身上时常发作，继续危害着我们的生活。

君不见，有的职能部门把关不严或管理制度缺失，假冒伪劣产品，像苏丹红、三聚氰胺、地沟油、瘦肉精之类，可大摇大摆地进入市场，然后明目张胆地伤害生命，祸及社会。有的地方忽视安全生产，所订立的制度形同虚设，仅是墙上挂挂，遮人耳目而已。至于平常检查有时也是搞形式、走过场、摆样子，一旦某个环节成了死角，灾难随之而来则是势之必然。因而时闻矿难、化工厂或仓库爆炸等悲剧发生。顷刻之间，不少鲜活美丽的生命化为虚无，惨不忍睹，同时给国家财产造成重大损失，令人痛心不已。如此等等，不一而足。此外，我们工作中存在的推诿、拖拉、扯皮、马虎、敷衍等，都与缺少认真负责的精神关系极大，只是习以为常，人们显得麻木罢了。

可见，大力提倡认真负责精神是我们改进作风的重要内容，我们应从以下几个方面入手，常抓不懈，用力扫除这一恶习。首先，要进一步增强责任感。强烈的责任担当可以培养出一丝不苟的敬业精神，唯有这样，才谈得上忠于职守，爱岗敬业，无论干什么都高度负责，兢兢业业，任劳任怨，追求卓越。其次，要努力加强法制建设，严格执法，秉公办事，铁面无私。至关重要的是，食品监督、安全生产、环境保护等事关人民群众生命财产安全的大事，更要严之又严。凡违纪违法之事，要坚决查处，决不手软，有效防止各类事故的发生，还百姓一个安全感。第三，建立科学合理的考核制度，改进方法，注重实效。对那些作风漂浮、敷衍塞责、尸位素餐、玩忽职守、工作不作为和乱作为的要严肃追责，不可姑息迁就。总之，多管齐下，且持之以恒，锲而不舍，方可根治不认真的痼疾。

"世界上怕就怕'认真'二字，共产党就最讲'认真'。"这是毛泽东同志的名言。至今读来，倍感亲切，温暖心灵。身为公仆，应以事业为重，恪尽职守，用认真负责的精神做好每一件事，干好每一项工作，使之成为一种良好的习惯，由此起到示范作用。大家都自觉去做，就会形成新的社会风尚，产生强大的正能量，我们民族的精神面貌必将发生深刻而巨大的变化，促进社会经济的突飞猛进。这正是我们大力提倡认真精神的意义所在。

2015 年 9 月 29 日发表于《黔东南日报》

谁说葡萄是酸的

《伊索寓言》载：有一只饥肠辘辘的狐狸四处觅食，突然发现路旁的葡萄架上挂满了一串串成熟的葡萄。狐狸见之馋涎欲滴，但用尽全身气力也吃不到葡萄，最后只好垂头丧气地走了。狐狸边走边安慰自己，"这葡萄肯定是酸的"。

吃不到葡萄便说它是酸的，这颇有些阿 Q 精神的味道。说白了，是自欺欺人，自我麻醉。这种为自己的无能寻找借口和理由的毛病，并非狐狸独然，人类的身上也同样存在，而且更是有过之而无不及。比如"人穷怪屋基"之说就颇有市场。有的因懒惰陷入贫困，不反躬自问，而是埋怨风水不好。这种因陈腐观念而导致贫困的荒唐逻辑，阿 Q 见之也只有甘拜下风了。

社会之中，有的读书不用功，虚混光阴，高考名落孙山，就责怪老师教得不好，学校管理无能。有的教子无方，子女犯罪堕落，便归过于生活环境不佳，社会风气不良。有的干工作吊儿郎当，三天打鱼两天晒网，碌碌无为，仕途无望，则怨恨领导不公、待人不平。此外，我们还常见有的缺少担当，胆小怕事，树叶子落下来都怕砸伤头。自己干不了事或干砸了事，从无自我反省，而是把责任推得一干二净。理由都条条是道，无可辩驳。总之，错在别人，与己何干。长久以来，寻找借口成了某些人推诿工作、逃避责任、掩饰无能的不二法门。

人乃万物之灵，但人绝不是被动消极地适应生存环境，而是积极主动地改造世界，并不断去创造幸福生活。干工作哪能没有困难，又哪能都事事顺心如意呢？如果自己能力不足，就千方百计为不作为开脱责任，文过饰非，消极懈怠，那结果必是自害其身，更误事业。

古人云："天下事有难易乎？为之，则难者亦易矣；不为，则易者亦难矣。"难和易都是相对的，而且可相互转化，关键取决于我们的态度。有这样一则故事极富教育意义。蜀之偏僻之地有两个僧人，一贫一富。二人都想去云游南海，而富者仅停留在嘴上，贫者却凭"一瓶一钵"，终于如愿以偿。越明年，至南海而返，以告富者，"富者有惭色"。贫者能至，是重在践行，不畏艰难而为之。须知，天下事从来都是奋斗出来的。我们若能像"贫僧"一样执着，"北海虽赊，扶摇可接"，又有什么事不能干成呢？

"工作无借口"，是西点军校重要的行为准则之一。我们可将此作为借鉴。一个人能力不及或境不遂意，没有什么可怕的。真正可怕的是缺乏信心、怨天尤人、不思进取，为自甘平庸寻找安慰的借口。"反正葡萄是酸的"，那样的人生是不是有几分悲哀呢？

2015 年 10 月 28 日发表于《中华日报》

做不被谣言所困的明白人

谣言历来是卑劣小人陷害、暗算和打击正直之士的利器之一。古往今来，因谣言上演的悲剧从未间断。人类社会只要有小人这种衣冠禽兽存在，谣言就不会绝迹。不惧谣言是一种充满自信的良好心态，但仅有此还远远不够，如善把谣言这种腐朽之物化为神奇，并为我所用，那才是人生的一大收获。

古人云："救寒莫如重裘，止谤不如自修。"当谣言扑面而来之时，哪怕是黑云压城，千人同调，也不能有丝毫的恐惧。古人云："闻谤而怒，虽巧心力辩，如春蚕作茧，自取缠绵，怒不惟无益，且有害也。"明智之举是沉默以待，不妨逆向思维，寻找破解之策。因为谣言可以从反面警醒我们，从而增强忧患意识和危机意识，以此为戒，加强自我约束，常持警惕和敬畏之心。凡事如履薄冰，如临深渊，战战兢兢，洁身自好，纯朴如初，谣言又奈我其何！随着时间的推移，谣言可不攻自破，终成历史笑话。我们不但走出了被谣言笼罩的困境，而且谣言还可从反面教会了我们不少做人的道理。打一个比方，谣言好比一堆臭不可闻的狗屎，将其用于耕作，可增加土地的肥力，迎来五谷丰登的喜悦。这不正是变害为宝、化弊为利的天大好事嘛。

庄子云："凡人心险于山川，难于知天。"人或许是一个善变的多面体。在不同的环境里，不少人表现出完全不同的一面。平日里，你好我好，称兄道弟，亲密无间，极难看清一个人的庐山真面目。但当你被谣言伤害之时，在这样的是非面前，你可识别出忠奸贤愚。"岁寒，然后知松柏之后凋也。"此外，某些别有用心的好事之徒，自然是谣言卖力的传播者。此辈唯恐天下不乱，或心生嫉妒，或心有怨恨，或人品低下，遇到谣言出现，那是天赐良机，又哪有不推波助澜、顺风扬沙、落井下石、借机倾泄私愤而报复打击他人呢。看到这些，虽令人愤慨，但可擦亮你的双眼，使你积累了识别人心险恶的经验。较之于他人，你对生活的感悟、人性的认识、世事的观察，无疑要清醒和深刻得多。它可使你在今后的人生中，能更好地识别陷阱，避开灾祸，你难道不应该为此而感到高兴吗？

诗云："人事浮云千变化，宦途平地几崎岖。"老百姓说得更好："三穷三富不到老，十磨九难不登头。"任何人在其一生之中都不可避免地要经受这样或那样的困顿、挫折和艰辛，正是这些困苦的反复折磨和摔打，方使我们可破茧为蝶、蚌病成珠，风雨之后见彩虹。无此经历的人生残缺破碎，单调贫乏，生命中必然缺少坚强和自信，而成为一种缺憾。遭遇谣言的攻击，是对我们心理承受能力的一大考验，恰如一次穿过茫茫荒漠、栉风沐雨的长途跋涉。人生遭此劫难，但令人欣慰的是又向成熟迈进了一步。生活早就告诉人们，谁笑到最后，谁才会笑得舒心和灿烂。

世事艰难，人生不易。活着是一种幸运，是一种幸福。活在当下，就要活出特色，活出品位，活出风骨，又岂可为谣言所惑所困所阻。面对谣言，风雨不动安如山，那是强者的自信和坚定；善将谣言化神奇，则是智者的睿智和有为。"无边落木萧萧下，不尽长江滚滚来。"我们应始终坚信生活是永远向着光明、幸福和美好走去。时间是最好的证明，历史是公正无私的法官，它对人世间的一切都将做出最终的评判。举头三尺有神明，人在做，天在看，"多行不义必自毙"。造谣者亦然。谓予不信，请拭目待之。

2015 年 10 月 30 日发表于《三穗报》

好好过日子

　　有位著名作家，每当别人请他题字，他总是挥毫写下"好好过日子"一语相赠。此话简单明了，通俗易懂。粗略一看，似乎觉得它登不了大雅之堂。但用心领会，却可启迪心智。生活就是过日子，但要"好好过"，人生应有正确的价值选择，并贯穿一生。

　　首先，干好工作。人世间，人们从事的职业虽千差万别，但必须忠于职守，爱岗敬业则是殊路同归。从人的一生来讲，大部分时间是忙于工作，它构成了我们生命重要的组成部分。而工作业绩的优劣，则决定了我们人生价值的大小。生活之中，那些具有强烈责任感的人，无不把工作视为肩负的神圣职责，常怀感恩之心，自觉担当，尽心尽力，不计得失。就是当清洁工，都一心扑在岗位上，风雨无阻、寒暑不辍，把大街扫得干干净净，用自己辛勤的汗水把城市装扮得美丽非常，为人们送去舒心和快乐。以此而论，只有干好工作，才能体现自身的价值，赋予生命崇高的意义，真正感受到工作获得的成就感和幸福感。事实就是这样，想要"好好过日子"，首先必须干好工作，这可称之为人生的第一要义。

　　其次，守护自我。时下，物欲横流，金钱至上，各种诱惑五光十色，令人眼花缭乱，迷茫困惑。"世上无如人欲险，几人到此误平生。"不少人正是荒芜了精神家园、丧失理性、丢掉道德、蔑视法律，被诱惑的魔鬼牵着渐行渐远，走上了一条不归之路。而给家庭造成的不幸，其阴影是几代人都挥之不去的。此类悲剧不绝如缕，教训极为沉痛。由此看来，守住自己非同寻常。如孟之所言："守身为大。"身处红尘，不染尘埃，"一片冰心在玉壶"。市俗追物欲，风雪知劲松。守住自己，就是守住了人生的清白、家庭的幸福、儿女的前程以及子孙的兴旺，这样才能好好过日子。否则，过日子无从谈起。

其三，搞好家庭。常言道："家和万事兴。"于家而言，和睦为贵。一是孝敬父母，使其安享天年。而孝的重要之处是"敬"。"不敬，何以别乎？"孔子之言，重于金石珠玉。二是夫妻恩爱。夫妻之间应互信、互尊、互助，互相包容，携手共进。"执子之手，与子偕老。"白头到老才是美满幸福的婚姻。三是重视子女教育，不能仅着眼于文化知识的培养，而要注重提高其综合素质。著名学者茅于轼讲得好："个人素质最重要的是什么？是懂得人性、懂得是非善恶。"所以，要用心培育子女具有健全完整的人格、纯洁高尚的心灵、独立生活的能力、奋发向上的精神，让正直、善良、诚实、勤奋等美好的品德伴随其健康成长。成人为先，成才次之。可见，搞好家庭，就为"好好过日子"打下了坚实稳固的基础。

"好好过日子"，无疑还有其他的内容，但以上所论可视为基本要求。生活美好，光阴易逝。懂得"好好过日子"并紧紧把握住它，平安、欢乐和幸福就像一缕缕温暖的阳光，永远洒在你的身上。

2015 年 11 月 14 日发表于《贵州民族报》

善待生命的晚年

60一个甲子，在佛家看来便是一个轮回。人生步入花甲之年，已进入了老年时期。老年虽说是生命中最后的驿站，但其景色依然美丽可爱，值得倍加珍惜。善待生命的晚年，让黄昏的落霞似燃烧的火焰，染红天边的朵朵云彩，在天地之间尽情地描绘出"夕阳无限好"的壮美景观。

人世间，谁也留不住时间无声的流逝，挡不住苍老悄然地到来，更拒绝不了死亡不知何时突然降临。生死都是平常事，老不足叹，死也不足惧。人生历经了世事的沧桑，老年既是享乐的岁月，也是收获的季节。人老了，可贵的是保持良好的心态和持有明智豁达的处世之道。既不可像九斤老太太那样整天唉声叹气，不停地埋怨"一代不如一代"，也不可像某些人倚老卖老，目空一切，动辄教训他人。更不可学有的人自恃有功，争级别，比待遇，伸手要这要那，时常给别人增添麻烦。这些都是极不可取的。进入老年，更应有自知之明，淡定从容，包容宽厚，为老自尊。"敬人者，人恒敬之。"有高尚的人品，才可获得社会的尊重和世人的敬佩。

人生匆忙，一生之中，谁也不可能没有缺憾。其实，缺憾也是一种人生之美。过去遭受的不幸也好，拥有的风光也罢，一切都已化为了云烟，随风飘散得无影无踪。既是这样，此时倒不如静下心来，梳理往事，反思过去，就可"觉今是而昨非"，然后冷静地进行总结，其中那些遭受挫折的教训，或许可为后人提供一点有益的借鉴。老年人有这样的认识，才算是尽到了做人的责任，是睿智之为，同时也是在传承一种特殊的文化。

世上每个人都是独特的，都有自己的爱好和追求。告老还乡，生活悠闲。或养鸟，或种花，或外出旅游，或喜爱琴棋书画，皆可养心怡性，自得其乐。于我而言，则钟情于读书和笔耕。孔子云："发愤忘食，乐以忘忧，不知老之将至。"现代社会提倡终身学习。爱好学习，也同样应是老年生活的重要内容。老年读书，已无多少功利可言，更多的是向往精神追求，温暖心灵而获得快乐。老年人因其阅历丰富，此时认真读书，感受更深，吸取的知识营养或许更多，可使人保持清醒，明智而富有活力。有知识和智慧的阳光照耀，可医治固执守旧等心理疾病，自我排解寂寞和孤独，不断抛弃生活中的烦恼，清除心中积存的负累，让心灵始终拥有一片明净的天空。善待自己，也善待别人，用宽厚的胸怀去对待一切。生活平静，心境安宁，且飘逸着几分哲思的灵气，散发出老年特有的魅力。

古人云："老当益壮，宁移白首之心。"当生活还需要你继续贡献微薄之力时，你可一如既往，执着奋斗。"欲为圣朝除弊事，肯将衰朽惜残年！"生命之火在即将熄灭之时，仍熊熊燃烧，散发出最后的光和热，那是人生晚年之美。即使贡献甚微，挥洒的汗水都将与这块土地融为一体。假如能给人们留下一点美好的回忆，生命也就更有意义了。

人不仅要老，而且最终要回归自然。只要持有不老的心情，世上就永远有如诗如画的美丽风光。"只有乐于生的人才能真正不感到死之苦恼。"蒙田之语揭示了生死的奥妙所在。当自己告别人世之时，可坦然从容地走向天国。"悄悄的我走了，正如我悄悄的来；我挥一挥衣袖，不带走一片云彩。"

2015 年 11 月 27 日发表于《中华日报》

家有藏书心自乐

我从小喜爱读书，几十年来与书结下了不解之缘，如今兴趣更浓。正是情缘于此，长久以来，我养成了藏书的习惯。日积月累，积少成多，现藏书较丰。暮年能静下心来认真阅读平生收藏的书籍，回味人生，感悟得失，收获智慧，岂不快哉。

岁月匆匆，但一些往事至今记忆犹新。记得大学时代，有时星期天上街逛书店，看到许多"文革"时期被打入冷宫的"禁书"，此时陆续出版发行。书店的书架上琳琅满目，气象一新，格外引人注目。虽囊中羞涩，但也要想法抠出几文买书，以解求知饥渴。当时我想，买书有助于读书。人生有书籍相伴，不仅生活充实，生命还可活出另外一种品位。工作之后，读书和藏书成了我最大的爱好，而藏书更甚。不管是外出开会、学习、出差或旅游，书店是我必去之处。凡中意的书，无不倾囊买回。有时是大包小包的带回家，好似带回了许多奇珍异宝。可能是我经常光顾书店，还被凯里恒通意远书店定为特别优惠的贵宾，这是买书获得的尊重和回报。几十年转眼就过去了，自己节衣缩食所购买的各种书籍，如今多达近万册，整整装满了12个书柜，还有不少的书归无去处，只好堆放在书桌上和其他地方。书的种类涉及古今中外、天文地理、经典名著、人物传记等，尤以哲学和历史书籍居多。家中的藏书增多了，给生活增添了不少乐趣。

这些藏书绝非摆设，而是为我所用，是我的良师益友，更是我吸取智慧的重要源泉。"书卷多情似故人，晨昏忧乐每相亲。"不管工作怎样繁忙，也不管身体如何疲倦，每天下班回来，我都要走进书房，与这些藏书相亲相近一番。平时勤于读书和不断思考，受益颇多。每当工作遇到难题，我常借助前人的智慧，巧妙加以化解，收到了良好的效果。此外，读书可修炼人生，升华境界。在几十年的风吹雨打中，我始终保持清醒和理性。境遇不顺时，拼力抗争；高歌行进时，低调谨慎。心存敬畏，笃行致远。现回首往事，在我身后留下的是清晰可见、坚定踏实的足迹，是许多惠及百姓的好事实事。而挥手告别的则是昨天洁白如玉的岁月和爽爽宜人的清风。人生的经历使我深刻地认识到"知识就是力量"，是人类永恒的真理。

人生有乐亦有苦，今日让我感到苦恼的是长年累月忙于工作，无暇顾及读书。"藏书不难，能看为难。"我虽退休几年了，但仍无法卸下"两高"的征拆重担，还得竭尽余力，做到完满收官，给世人一个清白的交代。我期待着早一天摆脱繁纷琐事，安心回到心爱的书房，与书为伴，朝夕相处，不再分离。"慷慨不同时俗辈，清高多读古人书。"我拟定做一次阅读的漫长旅行，从中国的诗经、诸子百家、楚辞汉赋、唐诗宋词……再到古希腊的文明、法国的文学、德国的哲学等，穿越几千年的时空隧道和历史风云，快乐地漫步在东西方文明发展的宽广大道上，尽情地饱览沿途光芒四射、震撼心灵的文化奇观，哪怕是走马观花，浮光掠影，收效甚微，心灵也将获得极大的满足和无比的快乐。这是我多年以来的一大心愿。晚年能了结此愿，则此生无憾矣。

家有藏书心自乐。其乐是家中多了一些书卷气，而少了一些市俗味，有利营造家庭的文化氛围，有利子女的健康成长。但愿"户多书籍子孙贤"，让藏书和读书形成良好的家风，成为一种家庭文化传承下去。世间无论什么财富，又怎能与之相比呢。

2015 年 12 月 28 日发表于《中华日报》

调研应注重解决实际问题

调研，乃时下的时髦之语。望文生义，也就是调查研究的简称。加强调研，是我们不断改进作风必不可少的重要一环，更是做好各项工作行之有效的方法。

笔者长期在基层工作，不时却看到另一种调研情形。有的下到基层放不下架子，俨然一副"钦差大臣"的派头。下车伊始，好发议论。但所发的宏言高论大都是空话、套话或大话，听起来好像有几分道理，但却解决不了任何问题。此外，这种人又往往不问实情，看到一些表面现象，居高凌下，动辄训人，语气生硬，言辞刺人。批评多于鼓励，冷漠取代了关心，搞得场面尴尬，情绪对立，极不利于工作开展。而谈及工作是只要结果，不问过程。至于思路如何，方法怎样，有何困难，皆闭口不言，只字不提。反正责任在下面，干得不好与己无关。下来调研不外乎是走一走，看一看，听一听，然后再讲一讲，就算是深入实际、改进作风了。又何苦再自找麻烦，扑下身去，劳神费思帮助基层解决实际问题呢？

大家知道，基层工作千头万绪，上面千条线，下面一根针，方方面面，辛苦异常。基层干部担负着十分繁重的任务，又是直接面对群众，不管哪一方面的工作，如果政策把握不准，方法不当，作风不实，都难以落到实处。稍有不慎，还会惹出麻烦，甚至乱子，更不要说有所作为了。基层非常需要得到各方的理解、支持和帮助，尤需得到来自上级的关心和帮助。深入基层调研，除了认真了解实情外，更应满怀热情地投入精力，帮助他们解决一些实际问题。比如，有关政策是否完全符合实际，有无需要调整之处；各类项目资金是否存在缺口，还需多大支持力度；工作推进存在什么困难，应该如何加强协调，等等。我想，这些都是基层所急、所盼和所需的。如果能设身处地地为他们着想，善解基层之苦之难，真心实意帮助他们化解存在的问题，不仅推进了工作，更可极大地调动他们的积极性，激发他们的创造力，又有什么样的工作不能干好，什么样的困难不能克服呢？此事并非办不到，"是不为也，非不能也"。只要心系基层，多担当，重实干，调研就可收一举几得之功。

加强调查研究是我党的优良传统。"没有调查就没有发言权"，"调查就是解决问题"。在新的时代，我们应发扬光大党的优良传统，在加强调研的同时，多为基层化难事，办实事。如是而行，就可写出有声有色、有血有肉的调研好文章。

2017 年 4 月 11 日发表于《黔东南日报》

三个和尚没水喝如是说

三个和尚没水喝，是流传甚久的民间故事。为何没水喝呢？笔者不敏，对此，总是困惑不解，常苦思冥想，但却难解心结。一日偶获灵感，茅塞顿开，速将思之所得笔录于下。

一、苦乐不均，待遇不公。三个和尚可称之为甲、乙、丙。甲老实本分，乐于吃苦，不计得失。而乙和丙头脑灵活，但无吃苦耐劳之德，却有好逸恶劳之习。挑水乃苦活，夏有酷暑，冬则严寒，山路崎岖，行之艰难，常常汗流浃背，累得腰酸背痛。每逢挑水，乙和丙无不唉声叹气、叫苦连天，总是借故推诿逃避。无奈，甲只好独担此责，大局为重，吃苦上前。但天长日久，甲发现自己经年累月享受的皆残汤剩饭，再看看乙和丙，整天喝香的、吃辣的，日子过得挺舒坦。相比之下，甲颇感不平，满腹辛酸无人知晓，又怎么再甘愿当挑水的傻子。

二、劳者无功，懒者受益。甲天性愚笨，拙于谋身，只知埋头苦干，从不知拉关系，攀人缘、走后门。乙和丙实干虽远不及甲，但却老于世故，擅玩潜规则，请客送礼、吃喝玩乐等旁门左道无所不通。平时用心广交朋友，培植各方人缘。每逢评比考核，乙和丙无不捷足先登，榜上有名。甲常年埋头拉车，不知抬头看路，干得再好也是"寂寞开无主"，当然于此无缘，只有名落孙山了。屡遭此运，甲也渐渐悟出了苦干不如巧干，干事不如做人的处世之道。从此，放下水桶不干，无水喝也是事出有因了。

三、多干有失，功不抵过。甲常年挑水，遇上下雨落雪、坡陡路滑，免不了有时要跌跤子，伤了身体可暗自忍受，但摔坏了水桶庙里又得花钱添置。晋升提拔之时，乙和丙虽表现平平，但却无过可言。甲确实苦干，可摔坏水桶总是过错吧。而其过又无人承担，较之乙和丙，甲相形见绌，自然被淘汰出局。乙和丙顺理成章获得升迁。甲遭此挫折，闭门反省，方知"不求无功，但求无过"的奥妙所在。吃一堑，长一智，今后，谁还乐意去挑水呢。

我们常讲不让老实人吃亏，不让钻营谋利的占便宜。此话感人至深，但实效还是不尽如人意。由此观之，至关重要的是创建行之有效的考核和管理制度，并使之真正落到实处。让人们做到以讲老实话、干老实事、做老实人为荣，正气蔚然成风，"三个和尚没水喝"的笑话，才会从生活中消失。

2017 年 7 月 14 日发表于《黔东南日报》

有敬仰才能开创明天

2016年6月某天，笔者下乡工作，看到一件令人不解之事，至今不能忘怀。某村的老支书不幸病逝，村民们深感悲痛，许多人都自发地前往悼念。灵前摆满了花圈，哀乐低回，哭声一片，气氛悲哀。亲临其境，谁不悲伤。斯人去矣，一路走好。

可令人感到奇怪的，却未见当地政府前来参加悼念，更不要说送上花圈追念死者了。目睹这一怪事，深感人情冷漠，内心一片悲凉。当地的"父母官"为何如此麻木不仁、冷漠无情呢？是忙于工作，无暇于此？还是缺少人文情怀、心如铁石？我百思不得其解。为减少内心的痛苦，只好自我安慰。或许人心不古，不少人情感缺失，事情原本如此，又何必自寻烦恼。

人生于世，最终都要回归自然，这是谁也绕不过去的坎。但只要死得其所，死又何惜。老支书生前心系百姓，几十年来埋头苦干，一生奉献，有口皆碑，可谓德高望重、为人所敬。他的离去，村民们悲痛不已，那是发自内心的真挚感情。正如一位诗人所称赞的那样："给人民做牛马的，人民永远记住他！"可当地的"父母官"却漠然置之，有悖常情，又何谈传承民族美德和光大党的优良传统。冷落了死者，实际是冷落了百姓的心。如果为官者连人心所向都茫然不知，那不如趁早回家抱小孩去吧！

感慨之余，我又想到了许多许多。张思德仅是一名警卫战士，他光荣牺牲后，毛泽东同志亲自参加了追悼会，并发表了追悼张思德的演讲。其演讲就是著名的《为人民服务》。这充分体现了伟大领袖关怀一位普通战士的博大胸怀，其意义光照千古。毛泽东同志还说道："今后我们的队伍里，不管死了谁，不管是炊事员、是战士，只要他是做过一些有益的工作的，我们都要给他送葬，开追悼会。""哲人日已远，典型在夙昔。"如今，我们更应发扬光大党的优良传统。老支书去世后，假如当地政府能参加追悼，那是顺应民心之举，不仅表达了对死者的深切哀悼，更可感召活着的人们，起到凝聚人心的积极作用，产生良好的社会效应。如此好事为何就不主动为之呢？

人类社会薪火相传，世代相连。我们缅怀前人、敬仰先辈是为了弘扬传统、走向未来，这正是人类生生不息的源泉之所在。但愿今后不要再发生此类怪事，有敬仰才能书写伟大时代的新篇章。

2017 年 7 月 16 日发表于《贵州民族报》

不敢担当何有为

时下，我们大力提倡担当精神，这是肩负的历史使命所在，是一个共产党员应具有的政治品质。如扶贫攻坚、深化改革、创新发展等，哪一样能少得了担当精神呢？具有担当精神十分难能可贵。可是在实际工作中，不少人恰恰缺少担当，常见有以下几种表现形式。

其一，遇事推诿，难事尤甚。俗话讲："无事一身轻。"有的人在其位而不谋其政，抱着多一事不如少一事、少一事不如全无事的懒惰心态混日子，度光阴，耗人生。无事，肩上无担子，心中无责任，工作无压力。上班签下名，下班便开溜。难事唯恐避之不及，苦活从来都不沾边。混迹于如是环境，从不操心，何谈费神，更无坐卧不安的痛苦之感。过得轻松，活得清闲，混得潇洒。一年三百六十日，都是九九艳阳天。

其二，胆识不足，不敢决断。有的人或许是政策把握不准，实情胸中不明，行事缺乏底气，正误判断不清，因此害怕承担责任。每遇决断之事，常常举棋不定，犹豫不决，前怕狼，后怕虎。一件鸡毛蒜皮的小事，也要拖它十天半月方有眉目。为免担责和追责，万全之策便是用文件落实文件、会议落实会议，大家签字画押，人人都有责任。这样既不耗费什么精力，又无半点风险之忧，当然稳如泰山。至于实效怎样，则置之脑后，何存忧虑之心。"不求无功,但求无过。"凡事以不变应万变,戴稳头上的乌纱帽,这比什么都重要。

其三,能力欠缺,不敢担当。干工作从无一帆风顺之事,何况克难攻坚,绝非说说那样简单容易,举手可及。没有武松的硬功夫、真本事,又哪敢独上景阳冈?有的人才智平庸、经验贫乏、力不胜任,加之缺少底气,遇到难事大多是选择逃避和退却,把担子摔给别人,自己作壁上观,逍遥自在,君子动口不动手。工作只要结果,不问过程。这种人乃时下典型的"南郭先生"。合奏时可心安理得地混于众人之间,掩饰自身的平庸。若要独奏,只有溜之大吉,逃得身影全无了。

古人云:"大事难事看担当。"敢于担当,勇于任事,是一种十分可贵的品质,也是一笔宝贵的精神财富。有多大担当,也就有多大作为。时代在急切地呼唤我们:敢于担当吧!一切希望有为的志士们。

2017 年 7 月 28 日发表于《贵州民族报》

宽容、处世的良方

宽容是做人的美德。孔子早就告诫人们要"躬自厚而薄责于人"。后来，韩愈也提倡"其责己也重于周，其待人也轻以约"。不仅如此，宽容更可誉为处世的智慧。具有这种智慧，人生必定风光不俗。但这不是说说就可做到的，唯有善于学习和借鉴他人，长期修炼方有所得。

大局为重，相让为公。"负荆请罪"是人们熟知的历史故事。假如蔺相如不以国事为重，忍辱相让，那势必与自恃功高的廉颇发生无谓的争斗，而伤害的不仅是两人的私交，更关系到赵国的存亡安危。如蔺相如所言："吾所以为此者，以先国家之急而后私仇也。"后廉颇被其感动，才有了"负荆请罪"感人的一幕。感怀历史，温故而知新。如今，我们肩负重担，任何时候都应以大局为重，加强协作，共谋发展。平日工作之中，同志之间相处不可小肚鸡肠，狭隘多疑，为区区小事、或得失多少而斤斤计较，甚至耿耿于怀；更不可置工作不顾，动辄发牢骚，闹情绪，搞内耗。生活中有这样一条定理，气度决定人生的高度，有多大的胸怀也就有多大的世界。胸无全局者，人生的格局必然狭小，好似井底之蛙一样，那无论如何也担当不了大任，更不可能干成大事。

取人之长，补己之短。俗话讲："尺有所短，寸有所长。"与人相处，要多看他人之长，同时知己之短。如果仅见他人之短，久而久之必然形成偏见，为其所限，就极难容人，事业也就很难有成。记得小时候曾读过"骆驼和小羊"的寓言。骆驼炫耀长得高，可吃到树叶。小羊则辩解长得矮好，能钻进小门吃到院子里的青草。它们各执己见，争论不休。后来，还是老牛评理道："你们只看到自己的长处，看不到自己的短处，都是不对的。"从这个寓言可知，人可贵的是有自知之明。有自知之明才能做到宽宏大量，能容人之短，更能容人之过。与人和睦相处，携手同行，共创事业的辉煌，同时也实现了自我价值。

不念旧恶，以德报怨。人生一世，难免遇上磕磕绊绊、坎坎坷坷之事。这些无疑给我们的心灵留下一些创伤。但告别了过去，就应轻松愉快地走向明天。南非总统曼德拉在监狱中度过了27年漫长凄苦的铁窗生活。出狱之后，回首不堪的往事，他告诉世人："当我走出囚室迈向通往自由的监狱大门时，我已经清楚，自己若不能把痛苦与怨恨留在身后，那么其实我仍在狱中。"这充分体现了曼德拉博大的胸怀和崇高的人格。或许正是如此，他荣获了1993年的诺贝尔和平奖。曼德拉值得世人学习。古人诗云："目尽青天怀今古，肯儿曹恩怨相尔汝。"生活在向前走去，如果不能摒弃昨天沉重的包袱，那生命将难负其重。一生陷入冤冤相报的恶性循环之中，到头来除了伤人害己，必是一无所成。此类事、生活留给我们的教训不少，且又是十分惨痛的。但愿人们学会宽容，人生就会少些烦恼，多点快乐，更多点作为。

"宽容是一种伟大的品格与力量。"这是爱默生留给世人的名言。宽容是美德，既体现了仁者的仁慈，也体现了智者的睿智。生命如此美丽，而人生却短暂易逝。我们应以博大的胸怀、高远的眼光，笑迎生活的艰难，包容世事的沧桑，不为是非恩怨所绊所累，心怀坦荡，轻松向前，让自身的美德如春风吹拂，温暖周围的人们。

2017 年 9 月 26 日发表于《黔东南日报》

多为干事者撑腰鼓劲

常言道："空谈误国，实干兴邦。"但埋头苦干并能把事干好，它必须具备一定的条件，即干事者良好的素质和宽松的环境，二者缺一不可。因此，多为干事者撑腰鼓劲，这对营造浓厚的发展氛围显得十分重要。

然而，有些埋头干事的，却有不少难言之苦，以致伤心之痛。为何如此呢？一是埋头干事的重责任，有担当，不畏难，敢碰硬，无疑要触犯一些人的既得利益。捅了"马蜂窝"，岂不被蜇。二是埋头干事的，不少才华出众，个性鲜明，敢作敢为，作风雷厉风行，大刀阔斧，常可干成别人不愿干或干不了的难事。这种"李云龙式"的干部，必为平庸之辈所嫉妒。而嫉妒带来的伤害可想而知，日子又哪能过得顺心舒畅。三是埋头干事的，敢于创新，工作中发生一些失误也在所难免。因而有时不为世人理解，由此招来非议，引发争端，甚至受到不公正的待遇。任劳时也是呕心沥血，但还得忍受怨气绕肠的磨炼，那份辛酸和委屈，又有几人所知，几人能理解呢？

由上可知，某些地方的环境确有不如人意之处。更令人难于接受的是，某些别有用心之徒，惯于以造谣中伤、诽谤攻击、诬告陷害等卑劣手段打击干事者。如是环境，有的干事者被弄得一脸灰溜溜的，好像干了什么错事，比人还要矮三分。境遇不顺，心情悲苦，哪还能扬眉吐气、信心满怀地去开拓前进呢？

可见，为干事者撑腰鼓劲多么重要，笔者以为至少在以下几个方面创新管理。一要对干事者多支持、多鼓励、多关爱。而对那些搞内耗、传谣言、告刁状的要严肃查处。弘扬正气、扫除歪风，为干事者解除后顾之忧。二要为干事者提供公平合理的竞争平台。是骡子是马，只要拉出来遛上几圈，优劣可立见高下。但这需要建立科学的考评机制，真正形成能者上、庸者下、劣者去的用人制度。风气正了，"南郭先生"之类的也就没有了市场。三要对干事者发生的失误加以区别对待，建立容错的机制，不可一棍子把人打死。只要不是明知故犯、违规违纪、徇私舞弊，社会就应多些理解，宽容相待，满腔热情地激励干事者继续奋斗，干出实绩，做出更大的贡献。

为干事者撑腰鼓劲，这是改革所需、发展所需和人民所需。我们要大力树立正气，弘扬正能量，让埋头干事且干成事的人得到社会应有的尊重和公正的待遇，激励更多的人想干事、干成事，我们的事业就一定会更加兴旺发达。

2017 年 9 月 29 日发表于《贵州民族报》

为官莫学孙连城

孙连城何许人也？此君是电视剧《人民的名义》中京州市光明区的区长。他久居官场，老于世故，其为官之道颇值得人们玩味一番。

孙连城年纪轻轻就是正处，但遗憾仕途不顺，二十几年仍原地踏步，所以也就渐渐心灰意冷，一肚子怨气无处发泄。于是乎，敷衍塞责，得过且过。平日里对谁都满口"是、是、是"和"好、好、好"，可就是不办事。孙连城不贪污不受贿，其处世名言是无私者无畏，不想升了，又何畏之有。他将此视为精神支柱，不办事却显得心安理得。在他看来，哪怕是回家"卖红薯也是一种活法"。这倒叫人开了眼界，确有些阿Q的自慰精神。

孙连城不贪污不受贿，仅以此而论，无疑是清正廉洁的好官。但从勤政有为来讲，他却是"不作为，不干事，白吃干饭"慵懒的典型代表。这让人想起了《阅微草堂笔记》中一则有趣的故事。一位官员死后去见阎王，自称清廉，无愧于心。阎王训斥道："不要钱即为好官，植木偶于堂，并水不饮，不更胜公乎？"官员辩解："某虽无功，亦无罪。"阎王又指出他不作为的种种表现，其结论是"无功即有罪矣"。阎王的见解独到新颖，令人耳目一新。该剧中的省委书记沙瑞金就曾将孙连城之类斥之为"只会糟蹋人民群众粮食的懒猪"。此话确含有几分愤怒之气，击中了慵懒之辈的要害，听了叫人解气。

孙连城虽是一个艺术形象，但现实生活中并不乏其人。只要稍加留心，见之不难。有的为官者是在其位而不谋其政，其为官的秘诀是不求无功，但求无过。只要能保住头上的乌纱帽，则心满意足。其突出表现：一是缺少担当，失却责任。平常遇到急需解决的问题，怕担风险，不敢拍板，哪怕芝麻绿豆大一点的小事，动辄开会研究，美其名曰集思广益，实际是推脱应负之责。若有什么过失，便以会议研究决定为挡箭牌，免遭板子打在自己身上。时下有的地方会议成灾，效率低下，事难有为，可能与此关系极大吧。二是遇到难事，推诿回避，绕道而行，害怕化解矛盾发生差错而影响自己的升迁。无功则无碍大局，有过那万万不行。这种人好似《红楼梦》中初进贾府的林黛玉，是"步步留心，时时注意，不肯轻易多说一句话，多行一步路"。气不足，胆不壮，难事都推给别人。干好了，功归己；干砸了，过诿人。如此平庸无为，又哪能开拓创新呢？

平心而论，为官必须首先做到廉洁自律，干干净净做人，这是最起码的要求，否则，廉政就成了一句空话。但仅有此是远远不够的，为官还必须忠于职守，扎扎实实干事，勤勤恳恳为民，真正做到为官一任，造福一方，那才算是尽到了责任。廉政了，还需勤政。庸官造成的危害或许并不比贪官小，凡"公仆"岂可做孙连城式的慵懒官。笔者拙论，诸君以为然否？

2017 年 10 月 9 日发表于《黔东南日报》

用多干实事说话

某日，与友人到一家饭店就餐。见其餐巾纸的包装盒上印有一句广告词，即是"用味道说话"。此话明白易懂，言简意赅，耐人寻味。饭店用味道说话，确是一语中的。饭店如此，万事亦然。由此及彼，我联想到"公仆"该用什么说话呢？冷静思之，心有所悟，觉得用多干实事说话，才无愧"公仆"的称号。

多干实事，是时代的呼唤、人民的期盼。十九大报告指出："增强狠抓落实本领，坚持说实话，谋实事，出实招，求实效，把雷厉风行与久久为功有机结合起来。"学以致用，围绕"实"字下功夫，理念新了，就能多干实事。

加强学习，认真贯彻落实十九大精神。把握机遇，调整思路，创新模式，加快发展。时下，特别是扶贫攻坚，必须立足实际，选择切实可行的项目，重在落实。不论是种植业还是养殖业，都应注重加强技术培训，切实提高管理水平，形成生产、加工、销售一条龙，确保项目取得实效。干一件，成一件，富一方，让群众实实在在地得到真金白银。稳步发展，逐次推进，何愁贫穷不去、小康不来。

久久为功，谋持续之计，求长远之事。切忌急功近利、盲目浮躁、贪图虚名，更不可朝令夕改，一年一个新花样，自我折腾，劳民伤财。报载：山西右玉县过去风沙成灾。从 1952 年起，

18 任县委书记持之以恒植树造林，历经 60 多年顽强奋斗，换来了如今的绿树成荫、面貌全新，风沙灾害早成昔年往事。此事感人至深，更催人奋进。凡有利长远发展之事，就要坚定信心，毫不动摇，倾注满腔热血，紧紧咬住不放。犹如接力赛，一棒接着一棒跑，直至到达胜利的终点。

不忘初心，牢记使命，自觉践行宗旨。凡"公仆"在其位要谋其政，心系百姓冷暖安危，多解群众忧愁急难，多谋一方民生之利。比如，建好一座桥梁，修通一条公路，绿化一片山坡，治理一条河流，培育一项产业，等等。坚持不懈，必有其功。清代名臣林则徐被发配新疆，他以戴罪之身，干兴利除弊之事。他亲手设计和主持修建的坎儿井，解决农业灌溉卓有实效，至今仍惠及百姓，泽及苍生，让后人敬仰不已。"苟利国家生死以，岂因祸福避趋之"正是他高尚人格的真实写照。传承民族美德，造福百姓乃宗旨所在，"公仆"又岂可不尽心而为。

多干实事，贵在持久，贵在善始善终，才算是尽到了公仆之责。能自觉践行者，不仅可体现自我价值，更无愧于人民之托和新的时代。

2017 年 11 月 7 日发表于《黔东南日报》

办法只能从群众中来

工作中有时遇到难事，常听人言："办法总比困难多。"这是激励人心之语。但办法从何而来呢？这颇令人困惑。找不到解决难事的办法，就好比匠人手无金刚钻，又岂敢揽瓷器活。

近读作家邓贤所著《大转折》，书中写到了蟠龙之战。1947年5月初，彭德怀率部攻打敌人军事重地蟠龙，经过两天两夜的激战仍未得手。在此紧急关头，彭总亲自深入前沿阵地，来到干部战士中，召开军事民主会，广泛听取各种意见，甚至批评之言。然后博采众议，集思广益制定了新的作战方案，最后一举攻克蟠龙，取得了西北战场又一重大胜利。蟠龙之战由此载入了历史的光辉史册。

战争的硝烟早已散去。今日品读此事，联系实际，心生感慨。君不见，时下有的人遇到难事，常是束手无策，一筹莫展，怨天尤人。于是，躲避、推诿、拖拉成了护身的法宝。事情非要到了火烧眉毛之时，才被动应付。但多半又是浮在表面，好玩虚功，不外乎是开开会议，听听汇报，看看材料，讲讲空话，闭上眼睛捉麻雀，一厢情愿作决策，结局是不言自明。这好似《水浒传》中的宋江第一次攻打祝家庄，不明实情陷入了盘陀路，险些败于敌手。幸得石秀及时赶来指路，才突出了重围。思维脱离实际，就颠倒了实践和认识的辩证关系。在面对复杂矛盾之时，凭主观想象办事，岂有不遭挫折之理。

　　办法总比困难多。但办法绝不是凭空产生的，也不是整天坐在办公室里，冥思苦想，就心有灵犀一点通了。办法只能从实践中来，从群众中来。可以这样说，问题在什么地方，解决问题的办法亦在那里。我们应向彭总学习，弘扬党的优良传统，切实改进工作作风，要真正放下架子，弯下身去，深入实际，甘当小学生，拜群众为师，学学孔夫子来一个"每事问"。舍得花气力、下功夫、多思考，弄清问题的来龙去脉、前因后果，以及千丝万缕的关联和症结所在，办法便可应运而生。然后对症下药，一抓到底，难事就可顺利化解。多年的工作实践反复证明，这是一条行之有效的工作方法。可有的人对此不屑一顾，以为权力在握，水平也与之一样水涨船高了。权力可呼风唤雨，撒豆成兵，又有什么不能干成呢？这种无知和狂妄，恰是不少人无所作为的悲哀所在。不管工作怎样错综复杂，坚持实践的观点、坚持调查研究、坚持深入实际解决问题，才是正确之策，也才是成功之道。明白了这个道理，坚持知行合一，注重在实践中磨炼自己，真正练成了一身硬功夫，就是独上景阳冈也毫不惧色，除掉那只"吊眼白额大虫"，定可稳操胜算。有了这样的"打虎"经历，今后不管遇到什么样的"冈"，都拦不住你勇敢翻越的前进脚步。

　　"历史只会眷顾坚定者、奋进者、搏击者。"新时代要有新作为，深入实际，方得方略。我们不仅要敢于面对难题，更要善于破解难题，多担当，多干事，多贡献，为新的时代增添一份美丽的光彩。

2018 年元月 29 日发表于《黔东南日报》

再谈为干事者撑腰鼓劲

"旗帜鲜明为那些敢于担当、踏实做事、不谋私利的干部撑腰鼓劲。"我们要认真学习贯彻落实十九大精神,不仅要满腔热情地支持、鼓励、关爱和宣传埋头干事的,更要充分认同和肯定他们,真正做到有为者有位。

实干兴邦,但实干艰难,谈何容易。众所皆知,时下我们面临的深化改革、扶贫攻坚和环境治理等,哪一样都存在许许多多的困难,哪一样都需要扎扎实实地埋头苦干。要啃掉这些硬骨头,除了具有强烈的责任担当,还必须思路清楚,方法正确,作风务实,百折不挠,甚至要费尽九牛二虎之力,方可跨越关山,向前迈进。舍此,那只有望难兴叹、止步不前了。社会对那些有担当、能干事、实绩好又不谋私利的实干者,不能仅仅赞赏一番便不了了之,而应有其回报。如电视剧《啊!父老乡亲》中的王天生。他担任北坡乡的党委书记,一身正气,勤政为民,敢作敢为,短短一年内,北坡乡的面貌便发生了深刻变化。然而有人却对他进行陷害打击,威逼他离开北坡乡。但组织上主持公道,还其清白,排除阻力,不仅充分肯定王天生的工作,而且大胆提拔重用。看到这些感人的情节,真叫人扬眉吐气、拍手称快。电视剧虽是艺术,但却是对现实生活的真实反映。如果我们能更好地做到多年来倡导的有为者有位,始终坚持正确的用人导向,就能极大地凝聚人心，鼓舞士气，激励斗志。风清气正了，干事的有奔头、有希望，又何愁调动不了积极性。反之，干事的遭遇不公、吃了亏、被冷落，那就会产生严重的负面效应。如此一来，又还有几人甘当埋头苦干的傻子呢。

常言道："榜样的力量是无穷的。"进入新时代，为实现中华民族复兴的中国梦，需要千千万万"说实话，谋实事，出实招，求实效"的实干者甘洒血汗，无私奉献。我们应将其树立为社会的标杆，大张旗鼓地宣传他们的奋斗业绩，号召全社会学习他们敢于担当、埋头苦干的拼搏精神。推崇实干为荣、空谈为耻的新风尚，形成浓厚的干事氛围，人人奋发向上，实现跨越发展才有可靠的保证。然而，某些地方如今对实干者还持有偏见，仍是一副冷漠之态，甚至少不了冷嘲热讽。实干者气不壮、腰不直、脸无光，积极性遭到挫伤。为何墙里开花就不能墙内香呢？可谓"蜂蝶纷纷过墙去，却疑春色在邻家"。此等怪事，或许是嫉妒心理和平庸无为的市侩之风作祟吧。我们应用力扫除这些歪风邪气，用心呵护墙内的花开得更艳更香，吸引人们都来欣赏花的鲜艳，而陶醉于花的芬芳。正气蔚然成风，实干者才可昂首挺胸，激情满怀，大胆干事，撑腰鼓劲才可真正落到实处。

新的时代要有新的作为，它在急切地呼唤埋头苦干、为民谋利的实干者奋力向前。我们不仅要为实干者撑腰鼓劲，更要把掌声、鲜花和荣誉献给他们。

2018 年 1 月 29 日发表于《黔东南日报》

历史永远不会忘记他们

清明节到了，人们举行各种纪念活动悼念革命先烈，深切表达对先烈们无比崇敬和无限热爱的怀念之情。我们今天的美好生活，是无数先烈抛头颅、洒热血换来的。先烈们为人民建立的不朽功勋与日月同辉，与山河同在，万古长存。

缅怀先烈，忘不了硝烟弥漫的战争岁月，更忘不了无数勇于献身的无名英雄。笔者曾读到红军长征中一个非常感人的故事。1935年9月16日，红一方面军的红四团攻打天险腊子口，能否取胜，事关红军的生死存亡。在讨论作战方案时，有位小战士献计："在家采药，砍柴常攀绝壁。眼下腊子口这道悬崖，只要用一根长杆绑上结实的钩子，用它勾住悬崖上的树根、石嘴、崖缝，一段一段往上爬，就可攀上山顶。"红四团的领导采纳其计，由团长王开湘率队随其前进。正是这位小战士首先攀上了悬崖，红军的迂回战术获得了成功，一举夺下了天险腊子口，打通了北上抗日的胜利道路。

攻克天险腊子口，意义尤为重大，可谓彪炳千秋。但出人意料的是，为此立下战功的小战士，其姓名却不为人知。大家只知道他来自贵州，是一位苗族娃。翻阅长征光辉史册，仅有此寥寥数字的记载。历史在此虽留下了深长的遗憾，但无名英雄却更让后人万分崇敬。正是千千万万无名英雄甘洒热血、勇于献身，才迎来了新中国万里河山春光明媚，五星红旗迎风飘扬，亿万人民笑逐颜开。无名英雄永远活在千百万人的心中。他们在人民的心中树起了一块永恒的历史丰碑，世代传颂，永垂不朽。

重温历史，是为了接受革命传统教育。今天，每一个活着的人们，都应懂得幸福生活的来之不易，常持一颗感恩之心，百倍珍惜美好的时光。学生好好学习，农民勤于耕耘，工人爱岗敬业，战士守护祖国。而从事其他职业的，都应自觉忠于职守、踏踏实实、干好工作，以此回报社会，告慰先烈，不负前人，感召来者。

"忘记过去就意味着背叛。"历史是代代相连的，只有铭记过去，把握现在，才能开创未来。我们要继承先烈遗志，弘扬革命传统，把祖国建设得更加灿烂辉煌。

2018 年 4 月 5 日发表于《黔东南日报》

把握今日　走向明天

诗人席勒说过："时间的步伐有三种，未来姗姗来迟，现在像箭一般飞逝，过去永远静止不动。"时间无声无息，悄然而来，转瞬即逝，四时运转，岁月更替，谁也留不住它匆匆行走的脚步。难怪孔圣人对此都无可奈何地感叹道："逝者如斯夫。"天地间，又有什么能与时间的神秘莫测相比呢？

斗转星移，时间不会倒流。回顾以往，人们或许有不少遗憾，甚至悔恨，但却不能回到过去，重活一次。"悟已往之不谏，知来者之可追。"活在当下，生命存在的只有今天。而人生则是由无数个已逝的今天累积而成。紧紧把握今天，踏踏实实把今天的事干好，那是人生必须担负之责，是生命这篇文章的主题所在。英国作家狄更斯说过："让每一天成为一项严峻的记录，面对着它，你应当问心无愧。"如果把人生比喻成一本书，那每天就是其中一页。珍惜今日，扎实工作，每一页都留下丰富的内容。终其一生，人生这本书才有意义，或许才可值得让人一读。

然而，生活既多姿多彩，又千奇百怪。我们时常看到，有的虚度光阴，浑浑噩噩，庸庸碌碌，所抱定的人生哲学就是混日子。干工作是做一天和尚撞一天钟，有时甚至连撞钟都勉为其难。干事无担当，出工不出力。大事干不了，小事又干不好。遇事敷衍应付，从不操心费神。而有的是作风拖拉，哪怕是火烧眉毛之事，他也不慌不忙，踱着方步，哼着小调，悠然自得。今日之事拖明日，明日再照今日行。天下事无穷无尽，何苦独自太匆忙。不讲效率，是典型的小农意识和懒汉的行事逻辑。概言之，从古至今，混日子从无好的结果。没有耕耘，哪来收获。空耗生命，虚掷人生，既有负前人，更有愧来者，伴随自己回归自然的只能是悔恨的眼泪和悲哀的叹息。

如果为官也是混日子，那就有几分让人担忧了。治理一方，三年五载，政绩平平。山未青，水未绿，事不兴，民不富，那浪费的是百姓的时间，贻误的是人民的事业。反躬自问，又有何面目见江东父老？

如今，我们进入了新的时代，无论你身居何职，都必须明白时间是人民的，分秒不能耽误，分秒不能懈怠，应勤于政事，恪尽职守。"一万年太久，只争朝夕。"撸起袖子加油干，每一天奋发向上，每一天前进一步，为决胜脱贫和建设小康贡献力量。

时间无比珍贵，活着是一种幸福，更是一份沉重的责任。人生一世，总得为社会和人民做一点有益之事，就是当清洁工扫大街，也要尽力把美好留在人们的心中，又何况身为公仆呢？太阳每天都是新的，生命同样每天也有新的追求，今天永远是最美的一天。把握今日，走向明天，明天的太阳必定更加灿烂，事业必定更加辉煌。

2018 年 4 月 12 日发表于《黔东南日报》

穷不失志　富莫癫狂

"穷来不跌志，富贵莫癫狂。"这是民间的俗语。看似平常，而真正能做到的好像还不是很多。如能始终以此警醒心灵，笃定慎行，生活必定幸福常在。

人生于世，谁也不愿饥寒难熬，贫穷缠身。孔子就曾感叹："贫与贱，是人之所恶也。"韩愈还写过《送穷文》，但遗憾的是自身困顿落魄，又何能送苍生之穷。其文无非是感叹一番了事。贫穷，虽为人所恶，其实也并不可怕。常言道："穷则思变。"古人还讲："穷且越坚，不坠青云之志。"穷困之时，最为可贵的是人穷志不穷，挺直腰杆，昂扬斗志，顽强拼搏，矢志不移，就定可降服命运而改变困境。曾有人做过统计，在拥有巨富的100位成功人士中，70%以上的出身贫寒。古往今来，此类事层出不穷。如今，扶贫攻坚成就举世瞩目，而其重要举措就是扶贫先扶志，其次才是"授人以渔"的扶贫之策。贫穷又岂不早日望风而逃。我们可效仿韩愈写一篇气壮山河的《送穷文》，让它载入史册，千秋传颂。

另一方面，求富也乃人之常情，而问题的关键是富了以后，该用何种态度对待财富。财富同样也有双重性，是一柄寒光闪闪的双刃剑。若用之不当，必伤及自身。我们时常看到不少人，一旦钱包鼓起来后，便按捺不住张狂之心，得意忘形，纵欲所为。

于是乎，有的养情人、包二奶、宿娼妓，弄得夫妻反目为仇，家庭乌烟瘴气；有的沉迷赌博，肆意挥霍，一掷千金，转眼之间便倾家荡产，沦为贫困；更为狂妄的是，有的甚至闹出"王恺与石崇斗富"的丑闻，无视法律，竟以焚烧人民币多少而一决高下，以显身价不凡。凡此种种，皆为癫狂。然而，癫狂是炫一时之富，而显自身之愚。其结果无一不是上演一幕幕可笑而又可叹的悲剧。

雨果曾说过："挥霍的人是个瞎子，他看到开始，却看不到结局。"富了癫狂的，以为财富用之不尽，哪还知道物极必反的道理。直到跌进了灾难的深渊，才捶胸顿足，哭天抹泪，但落花流水春去也，留下的只能是终生的悔恨。所以《增广贤文》告诫人们要"常将有时思无时，莫待无时思有时"。富了不可忘记过去的艰辛，忘记自己打拼的血汗，忘记社会曾有的关怀。富而有仁，常怀一颗感恩之心，尽力回报社会，那才是至为可贵的。我们常见，不少先富起来的人们慷慨解囊，捐出巨款，帮助贫困地区脱贫攻坚，加快发展，造福大众。其仁爱之心，体现了善良的温暖，感动世人，值得点赞。

万物皆变，贫富如此。"穷来不跌志，富贵莫癫狂。"此话蕴含着深刻的人生哲理。可贵的是根植于心，传递于行，持于生命，才可守住做人的尊严和一生的幸福。

2018 年 5 月 4 日发表于《黔东南日报》

嫉妒，害人也害己

哲人培根说过："嫉妒亦是最卑劣最堕落的一种感情。"千百年来，它与人类随影相行，不离不弃。嫉妒之徒给别人制造的是不幸、痛苦，以致悲剧，危害社会，更阻碍发展。一切正直善良的人们对此无不深恶痛绝。

然而，事物又是辩证的。尼采在谈到嫉妒时曾说过："心中充满妒火的人就像蝎子一样，最后会将毒刺转向自己。"尼采之语精彩绝妙，形象而深刻地揭示了嫉妒也有双重性格，害人终归害己。

书载：某市有位女强人，年轻时争强好胜，娥眉从来不肯让人。年老退休后，其习不改，依然如故。哪怕是跳广场舞，也非站前排不可，事事都要抢得头筹。其邻居的孙子活泼可爱，远远胜过她的孙子。于是，她心生嫉妒，每日坐卧不安，痛苦不堪，竟丧失理智，泯灭人性，某天将其骗至家中活活掐死。惨剧匪夷所思，手段残忍，令人发指。结局是同时毁掉了自己，更为法律不容，万人唾骂。

上述惨剧又一次告诉世人，凡嫉妒者心胸都极为狭隘，心灵冷漠，人性残缺。生活之中，容不得别人好于自己，见不得世上美好之物。见之则心生无名之怒，眼冒仇视之火，必欲毁之而后快。否则，便烦恼缠身，妒火攻心。长期自我折磨，造成心理变态，人性扭曲，报复欲极强，就像一条潜伏于草丛中的毒蛇，随时准备攻击猎物。好在天下事又是相生相克的，因嫉妒而伤害他人，许多时候到头来则是自食恶果。始害人，终害己。如《三国演义》中的周瑜嫉妒诸葛亮，三番五次设计相害，其阴谋都被诸葛亮轻松巧妙地化解，反过来却被诸葛亮气得一命呜呼。

嫉妒是见不得阳光的丑恶之物，培根怒斥它"总是在暗中施展诡计"。嫉妒者一门心思算计的是如何陷害和打击别人，而惯用的伎俩是散布流言蜚语，造谣诽谤，以为贬低了别人，便可顺理成章地抬高自己，今后才可人模狗样地混下去。但谣言是经不起时间检验的，真相终究要大白于天下。嫉妒者丧尽天良，抛弃道德，践踏法律，伤害他人迟早要为此付出沉重的代价。这种害人害己的闹剧，我们还少见了吗。

此外，嫉妒者一心谋人，而不谋事。其内心龌龊，道德卑下，哪还想到读书学习，修身养性，干好工作。长年累月专干伤天害理之事，自然荒芜了自家的一亩三分责任地，最终收获的是萋萋荒草，一片叹息。自己活得猥琐，活得卑劣，一生与平庸为伍，也是咎由自取。

生活五彩缤纷，千姿百态。人与人相比存在差异，本是情理中事。君子应是"见贤思齐焉，见不贤而内自省也"。己不如人，无须自卑，正确的态度是积极向上，奋发努力，改变自我，赶上他人，这样做才可告别平庸而有所作为。

作家余秋雨在《君子之道》中写道："嫉贤妒能，是中华民族生命力的最大泄漏口。"此言犀利深刻，直指嫉妒危害之烈。而要扫除嫉妒之害，还需我们付出异常艰苦的长期努力。

2018 年 5 月 30 日发表于《黔东南日报》

城镇，呼唤更多的绿色

绿色是一切生命的依托。大自然假若失去了绿色，那必是一片死寂的荒凉景象。于城镇而言，没有绿色的妆扮，无疑缺少生机与活力，更无品位可言。呼唤更多的绿色，是许多城镇加快生态建设的急迫之声。

时下，不少城镇的绿化严重滞后，与其发展规模极不相称。有的城镇除街道两旁栽有稀疏的行道树外，其他地方难觅绿色。就是那些近年来开发新建的小区，远望高楼林立，颇为壮观，可步入其中，四周未见树木成荫，只有零零星星的一些小树在风中摇曳，显得毫无生气。还有所谓的绿地，也是"草色遥看近却无"。高楼的现代气派与稀少的绿色形成了强烈的反差，极不协调，实为缺憾。绿树掩映、鸟语花香的居住环境，距我们似乎还有一段不远的路程。

至于那些移民房和廉租房小区，有的甚至看不到一棵树，更不要说有什么草坪了，到处是一片灰蒙蒙的单调色彩。绿色，在此竟成了奢侈之物，弱势群体好像与之难有缘分。言之有几分遗憾，亦有几分心酸。

事情为何至此呢？究其原因，主要是忽视生态环境建设，对城镇的发展仅着眼于量的扩张，而不关注质的提升和大力改善百姓的居住环境。不少商业开发项目，过度追求经济效益。绿化仅是一种点缀，其堂而皇之的规划，也不过是墙上挂挂，忽悠百姓，令人可望而不可即的一张空图而已。

习近平总书记指出："良好生态环境是最普惠的民生福祉。"绿化能让城镇变得更加美好，更与我们的生命健康和追求美好的生活息息相关。因此，我们应更新观念，高度重视城镇的绿化。至关重要的是编制长远规划，付之践行，逐年推进。广泛动员全社会参与，培育美化环境人人有责的社会新风。古人讲"十年树木"，绿化乃长远之计，非一朝一夕之功，必须具有"十年磨一剑"的坚韧顽强精神。贵在有恒，一年接着一年干，奋斗十年八载，蓝图定可变成美好的现实。绿化事关长远，事关百姓的幸福。绿意盎然，才是一个地方闪光的名片、感人的广告，更是一道永远亮丽而又充满生机的风景线。

有位作家满怀激情地写道："绿色是多么宝贵啊！它是生命，它是希望，它是慰安，它是快乐。"绿色是生命的象征，是大地上最美的色彩。向往绿色，关爱绿色，体现了敬畏自然、珍爱生命、追求天人合一的高尚情怀。只有人与自然和谐发展，环境变美了，我们的生活才会变得更加美好。

2018 年 6 月 7 日发表于《黔东南日报》

养老引出的思考

媒体报道：我国年满 60 岁的老人达到了 2.5 亿，现已进入了老龄化社会，养老事关重大。笔者属老年群体，与之息息相关，故而常思之，于养老有如下浅见。

一、改变观念。过去流行的是养儿防老，几世同堂，家庭乃养老主体。如今，情况变化较大。以城市而言，独生子女家庭居多，仅靠家庭养老，难担此责。而另一方面则是老人退休都有养老金，解除了子女赡养的后顾之忧。其实，现在不少家庭的父母与子女都是各自居住，子女在外地工作的更是如此。随着社会的发展，养老将逐渐走向社会化，这是大势所趋。我想，只要晚年生活幸福，养老的方式可因人而异，自由选择，并非只有华山一条路。

二、善待自己。节俭虽是美德，但不能因此而苛刻自己，以致影响健康。老年人的生活应重在追求健康和快乐。如果背离此道，那是舍本逐末，无益自身。经济若有结余，可适当资助子女，帮助他们减轻一点房贷、车贷等压力，使其生活过得轻松些，能集中精力把工作干得更好。至于"子孙若如我，留钱做什么？子孙不如我，留钱做什么"的古训，绝非万古不变的金科玉律。此一时，彼一时。辩证对待，因人因时而异，不走极端，才是明智之为。

三、善待子女。生活之中，凡力所能及之事，不可都完全依赖子女，自担其责，也合常情。电视剧《都挺好》中的老人苏大强，为人自私，一切只替自己着想，全然不顾子女的感受和承担能力。他是住房要宽，生活要好，有人侍候，独自享乐。不仅增加了三个子女的负担，更引发了不少家庭矛盾。苏大强的养老之道实不可取。老年人固然要安享天年，但也要体谅子女和关注家庭和睦。有和睦，才有幸福。

四、善解孝道。孔子讲孝道，强调"不敬，何以别乎"？孟子对不孝剖析深刻，并列举了 5 种不孝的恶行，即"惰其四肢""博弈好饮酒""好货财，私妻子""纵耳目之欲""好勇斗狠"。作为父母，需要得到子女的关心和尊重，但更重要的是希望子女成人，进而成才。子女有作为是对父母最好的回报，也是父母晚年最大的幸福。我想，讲孝道应着眼于此，而不是要求子女守在自己身边，一切围绕自己奔波劳碌。那样的孝道，不利子女的事业，不可将此强加于子女。

社会在向前发展，它将会给老年人创造更好的养老条件。作为老年人要保持良好的心态，理性选择适合自己的养老方式，善待自己，善待子女及他人，晚年岁月就一定过得非常幸福。

2018 年 9 月 23 日发表于《贵州民族报》

担当责任的苦和乐

近读梁启超先生《最苦与最乐》一文，令人感受极多。梁先生从担负责任的高度，告诉了我们什么是人生的最苦与最乐。"责任"二字不仅关系到人生的苦和乐，更能体现出生命的价值。

那么，什么是人生的最苦呢？梁先生讲："人生最苦的事，莫苦于身上背负着一种未来的责任。""该做的事没有做完，便像是有几千斤重担子压在肩头，再苦是没有的了。"品读此语，在我心中引起了一阵共鸣，好似茫茫人海突然寻觅到了知音，可以向其倾诉内心的一切。世人皆知，征拆是当今天下第一难事。近20年来，笔者一直从事我县高铁和高速的征拆工作，其间遭受的委屈和辛酸真是一言难尽。如今已是两鬓染霜，夕阳晚照。忆昔往事，有时为了拆除房屋，落实征地，搬迁坟墓，那是磨破了嘴皮，费尽了心思，食不甘味、卧不安席都是家常便饭。不少时候更是焦头烂额，愁肠百结。寒来暑往，四时轮回，一年之中难得几天清静。尽管如此，重担挑在肩上，岂敢有丝毫懈怠和半步退却。哪怕前进的路上泥泞坎坷，风雨相加；哪怕浑身湿透了汗水，脚板磨起了血泡，肩上压出了伤痕，都只能咬紧牙关拼力向前。吃苦因担当而来。虽苦不堪言，但苦有所得，流去的汗水凝结成了人生迈进中一个又一个闪光的足迹，干成了一件又一件值得骄傲的实事，写下了一页又一页闪光的篇章。

责任有苦亦有乐。梁先生讲道："自然责任完了，算是人生第一件乐事。""责任越重大，负责的日子乃越长，到责任完了时，海阔天空，心安理得，那快乐还要加几倍哩！大抵天下事从苦中得来的乐才是真乐。人生须知道有负责任的苦处，才能知道有尽责任的乐处。"人世间，凡成功之事，无不"梅花香自苦寒来"。工作中的苦乐亦然。往事悠悠，岁月峥嵘。我们近 20 年来的持续拼搏，终于迎来了我县境内三凯、三黎、三施三条高速和沪昆高铁的建成通车。它极大地改变了我县的交通状况，使之形成了黔东重要的交通枢纽，有力地促进了我县社会经济的快速发展。感受这一深刻变化，我们的心灵获得了莫大的安慰，我们的生活收获了担当使命的快乐，我们的人生体现了不凡的价值。有位名人讲得好："一个人只有尽心竭力地工作，才能够感到身心的充实与快乐。"真正懂得了这种"充实与快乐"蕴含的意义，再苦再累都心甘情愿。因为，付出回报了社会，丰富了生命，升华了人生。

可以这样说，有为的人生是为担负责任而活着的。而对自己的人生负责，则是一切责任的根源。强烈的责任感一旦变成了自觉的行为，人生就有了永不衰竭的动力。请问，世间还有什么苦你不能承受？又还有什么难你不能克服呢？做一个敢于担当的实干者，不顾其身，以成其事，能从苦中品尝出生活的纯美和甘甜，你的人生不仅有为，而且永远是快乐和幸福的。

2018 年 9 月 28 日发表于《黔东南日报》

多约束　少任性

俗话讲："没有规矩，不成方圆。"人世间，每个人的性格虽各不相同，但是都必须自觉遵守社会的各种规则，才能自由生活，也才能健康发展。如果无视规则，随心所欲，任性而为，那不仅自损其德，更危及社会的正常运行。任性乃一大恶德，岂可放纵其行。

可生活错综复杂，怪象百出，任性之事俯拾即是，四处可见。比如，子女任性，不孝父母的；导游任性，欺骗游客的；城管任性，折腾商贩的；驾车任性，殃及无辜的；质检任性，假冒伪劣坑害百姓的；安检任性，导致惨剧发生的。大千世界，任性形形色色，有令人眼花缭乱之感。

哲学大师黑格尔说过："任性是非理性的自由。"任性十分可怕，而更令人可怕的是权力任性。君不见，有的公权私用，把管辖的单位视为自家的后花园，抖尽小国之君的威风，唯我独尊，专横跋扈。办事不讲原则，而论个人恩怨。惯于推诿扯皮，拙于配合协作，常成事不足而败事有余。还有的滥用权力，手中有权，自视高人一等，有飘飘然之态，常以权压人，肆意而为。只要稍稍与人不和，便寻机报复，凭借手中之权，打着冠冕堂皇的旗号，发泄私愤，打压他人，以解其恨。权力任性，虽是个别，但败坏了党和政府的形象，影响恶劣，危害不浅。

看来，克制任性并非小事。于平民百姓来讲，要注重自我修养，提升自身素质，知约束，不逾规，守法纪，做文明公民。此外，制约权力任性更不可小视，关键在于加强制度建设，用制度约束和规范权力，严禁滥用权力。记得苏联的一位要人说过："权力应当成为一种负担。当它是负担时就会稳如泰山，而当权力变成一种乐趣时，那么一切也就完了。"前事不忘，后事之师。原本，权力亦有双重性，加强自我修养和自我约束十分可贵。权力是人民赋予的，是一种崇高的责任和沉重的压力。对权力要心生敬畏，担当其责，为公用权，不谋私利，老老实实干事，干干净净做人。如果放松约束，忘却责任，心生邪念，权力任性，胡作非为，既危害事业，同时也可伤及甚至毁灭自身。凡手握权力者，又岂可不慎之。

"以约失之者鲜矣。"我们应铭记孔子之言，任何时候都富有理性，坚守天良，多约束，少任性，存敬畏，守底线，让人生永远行走在文明和幸福的大道上。

2018 年 10 月 9 日发表于《黔东南日报》

笑谈人走茶凉

　　生活是美好幸福的，但同时也存在酸甜苦辣。生活充满矛盾则是它的常态，同时也是生活的辩证法。善于运用辩证的观点去观察生活，善待人生，不论境遇怎样，你都可潇洒自如地向前行走。

　　生活千姿百态，绚丽多彩，而某些现象却又让人心生不快。比如官场中常见的人走茶凉，就曾令不少人感到心态失衡，颇生烦恼，甚至暗自伤心。其实，人走茶凉也是生活的常态，而时下早已是人未走茶先凉了。你不得不佩服势利眼们有先见之明，谁的茶先凉，他们早就心中有数，并及时另选高枝而攀了。有位作家讲：人生有三样东西是绕不过去的，而其中之一是"辉煌终会逝去"。不管你曾经拥有怎样令人羡慕的风光，但此时轰轰烈烈的戏剧已经落下了帷幕。挥手告别诱人的权力，或许仍有几分依依难舍。角色转变之后，感到有些失落和伤感，也属人之常情。如果再遇上小人的奚落，心中倍感不平而气愤难消，也是情有可原。但话又说回来，繁华只是人生的瞬间，而平淡才是生命的永恒。生活本来如此，又有什么想不开、放不下呢？人生经历了几十年的风雨沧桑，早已看惯了红尘飞舞，世事沉浮，又何苦与小人一般见识。"浮云世态纷纷变，秋草人情日日疏。"此时，你应积极调整心态，回归平淡，坦然自若，扫去阴霾，心中依然是一片灿烂的晴空。

　　生活是复杂的，因为生活中始终有小人存在。而小人的特点是泯灭天良，丧失人性，抛弃道德，心狠手毒。这些都源于小人所信奉的"有奶便是娘"的生存法则。因而，小人遇权势就折节弯腰，见金钱则甘愿下跪，逢美色便极力献媚。在你手握权力之时，小人无不笑脸相迎，点头哈腰，溜须拍马，卑躬屈膝，极尽巴结之能事。当你一旦失去权力的拐杖，他们马上翻脸无情，随即过河拆桥，反目为仇。其变化之快，令川剧的变脸术也自叹不如。《克雷洛夫寓言》中有一句话说得极为深刻："在你有权力和名望的时候，卑鄙的人是不敢抬起嫉妒的眼睛看你一眼的；到了你一落千丈的时候，显示最大的毒辣的就是他们。"如今，你置身局外，可谓旁观者清。能看清谁是小人，以及小人阴险、丑恶和卑劣的嘴脸，这又何尝不是一件好事。更值得可喜的是，你从中收获了生活的智慧，可作为今后人生的借鉴，能更好地辨明人世的是非善恶，远离小人，避开灾祸，福莫大焉。

生活本来平平常常，就应以平常之心待之。当你赋闲归去，应放松身心，淡泊名利，超然物外，自得其乐。至于功过是非，后人自有评说。一个人的好名声是来自于他崇高的人格和所创造的业绩。不管他是立身庙堂，还是居于草间，都可获得世人的认同和尊重。其实，民间的瓦釜之声，才是长久不衰的。如果仅仅是借助于权力的光环显示自己，一旦光环消失，人生瞬息暗淡无光。恰如镀金的黄铜，金粉纷纷脱落，露出平庸原貌，为世冷落，也就在所难免了。

人情冷漠，世态炎凉，自古皆然。做人可贵的是持有平常之心，穷达有道，守志笃行。"山蕴玉而生辉，水怀珠而川媚。"假如你是一块璀璨的宝石，不论何时何地，都可闪耀出奇异夺目的光彩，又岂可戚戚于人走茶凉呢。

2018 年 10 月 18 日发表于《黔东南日报》

常怀忧患意识

平常多一点忧患意识，不论是风雨坎坷，还是阳光坦途，人生都可走得平稳踏实，事业发展则蓬勃兴旺。这又有什么不好呢？

我们的古人就非常推崇忧患意识。孔子云："人无远虑，必有近忧。"孟子讲得更加深刻："生于忧患，死于安乐。"宋朝的文学家欧阳修以史为鉴，"忧劳可以兴国，逸豫可以亡身"则是出自其笔下的警世名言。这些先圣前贤的真知灼见，是我们民族宝贵的精神财富，永远闪耀着智慧的光芒，哺育着一代又一代的炎黄子孙。

文明历来世代相传，一脉相承。伟人毛泽东在领导中国革命和建设的长期实践中，深深的忧患意识贯穿于始终。比如，抗日战争时期的 1944 年 3 月，郭沫若先生发表了著名论著《甲申三百年祭》。毛泽东读后，曾给郭沫若写信："我虽兢兢业业，生怕出岔子，但说不定岔子从什么地方跑来，你看到了什么错误缺点，希望随时示知。"毛泽东还指出："我们印了郭沫若论李自成的文章，也是叫同志们引为鉴戒，不要重犯胜利即骄傲的错误。"伟人毛泽东真是忧思如海，不仅自己身体力行，而且站在党的事业兴旺发达的时代高度，以史为鉴，教育全党增强忧患意识，不蹈历史覆辙，意义深远。今日读来，为之深深感动，倍受教育。还有，在党的七届二中全会上，毛泽东提出了著名的"两个务必"，并语重心长地告诫全党，要警惕"糖衣裹着的炮弹的攻击"。1949年3月23日，党中央从西柏坡迁往北京。毛泽东将进京称之为赶考，并且斩钉截铁地说道："我们决不当李自成，我们希望考个好成绩。"伟人的高瞻远瞩、深谋远虑体现了强烈的忧党忧国之心。毛泽东是希望全党永葆共产党人的本色，继续艰苦奋斗，为人民再立新功。

回顾历史，是为了发扬革命传统，创造今日辉煌。古人云："人虽无艰难之时，却不可忘艰难之境；世虽有侥幸之事，断不可存侥幸之心。"如今，我们担负着深化改革、扶贫攻坚、环境治理、反腐倡廉等艰巨任务，每一项工作都需要我们付出百倍的努力，付出超乎寻常的心血。我们不仅要坚定信心，埋头苦干，奋力拼搏，同时还要清醒地看到前进路上存在的各种困难。因此，应去浮躁之气，而持冷静之智，对那些不利因素，平时不妨多加思考，将其摸准、弄清、想透，未雨绸缪，预谋防范和化解之策。一切了然于胸，思路清晰，底气充盈，不论遇到何种难事，都可心不慌、意不乱、气不泄，从容应对，把握主动。"任凭风浪起，稳坐钓鱼船。"忧患意识产生的智慧，可使我们平步风波，履险若夷，扎扎实实推进工作。

说到底，忧患意识来源于强烈的责任感，是辩证思维的产物。人生和事业固然需要热情，但离不开智慧照亮行程。我们要长怀忧患之心，常思艰难之事。"终其天年而不中道夭者"就可永远立于不败之地。

2018年11月18日发表于《黔东南日报》

责任心及其他

　　闲暇之时，常与他人议论人生，但不知怎样活着，才可称得上是一个善良的好人。议来议去，不得要领。某日，读余秋雨先生所著《君子之道》，书中记载了一位美国教授的话，其曰："要有同情心，要有责任感，只要学会了这两点，这个世界就会美好得多。"经此点化，心中豁然开朗，但又似觉美中不足，如果再具有感恩心，那就是锦上添花，不是更能体现人性的美好吗。

　　一曰责任心。责任二字真是重于泰山。人的一生，说到底也就是不断履行各种责任的过程。哲学家萨特讲："一个人从被抛进这个世界的那一刻起，就是要对自己的一切负责。"可见，责任与人生相伴始终。然而对自己的人生负责，则是一切责任的根源。凡具有责任担当的，无论干什么，他都能做到认真负责、自觉主动、积极向上、超越他人。责任较之于才能更为重要，也更为可贵。如果丧失和放弃责任，即使才华出众、命运顺达，也很难有所作为。强烈的责任感可点燃生命的激情之火，产生永不衰竭的动力，激励你拼搏不息，打造出非凡壮丽的人生。

　　二曰同情心。相互关爱是人类社会应遵循的基本原则。儒家就极力倡导向善和仁爱。孟子云："无恻隐之心，非人也。"天良不存者，绝无同情之心。雨果说过："善良是精神世界的太阳。"哲学家罗素则把"对人类苦难不可遏制的同情"视为支配其一生的单纯而强烈的感情之一。同情心源于善良。富有同情心的人，他对世人的不幸和苦难无不献出一片关爱之情，时常慷慨解囊，扶贫济困，乐此不疲。世界首富比尔·盖茨曾捐出580亿美元的巨款用于慈善事业，显示了其博大慈悲的心胸。这种感动人心的好事，时有所闻。假如你身居官位，应将同情心自觉升华为心系苍生的博大人民情怀，时刻关心百姓的疾苦，善于倾听民间的呼声，尽力为民多办好事，真正做到为官一任，造福一方。

三曰感恩之心。感恩闪耀着人性善良的光辉。古人云："滴水之恩，当涌泉相报。"感恩的具体表现就是不但不忘，而且还要尽力回报父母的养育、老师的教诲、社会的关怀、朋友的帮助、自然的恩赐等等之恩，就像汉初的韩信衣锦还乡之时，以千金回报漂母当年的数饭之恩。此可视为感恩的千古风范。持有感恩之心的人，四周洒满了温暖的阳光，生活其乐融融，一生幸福平安。凡不知感恩的人，心灵冷漠，人性缺失，情感淡薄，且自私贪婪，这都是缺少家庭教育产生的恶德。此类人常把世人的关爱之心和慷慨资助视为理所当然、天经地义，心安理得受之而无丝毫愧疚，连道声谢谢都金口难开，又何谈感恩回报。不少人命运不佳，处境不顺，生活困苦，与不知感恩关系极大。做人应明白这样一个道理：种瓜得瓜、种豆得豆，乃千古不易的定律。

笔者之论，或许浅陋，但责任心、同情心和感恩心，于做人而言至为重要，须臾不可相离。如果"三心"缺失，应自我反思，呼唤早日归来，并与之相守终身，沐浴道德的和煦阳光，唱出一曲温馨美丽的人生之歌。

2018年12月14日发表于《黔东南日报》

一篑重于九仞

古人云："为山九仞，功亏一篑。"因一篑未致，而使九仞之高前功尽弃，付之东流，这实在是令人可叹之事。以此而论，一篑可重于九仞。

古往今来，功亏一篑之事史载不绝。普里斯特利是18世纪英国的化学家。他经过多次实验，发现了一种新的气体，但由于未能摆脱当时流行的燃素学说的影响，竟将之错误地判断为"失燃素的空气"。后来，法国著名化学家拉瓦锡在其实验的基础上，百尺竿头，更进一步，认定这种"失燃素的空气"就是氧气。用铁的事实推翻了传统的燃素学说，阐述了著名的物质不灭定律，为科学发展做出了重大的贡献。

普里斯特利虽先行一步发现了氧气，但因囿于陈腐观念，离成功仅距咫尺，可谓一篑之功，未能步入科学的神圣殿堂摘取桂冠，这不能不是科学发展史上的一大憾事。

科学发展是这样，社会生活也如此。我们常讲的"五十九岁现象"，就是最好的实例。59岁距正常退休也就短短一年，跨过这一步，一生便交出了合格的答卷。然而就在这样的节骨眼上，有的却跌倒犯罪，在冰冷的铁窗下痛哭流涕，面壁反思，忏悔人生。晚年失足，凄凉更甚，悲剧也就格外沉痛。此辈之中，不少人以往也曾有过成功的辉煌、风光的岁月、耀眼的光环，只是当他们权力在握时，忘记了初心，丧失了信念，丢掉了理想，经不住金钱、美色的诱惑，纵欲所为，最终被魔鬼所吞噬而自我毁灭。还是拿破仑说得好："从崇高到可笑仅有一步之遥。"但如果从可笑走向崇高，那不知要经历多么漫长岁月的艰辛和奋斗，而这一切却毁于一步之遥，这不是一篑重于九仞的另一种体现吗？

一篑重于九仞之理，同样也适应于人生的选择。如果人生的选择是正确的，就要执着于此，锲而不舍，以收金石可镂之功。如果其志不坚，缺少定力，常被五光十色的诱惑所误导，见异思迁，好似小猫钓鱼，三心二意，又怎能有所收获。人生苦短，是经不起几下折腾的。恰如一位西哲所言："与其花许多时间和精力去凿许多浅井，不如花同样的时间和精力去凿一口深井。"一心一意凿出一口泉水不断涌出的深井，一生受用不尽，那才不枉费付出的努力。

"善始者实繁，克终者盖寡。"天下万事固然开头难，但万事都能收获好的结果或许更难。人生是一个充满许多变数的奋斗过程，无不风雨相随、霜雪相欺、忧患不断，善始善终也不是轻轻松松就可做到的。这于有为之士而言尤为如此，因为"功成行满之士，要观其末路"。虽然我们平凡普通，但须做到不忘初心，持续奋斗。"慎终如始，则无败事"，又怎可上演"功亏一篑"的人生悲剧。

2018 年 10 月 15 日发表于《黔东南日报》

"工作无借口"的启示

"工作无借口"是美国西点军校的校规之一，也是流传甚广的经典名言。好逸恶劳乃人性的弱点，而"工作无借口"则是对人性弱点的挑战，的确给人不少启发，更可振作我们的精神。

可是，在现实生活中，我们常看到有的人干不好工作，但借口却十分之多。一是埋怨时间紧、任务重、困难多，承受不了压力，担负不起责任。二是感叹少资金、缺人才、条件差、环境所限、回天乏力，并非自己无能。三是指责他人不配合、阻力大、推进难、实效差、凡错诿过于人，等等。其借口无不有条有理，无懈可击，干不好工作好像还受了天大的委屈。无半点反躬自责之心，有满腹迁怒于人之怨，这就有些令人匪夷所思了。

还有更让人不解的现象。在某些落后地区，人们常感叹资源贫乏，这成了发展滞后的主要借口。于是，一味怨天尤人、安于现状、不思进取，工作无起色，三年五载，面貌变化甚微。而许多事实生动表明，资源从来都是相对的，重要的是善于开动脑筋，确立新的发展思路，一切都是事在人为。众所周知，铜仁地区的万山过去被誉为汞都，也曾有过耀眼辉煌的历史。但20世纪末汞资源枯竭后，其发展一度陷入困境，好像走到了山穷水尽之地，一时不知前路何在。但万山并未在低谷之中自我消沉、一蹶不振，而是积极改变观念，勇于探索新的发展方式，立足实际，用心谋划，舍得花气力和下工夫，将荒凉冷落、坑洼不平的废旧矿道打造成了景色奇异、引人入胜的地质公园。如今，万山的旅游业红红火火，方兴未艾，走出了一条绿色发展的新路，重现了昨天的辉煌。

万山的成功经验，非常值得我们学习。改变落后关键在于转变观念，重新审视本地资源，寻求新的发展之路。如某地有数十万亩青翠欲滴、连绵起伏的竹海，是该地的一大特色，更是潜在的经济优势。但令人遗憾的是至今仍"养在深闺人未识"，宝贵的资源变不成富民兴县的真金白银。面对这种"捧着金饭碗讨饭"的状况，不少有识之士积极建议，应拓开视野，大手笔、高起点、全方位编制长远规划，然后逐年实施，以十年磨一剑的顽强精神，持续奋斗，一届接着一届干，将其培育成为旅游观光和休闲娱乐的亮丽景观，吸引四面八方的游客前来体验其独特的景色和魅力。那时，绿水青山就真正变成了取之不尽的金山银山。然而这种短期之内难以见效之事，人们又往往缺少久久为功的执着精神，设想得再好也是纸上谈兵，徒让人又多了几分遗憾。

有位名人讲过："99%的人之所以做事失败，是因为他们有找借口的恶习。"总之，为不作为寻找借口，其实质是推卸责任和缺少担当。借口往往成了某些人拖拉敷衍的护身符，掩饰能力不足的遮羞布，甚至安慰平庸和甘居落后的精神鸦片。一言以蔽之，是庸夫懒汉的生存哲学。

"工作无借口"，我们可借过来洋为中用。以此鞭策自己，选择了责任，也就选择了担当，选择了奋斗。成功者是从来不寻找借口的。如果你立志成功，人生在行进之中不论遇到多大的困难都要勇往直前，千万不要为逃避困难而寻找借口，那样，你定可登上成功的山顶，领略奋斗带来的无限快乐。如果你身为"公仆"，不仅要务实苦干，更要勇于创新，把一切借口全都抛在身后，创造辉煌的事业，那才是尽到了"公仆"之责，才无愧于父老乡亲。

2018 年 10 月 26 日发表于《三穗报》

六十而耳顺之感

　　孔子云：“六十而耳顺。”于今，活到花甲之年乃平常之事。60 载物换星移，60 年风吹雨打，人生早已看惯了红尘滚滚、世事纷纷，不但可做到“耳顺”，而且更应从以下几个方面修身养性，利人利己，走好人生最后的路程。

　　一、洗涤心灵，卸却负累。人世间，从来没有谁是一帆风顺的。在已逝的岁月里，或多或少都曾遭遇过坎坷挫折，甚至小人的暗算陷害、恶徒的诽谤攻击。然而，你迎风冒雨走过来了，走过来了就是人生最大的幸福。步入老年之后需具有淡定从容、豁达大度的心胸，将过去的恩恩怨怨、是是非非，如同轻轻地抖掉身上的尘土一样，尽力抛在岁月的身后。忘却痛苦，向往明天，善待自己，活在当下。生命虽如夕阳西下，但一路心平气和地走下去，就可活出“霜叶红于二月花”的动人春色。

　　二、沉稳平静，笑看世俗。假如你曾有幸为官，告老还乡之后或许别有一番感慨。回想昨天，你时常遇到的是点头哈腰的笑脸、恭维奉承的甜言、前呼后拥的威风、众星捧月的风光。可时下，昔日的一切转眼之间已不复存在，四周突然变得冷冷清清，不时还会遭到小人的讥讽和侮辱。此情此景，失落感让你内心纠结。其实，人走茶凉从来都是生活的常情，因为人世间永远都存在势利眼。权力乃身外之物，既然挥手与之告别，就不要再存丝毫念想。平平常常地活着，才是生活的真实，又有什么可怨的呢？

三、淡泊名利，明于取舍。孔子曾讲君子有三戒。"及其老也，血气既衰，戒之在得。"人到老年，要持有一颗平常之心，不为名困，不为利诱，超越名利的束缚，追求人生美好的结局。于名而言，风光早已过去，不该出头露脸之事，最好是避而远之。此外，君子同样言利，但须取之有道。凡不义之财，皆拒之身外，"至人遗物，独与道俱。"常言道：钱财是生也不带来，死也带不去。从生命的终极目标思考人生，一切功名利禄皆过眼云烟。能有此清醒认识，凡事可拿得起、放得下、计较少，才会快乐多。

四、培养兴趣，丰富精神。老年需要选择适合自己的生活方式。如果对一切都兴趣索然，那就只有与寂寞为伴，每天百无聊赖，无可奈何地等待死神的召唤，以悲凉画上生命终结的句号。当然，爱好因人而异，但却有雅俗之分。因此，不可跟随大流，盲从于人。依笔者之见，爱好应选择高雅为上，比如，摄影、绘画、书法、读书、写作、收藏，等等。它不仅使你活得充实和愉悦，更重要的是安慰了心灵、陶冶了情操、提升了品位。著名作家余秋雨说过："多数退休官员晚年生活质量的差异指标，除了健康，就是文化，即有没有戏剧、文学、书法方面的兴趣相伴随。"晚年能有高雅的爱好伴随生活，那确是人生的一大幸事。有爱好，就有追求，你可专注于此，付出心血，让爱好绽开快乐的花朵，更给人生增添最后的光彩。

人，从生到死就是一个过程。谁也留不住时光无情的流逝，谁也不能回避死亡何时降临。回归自然，是生命之必然，又岂向牛山把泪滴。

哲学家罗素对人生的过程有一段极为精彩和富有哲理的描

写："每一个人的生活都应该像河水一样——开始是细小的，被限制在狭窄的两岸之间，然后热烈地冲过巨石，滑下瀑布。渐渐地，河道变宽了，河岸扩展了，河水流得更平稳了。最后，河水流入了海洋。"人生就是一条奔腾不息的河流，它向大海百回千折的奔流过程，也就是它生命奋斗不息的追求过程。只有投入辽阔的大海，河流才具有永恒的意义。

2018 年 12 月 4 日发表于《黔东南日报》

让爱好尽情绽放暮年的美丽

著名作家王蒙在《我的人生哲学》一书中写道:"人老了之后,最重要的有三点。"而其一"要是有自己的爱好"。无独有偶,哲学家罗素也说过:"对于那些具有强烈的爱好,其活动又都恰当适宜,并且不受个人情感影响的人们,成功地度过老年绝非难事。"王蒙和罗素之语,可谓殊路同归,都强调了爱好之于老年生活十分重要。具有高雅的爱好,可给生命注入新的活力,那实在是老年生活的一大幸事,更是一大乐事。

然而,高雅的爱好并不是一朝一夕所形成的,它源自人生长期以来的执着追求,与你的生命血肉相连、呼吸相通。于我而言,感谢生活的磨炼、命运的摔打、几十年来的坎坷崎岖,使我养成了两大爱好,即喜爱读书和迷恋写作。黄昏时节,更是与之朝夕相处,形影不离,携手前行。

其一,喜爱读书,如今兴趣更浓。古人云:"书到用时方恨少。"走过了几十年的艰难历程,我更坚信"知识就是力量",而书籍则是知识的载体。说到读书则又离不开藏书,现家中藏书已近万册,读书有了较好的条件。遗憾的是人在江湖,身不由己。我虽退休几年了,可因其工作的特殊性,仍在继续发挥余热。一年三百六十日,难有几天是安宁。总是琐事纷繁、纠葛缠身,无法挤出更多的时间专心用于读书。每天回到家中,我走进书房,看见满屋琳琅满目的藏书，心中便会泛起几丝苦涩和愧疚之感。"书问藏书者，几时君尽读。"我期待着早一天赋闲归去，有充裕的时间可自由支配，满足读书的爱好。"吾生有涯，而知无涯。"向往无涯的知识海洋，灵魂才可找到依托之所。古人云："老年读书，如台上玩月，皆以阅历之浅深，为所得之浅深耳。"以书为鉴，回顾人生，感悟得失，明辨是非，也就熏陶出了几分哲思，而多了几分睿智。不为生死所忧、名利所惑、困顿所扰，始终保持良好的心态，自尊自爱、豁达乐观，用心体会和感受"人间重晚晴"的美好意境。

其二，迷恋写作。多年来，自己的浅陋之文已变成了不少铅字，并出版了两本随感集。它虽属"下里巴人"之列，但自得其乐，甚感欣慰，这更增添了我写作的勇气和信心。现仍笔耕不辍，稍有空闲，常熬夜爬格子。每当自己的拙作见之于报刊，内心就获得了一份快乐。暮年是人生收获的季节，不可消沉无为，靠搓麻将、跳广场舞等去无聊地打发光阴。回首往事，几十年世路不平、人情反复、得失忧乐、酸甜苦辣，岂不令人感慨万千。经历是人生中的一笔宝贵财富，其中有成功的经验，亦有挫折的教训，然而一切都过去了。此时，你可静下心来，冷静反思，不惜心血将其凝结成可读的文字。假如它能为世人提供一点有益的借鉴，那将是对自己莫大的安慰。说得更远一点，如果在你的生命回归自然之后，所留下的文字还能被后人记取，那你的灵魂就仍在世间自由地行走。人间万世，唯有精神是长存不朽的。

作家孙犁说过："文章乃寂寞之道。"生命既然钟情于此，就得忍受孤独寂寞、青灯黄卷、面壁沉思之苦。经此磨炼，可提升自己的思辨能力，不断摆脱浅薄浮躁而日益变得深沉锐利。正如黑格尔说的那样："在一个深刻的灵魂里，即便是痛苦，也不失其美。"暮年是人生最后的一段岁月，保持心志不衰，继续勤于笔耕，浇灌生命之树长青不老，放开歌喉，从内心深处唱出"最美不过夕阳红"的嘹亮歌声。

丹心不变恋夕阳，且向人间留晚照。暮年的时光值得倍加珍惜，有高雅的爱好抚慰心灵，生命定可活出别样的风采。就像深秋时节，万丛山中如火燃烧的树树枫叶，远远望去，一片片火红，显得格外生机勃勃和景色迷人。

2019 年 4 月 19 日发表于《三穗报》

但行好事　少问回报

　　有付出，才有回报。这是生活的常识，也是做人应明白的起码道理。明乎此理并自觉践行，乐于付出，人生可摆脱平庸而别具光彩。

　　《增广贤文》云："但行好事，莫问前程。"孙中山先生也讲过"助人为快乐之本"。助人不图报，历来是君子之风，更是我们民族的传统美德。帮助了别人，也就是帮助了自己，付出了早晚总会有回报。此类事多有所闻，有位名人曾谈到过自己一段不平常的经历。他在大学读书时，养成了一个良好习惯，就是坚持每天主动为寝室打扫卫生，帮大家打开水。四年如一日，从不间断。后来，有的同学去了美国，他到美国请他们回来帮助发展。有位同学动情地说道："我们回国是冲着你过去为我们打了四年的开水，你有这种精神，绝不会亏待我们。"正是得到这些同学的鼎力相助，使其成就了辉煌的事业。这种因助人而得到回报之事，不少人或许也曾有过亲身经历。人类社会是互利互惠的，你怎样对待别人，别人亦然。乐于助人者，人恒助之。我们常讲好人一生平安，其因或许正在于此。

　　然而，生活怪事多矣。不少人是不讲付出，只图回报。比如，有的干工作拣轻怕重，巴望别人多干点，自己少干些。难事都推给他人，自己躲在一旁享清闲。总之，担子越轻越好，可挑着轻松上路，几多潇洒快活，又哪来汗流浃背之苦。而谈到回报，分毫不让，寸利必争。凡事只能占便宜，吃亏是绝对不行的。如果遇上提职晋升，那更是四处钻营，八方活动，攀关系、找人缘、走后门，费尽心机寻找谋取私利的终南捷径。其实，靠歪门邪道是无论如何也走不远的。要么中途跌倒不起，要么最终自食恶果。生活早就告诉人们，天下从来没有免费的午餐。凡不愿付出、只图坐享其成者，是不会有任何收获的。此外，因恶习使然，还会时常与人纠葛不断，心无宁日，活得窝囊，也是自作自受。天理昭然，自私懒惰绝无幸福的人生。

人生如白驹过隙，一个人工作的时间充其量不过短短的三四十年。工作干得好坏，决定了我们人生价值的大小。人是过日子，而绝不是混日子。如果命运光顾，碰上了干事的机遇，就要毫不犹豫地迎上前去，紧紧把握，奉献才智，挥洒心血，干成几件为民谋利的实事，那才不枉费人生。

当然，有时付出与回报或许并不完全相等，即使如此，我们也用不着怨天尤人。只要这种付出能得到社会的普遍认可、群众的广泛赞誉、精神上的欣慰，就是人生最好的回报，就是生命最大的快乐。

2019 年 4 月 26 日发表于《三穗报》

知识，贵在践行

"知识就是力量"，是哲学家培根的名言。几个世纪以来，它激励着人们高扬知识的旗帜，奋力攀登科学的高峰。如今，我们更应大力树立尊重知识的新风，坚持知行合一，埋头多干实事。

"知识就是力量"，但对它的理解，或许不尽相同。无数的事实反复告诫世人，有了书本知识，更要投身实践，干成实事。如果仅满足于书本，轻视和脱离实际，流于空谈，靠玩嘴上功夫欺人骗世，它非但不是力量，反倒贻害无穷。古往今来，这样惨痛的教训实在太多。

比如，土地革命时期，王明的"左"倾机会主义，脱离中国革命的实际，一切从本本出发，把马列的个别词句，视为包医百病的灵丹妙药，机械地照抄照搬外国的经验，以为这样就可大功告成。但残酷无情的现实却给他们开了一个天大的玩笑，结果是造成第五次反"围剿"失败，红一方面军不得不进行二万五千里长征。王明的"左"倾错误使革命力量遭受了重大损失，这在中国革命的历史上是极为沉痛的一页。

回首过去，早已是杨柳岸，晓风残月，但血的教训应值得人们永远记取。时下，不少人的文凭不谓不高，大学本科乃平常之事，就是在职研究生甚至博士生也不足为奇。可有的人奉行的是"君子动口不动手"的古训，谈问题口若悬河，滔滔不绝，无人可及。但仅仅是说说而已，并不准备有的放矢。自我吹嘘一通，不外乎是摆谱显能。即使"及有试用，多无所堪"，就像老百姓讽刺的，那是空心萝卜外招牌。学无致用，哀莫大焉，知识又怎能变成力量。

为何有这样令人不解的笑话呢？笔者浅陋，冒昧推测。或许是生活经历单一，工作经验贫乏，不善独立思考，知识还停留在书本上。更主要的是，自以为读了几本书，就可包打天下，放不下架子、轻视实践、作风漂浮、干工作怕苦怕累、怕动脑筋。既不了解实情，又缺乏解决问题的经验，遇到矛盾，除了空发一番议论，而别无他策，当然只能是碰壁而归。"一语不能践，万卷徒空虚。"知识再多也仅是炫耀的资本，变不成创造社会财富的力量。这正是一些人存在的致命弱点，也是其人生难有作为的根源所在。

"知而不行，是为不知。"有了书本知识，还须积极投身实践，坚持知行合一。于工作而言，要敢于担当，多干苦事和难事，耐得困苦，受得委屈，经得打磨。另一方面，要善于反思，勤于总结，少走弯路。"从来好事天生俭，自古瓜儿苦后甜。"工作实现了从理论到实践的再次飞跃，才可不断走向成功，继而走向成熟，也才可深深感受到"知识就是力量"的无比快乐。

习近平总书记最近指出："做人做事，最怕就是只说不练、眼高手低。"我们要力戒空谈，多干实事，始终坚持知行合一，既腹藏锦绣，又身重践行，二者相得益彰，谱写出一曲曲"知识就是力量"的新时代之歌。

2019 年 5 月 16 日发表于《黔东南日报》

榜样的力量是无穷的

列宁曾说过："榜样的力量是无穷的。"榜样是社会的先进典型，可誉为社会的标杆。它就像一面面迎风飘扬的旗帜，召唤着人们前进，为创造美好的生活而努力奋斗。

中国共产党历来重视树立榜样并充分发挥其先进作用，不断推动伟大事业蓬勃发展。早在革命战争时期就涌现出了张思德、刘胡兰、董存瑞等英雄人物，建设时期的榜样更是层出不穷。闻名全国的有时传祥、王进喜、雷锋、焦裕禄……在这些先进人物身上集中体现了中华民族的传统美德，同时闪耀着共产主义精神的灿烂光芒，激励着千千万万的人们，为建立新中国、为中华民族的伟大复兴，前仆后继，英勇奋斗，顽强拼搏，无私奉献，产生了不可估量的巨大作用。他们可歌可泣的英雄事迹，已成为中华民族宝贵的精神财富。

这就是榜样产生的巨大正能量。前不久，笔者曾有幸参加了某央企的表彰会，感受颇深。此次表彰会的一个亮点是请获奖者一一登台发言，介绍自己的先进事迹。其发言内容丰满、各有特点、生动感人，引起了与会者的强烈共鸣，收到了良好的效果。它对促进企业的发展无疑将产生积极的作用。

可是，在某些地方，这一优良传统却被人遗忘，甚至失落了。多年来，未见开展评比先进的活动，因而也未有召开过表彰会，一些好人好事受到了冷落。其实，在我们身旁也并不乏先进者，将其树立为榜样，可看得见、摸得着，让人学起来感到亲切可敬。经常开展这样的活动，可树立良好的社会风尚，有利推进各项工作顺利发展。

忽视发挥榜样的先进作用去教育人们和推动工作，这既是缺憾，也是一个不小的失误。伟人毛泽东曾说过："人，是需要一点精神的。"不重视精神的激励作用，就会导致人们缺少见贤思齐和奋斗向上的精神动力，这不仅干不好工作，更不要说改变人们的精神面貌、加快社会的发展了。

有人讲，熟悉的地方没有风景，是不是熟悉的人群也没有榜样呢？那种墙里开花墙外香的咄咄怪事，是思维偏见的产物。丢掉偏见，榜样就站在了我们的面前。有榜样的引导，就会产生无穷无尽的力量，不断创造出人世间的无数奇迹。

2019 年 6 月 14 日发表于《黔东南日报》

慎独，立身不败的法宝

慎独，是儒家提倡的一种重要的修身方法，同时也是做人应追求的道德境界。古人云："莫见乎隐，莫显于微。故君子慎其独也。"可见，慎独之于君子，何其之重。

史载：杨震乃东汉时的名臣。某年，他从荆州调任东莱太守，有位名叫王密的官员为感其知遇之恩，夜晚带上 10 斤黄金悄悄前去送给杨震。震曰："故人知君，君不知故人，何也?"密曰："暮夜无知者。"震曰："天知、地知，我知、你知，何谓无知者。"杨震以"四知"拒金，可堪称慎独的世之典范。杨震的廉洁来自于他的戒慎自守、自律自强，其高风亮节令人敬佩，千古流传，启迪和教育着后世的人们。凡人都是有欲望的，但关键是做欲望的主人，自尊自重，始终用道德的力量克制和约束欲望。即使独处也守志如常，心不乱、神不迷、身不斜、手不伸，这正是慎独的可贵所在。

西哲毕达哥拉斯说过："不能制约自己的人，不能称之为自由的人。"社会是按规则运行的，一个人只有自觉遵守社会的各种规则，他才可能是自由和幸福的。否则，就会走弯路，跌跤子，甚至受到社会的惩罚。可有的人规则意识淡薄，缺少自我约束力，而又持有侥幸心理，纵欲所为，暗地里干了不少违法乱纪之事，自以为做得天衣无缝，神不知，鬼不觉，内欺于心，外欺

127

于人，好不得意。其实，内心里却时常担惊受怕，稍有风吹草动，便惊慌失措，有如丧家之犬，惶惶不可终日。一旦东窗事发，身陷囹圄，最终在冰冷的铁窗下痛哭流涕，凄凉之至。而自由和幸福已是"去后思量悔也晚，别时容易见时难"了。既知现在，又何必当初。人世间是从无后悔药的。但愿世人以此为鉴，不可再被后人而哀之了。

古人早就说过："十目所视，十手所指，其严乎！"侥幸心理是人性中存在的突出弱点，从来都是悲剧的祸根。刘少奇在《论共产党员的修养》中指出：一个有觉悟的共产党员，"即使在他个人独立工作，无人监督，有做各种坏事的可能的时候，他能够'慎独'，不做任何坏事。"这便是"慎独"产生的约束力。因此，我们要注重自我修炼，党员更应率先前行。知敬畏，守底线，洁其身。明白纵欲是祸，约束是福。去侥幸之心，存理性之智。抵诱惑于红尘，行正道于人世。"若要人不知，除非己莫为。"任何时候都坚守自我，始终如一。如萧楚女所言："人生应该如蜡烛一样，从顶燃到底，一直都是光明的。"那才是令人敬佩的真正君子。

慎独，是道德的崇高境界。一个人只要具有远大的理想追求、坚定的生活信念、正确的人生价值选择，不断改变和超越自我，就定可步入慎独的崇高精神世界。人生至此，又何败之有？

2019 年 7 月 30 日发表于《黔东南日报》

谨防贪欲害人

贪欲乃人性中存在的致命弱点，更是一种招人致败的恶德。许多人正是被其引诱和俘虏，走向堕落而毁灭自身。

但是，贪欲并非堕落者所独有，它同样潜伏于世人的灵魂之中。如果放弃约束，它就会恶性膨胀，吞噬理性，泯灭天良，演绎出闹剧或悲剧。贪欲之害，其祸惨矣。

诗人普希金在《渔夫和金鱼的故事》中，描写了一位贪得无厌的老太婆，开始想得到一个木盆，继而想要一座房子，紧接着又想成为贵妇人，成为女皇，最终成为大海的霸王。然而，物极必反，乐极生悲，老太婆又回到了原来的贫困境地，眼前还是那旧土屋和破木盆。

这则寓言发人深思，于今而言，亦不乏此事。笔者长期从事征拆工作，常遇贪婪之人，被其纠缠不少，故有刻骨铭心之感。如某条高速公路改建便道，需拆迁某农户的临时养殖棚。经核实，其价值不超过 8 万元。但业主出于扶贫济困，同时也为了赶抢工期，采取激励办法，同意补偿 13 万元。该农户表面满口答应，实则按兵不动，故意拖延，以求获利更多。无奈，业主迫于工程万分火急，忍痛将补偿提高到了 26 万元之多。但该农户却幻想一夜暴富，得寸进尺，步步紧逼，狮子大开口，竟然索要补偿 70 万元之巨，否则，拆迁免谈。如此天价，理所当然遭到业主的断然拒绝。事情至此，业主只得被迫更改设计，选择新线，放弃拆迁。该农户朝思暮想的一沓沓迷人的钞票，转眼之间便灰飞烟灭，化为了可笑的黄粱一梦。柏拉图说过："贪婪是最真实的贫穷。"将此用之于该农户，那是再恰当不过了。令人可悲的是，因其贪婪而错过了改变生活困境的良机，今后不知要打拼多少年，流去多少汗，都难以弥补这一损失。不仅如此，还要受到道德的谴责和世人的嘲笑，悔恨将纠结于心，三年五载又岂可消失。

论及此事，心情倍觉沉重。它留给世人的不仅仅是茶余饭后的笑话，而是应值得吸取的教训。人生于世，难免要碰上利益纠葛之事。但面对利益冲突之时，重要的是保持理智，不逾道德、政策和法律的底线，约束自我，克制欲望，不可利令智昏，贪得无厌。做人可贵的是通情达理，明于取舍，把握机遇，谋求长远，利人利己更利社会，这才是现代人应具有的生活理念。

"祸莫大于不知足，咎莫大于欲得。"老子之言犹如一付清凉剂，是医治贪欲的良方。我们应常忧德之不建，不患货之不足。知足常乐，知耻不为。拒不义之财，舍非分之福。抛弃贪欲，幸福才会与你相伴一生。

2019 年 9 月 4 日发表于《黔东南日报》

千万别为虚荣买单

虚荣心是一种极不健康的心理，是人性中存在的弱点。但常人不是圣贤，有一点虚荣心也无大碍。可怕的是丧失理性，为其所役，那就会给人生带来不少麻烦，甚至酿成不幸。

谈到虚荣，笔者以为，其桂冠非莫泊桑笔下的卢瓦尔泽夫人莫属。凡读过《项链》的皆知，卢瓦尔泽夫人为了满足其可怜的虚荣心，借了别人的一条项链参加舞会，但不慎将其遗失。之后，为了还清赔付项链之债，夫妻二人付出了整整 10 年的辛劳，其代价未免过于惨痛，让人唏嘘不已。

卢瓦尔泽夫人虽早已离开人世，但其阴魂未散，依附在时下某些人的身上。君不见，有的爱慕虚荣，赶时髦，追新潮，好攀比，不顾自身条件，热衷超前消费，出手阔绰，千金不惜，以显身价不凡、风度高贵。此类人的生活是小车高档，住房宽敞，食摆排场，衣讲光亮，显富比豪，奢侈为上。但遗憾的是打肿脸庞充胖子，其富有是靠债台高筑死撑出来的面子。"外面的架子虽未甚倒，内囊却也尽上来了。"灵魂被虚荣的魔鬼引诱而癫狂失措，背负沉重的债务喘不过气来，整日心烦意乱，焦虑不安，又何来幸福可言。有的甚至堕落成了臭名在外的"老赖"，皆因虚荣心所害。

还有，近年来农村建房呈雨后春笋之势，令人可喜。但喜中却有忧虑之处。有的建房脱离实际需要，好与他人一比上下，建成的房屋面积过大，几乎有一半空着无人居住，造成了很大浪费，确有几分令人可惜。问之缘由，答曰："别人都这样，我又岂可甘于人后。"说来说去，还是虚荣心作怪。如果以满足居住为佳，将节余的财力用于发展生产，逐年增加收入，日子越过越红火，那才是致富之道，也才是长远之计。可见，虚荣心害人无处不在、无孔不入，只是表现方式各异，人们又岂可忽视之。

　　为满足虚荣心而消费，那是死要面子活受罪。平民百姓为虚荣心所害，那仅是祸及一家而已。如果身为公仆也患有此疾，追逐虚名浮誉，醉心形象工程，动辄投入数千万元以至更多，打造什么"人文景观""仿古建筑"等等，并期盼它进入吉尼斯纪录，那危害也就不浅了。

　　法国哲学家柏格森说过："虚荣心很难说是一种恶行，然而一切恶行都围绕虚荣心而生，都不过是满足虚荣心的手段。"哲人之语有如晨钟暮鼓，振聋发聩。我们应自觉克制虚荣，不论干什么，都要讲实际、求实效、谋长远，才有益人生，有利事业。于生活而言，应崇尚朴实、低调、节俭的生活方式，过得实实在在、快快乐乐，千万别为虚荣买单。

2019 年 9 月 5 日发表于《贵州民族报》

人不知，而不愠，不亦君子乎

孔子云："人不知，而不愠，不亦君子乎？"做人本来不易，要做君子更是难乎其难，而"不愠"则是做君子应有的境界。

人类社会是群居的，任何人都不可能离群索居，独存于世。虽然每个人都生活于群体之中，但知己者却难有几人。知音难觅，或许可视为人类的千古之叹。比如，春秋之时，又有几人能理解孔子呢？他故而有面向苍天的"知我者其天乎"之问。古人云："天下有一人知己，可以不恨。"而蒲松龄则超凡脱俗，竟欲寻知音于鬼域。其曰："知我者，其在青林黑塞间乎？"鲁迅先生说："人生得一知己足矣。"感古叹今，可见阳春白雪、曲高和寡。特立独行难为人知，被人误解，甚至遭到不幸，是历史行进中屡屡发生之事。或许正是难为人知的困苦和磨难，才孕育出了许许多多的杰出人物。

谈到"人不知，而不愠"，我尤为崇敬"杂交水稻之父"袁隆平。他历经千辛万苦发明了杂交水稻，人们称之为"第二次绿色革命"，高度赞誉他"正引导我们走向一个丰衣足食的世界"。袁隆平由此荣获了国内和国际上许多重大的奖励，名扬天下，誉满全球。对此，袁隆平淡然处之，一如既往，继续埋头杂交水稻的科研攻关，不断取得新的成果，创造了更加辉煌的业绩。袁隆平淡泊名利、拼搏不息、无私奉献的高风亮节，为民所爱，为世所敬。此次他获得共和国勋章的殊荣，当之无愧，民心所向，众望所归。

我们应该懂得，生活不可能都是风和日丽，万事顺心。人生少不了有苦有乐，有得有失，有毁有誉。我们这些凡夫俗子，或许也曾有过无足轻重的作为，有过微不足道的贡献，甚至有过转眼即逝的风光，但一时不为世人认同，回报不如意，境遇不称心，又何足道哉。如果所思所虑都是为得失而忧，为名利而惑，为毁誉而困，整日唉声叹气，牢骚满腹，人生本来可以有点作为，但却自我消沉，甘于平庸，岂不惜夫。

古人云："芝兰生于深林，不以无人而不芳；君子修道立德，不为穷困而改节。"做人难，做君子更难。但知难不难，关键在于选择正确的人生价值取向，并一以贯之，又哪能为一时的得失毁誉而改变志向。知我也好，不知也罢，都用不着为此忧虑，满怀信心地朝前走去，用多干实事谱写生命的乐章。忠实于生活并执着奋斗的，生活最终会丰厚地回报他。我想，生活的辩证法必是这样。

2019 年 10 月 15 日发表于《黔东南日报》

见贤思齐　修炼自我

孔子提倡"见贤思齐"。后来韩愈在《祭田横墓》一文中深情倾吐："死者不复生，嗟余去此其从谁?"而"微斯人，吾谁与归"则是范仲淹在《岳阳楼记》中发自内心的感叹。这些先贤之论一脉相承，感召后人。贤者是社会的标杆，见贤思齐，不仅是修身的重要方法，也是事业的成功之道。

可是，有的人却不然，见贤非但不思齐，而是心生嫉妒。古往今来，不乏其人。而占鳌头者则是三国时的周瑜。周瑜心胸狭隘，十分嫉妒诸葛亮。他竟置孙刘联盟抗曹的大局不顾，多次设谋陷害诸葛亮，必欲去之而后快。幸亏诸葛亮料事于先，方能化险为夷，否则悲剧必至。"既生瑜，何生亮"是周瑜临终前无可奈何的悲叹，也是嫉妒的经典之语。叱咤风云的周瑜，却英雄气短，自损形象，让后世的人们为之深感遗憾。

纵观古今中外，见贤思齐都是人们倡导的美德。科学发展史上曾流传这样一件趣闻：19世纪中期，达尔文和华莱士差不多同时独自创立了生物进化论。达尔文虽是先行者，但他并不想独领风骚，相反却想放弃自己的理论，转而支持华莱士摘取桂冠。后来，在不少科学家的支持和鼓励下，达尔文第4次修改了《物种起源》，时至1859年11月22日，这部科学巨著才得以问世。华莱士在读了《物种起源》后，深为其博大精深的理论所折服。他提议将生物进化论定名为"达尔文主义"，以此表达对达尔文的崇敬。两位科学家相互敬重，相互谦让，致力科学创新的高尚情怀和奉献精神，永为后世的楷模。

我们应向楷模学习，传承其美德。人与人相比无疑存在差距，这是世之常情。别人贤于自己，既不可自卑，更不可嫉妒。雨果说过："一个残酷的自我，这便是嫉妒者的全部生命。"嫉妒者的残酷可泯灭人性，毁灭别人的幸福以致生命。生活不管怎样复杂多变，但从来都是邪不压正。因此，无论何时，我们都应持有向上和向善之心，自觉向贤者看齐，反省自我，知过而改，崇善致美，持续努力，让人生的脚步不断迈向崇高的境地。

岁月悠悠，人生匆匆。如果你想做一个君子，就应去狭隘自卑之心，树见贤思齐之德，加强自我修炼，崇敬贤者，最终也可成就自我。

2019 年 11 月 18 日发表于《贵州民族报》

君子不争　宽厚待人

　　"君子无所争"是孔子的名言。孔子教诲人们，君子立身处世应与世无争。而做君子"就是做一个最合格、最理想的中国人"。著名作家余秋雨如是说。不争，乃君子处世之道。

　　君子为何不争呢？因为君子见利思义，成人之美，故而于名于利可相让于人。自古流传的小到孔融让梨，大至尧舜让贤，无不体现了相让的美德。我们共产党人不但将其继承且不断发扬光大。近读《名将粟裕珍闻录》，其中一事令人肃然起敬，深受教育。1955年人民解放军评定军衔，粟裕主动要求降衔，不做元帅。毛泽东闻之，曾感慨地说："论功、论历、论才、论德，粟裕可以领元帅。""难得粟裕，壮哉粟裕，竟三次辞帅。"粟裕主动让帅，其博大的胸怀和崇高的境界真是"至人无己，神人无功，圣人无名"，名垂青史，千古流芳。

　　然而，反观现实生活，相争之事却比比皆是。比如，上车抢座位、排队插上前、行车乱变道、骨肉争财产等等，早已是司空见惯之事。此外，有的公仆争级别、比待遇、图享乐，遇上评职晋升、提拔任用之时，那是费尽心机相争。为此，造假文凭者有之，更改履历者有之，虚报浮夸者有之，攀附权势者更是有之。为争一己之利，不惜抛弃道德，丢掉人格，甚至违规违纪。如此之为，确为君子不齿。

读了粟裕让帅之事，我们不妨扪心自问，有何感慨呢？其实，人生过于短暂，又十分渺小。你我平常之辈，好似"蜗牛角上争何事，石火光中寄此身"，一切功名利禄都是过眼云烟，回归自然之时，皆是两手空空而去。人生既是如此，平日里又何苦为名为利斤斤计较，相争相斗，以致弄得身心疲惫、苦不堪言，又于己何益？做人应懂得克制欲望，淡泊名利，知足常乐。只要能为社会增添一份力量，为生活带去些许芬芳，为人们送去一点温暖，即使有时吃一点亏，也无须计较。人生贵在为社会多做贡献，追求精神的富有和灵魂的崇高，名和利又算得了什么呢？

"君子无所争"，人生修炼至此，可得失不忧，宠辱不惊，去留无意，淡然世事。那些传承民族美德、光大红色传统、埋头苦干、乐于奉献的人，人民永远都不会忘记他。"桃李不言，下自成蹊。"君子又何争之有？

2019 年 11 月 28 日发表于《贵州民族报》

不讲理是做人的耻辱

常言道：做人要通情达理。通情暂且不论，但于达理却有几句话总想一吐为快。

人生于世，凡事都应讲理。而是否讲理，可看出一个人素质的优劣和文明程度的高低。不讲理确是做人的耻辱，古往今来，此类事不绝如缕，现试举几例以飨读者。

其一是固执己见。《雪涛小说》载有这样一则笑话，有一楚国人不识生姜，以为是树上所结。旁人告之，姜乃土中所生。楚人不以为然，非要找 10 人来辩其是非，并以所乘之驴打赌。问毕，皆言姜是土中生成。"其人哑然失色"，白白输掉了驴，但却拒不服理。曰："驴则付汝，姜则应树上所结。"楚人的固执可谓愚昧之极，可笑之至。如今，有的人狭隘偏执、自以为是、蛮横无理、一意孤行，但时常碰得鼻青脸肿，可就是死不认输，反正死猪不怕开水烫。可见，固执比愚昧更可怕，它是招致不幸和灾难的祸根。

其二是无理狡辩。阿 Q 尤擅长此道。有次，阿 Q 翻墙进入静修庵偷萝卜，但不巧被老尼姑看见。老尼姑问他："阿弥陀佛，阿 Q，你怎么跳进园里来偷萝卜……"阿 Q 不以为耻，反倒讥讽老尼姑："这是你的？你能叫它答应你么？"其死皮赖脸、强词夺理，是典型的无赖行径。阿 Q 虽早已作古，但其恶德却贻害至今。比如，有的欠债不还，竟以当老赖为荣。向别人借钱时，低眉顺眼，好话讲尽，信誓旦旦，恰如孙子。而到还钱时，却怒目相视，口出恶言，百般抵赖，摇身一变成了大爷。老赖的一大特点就是厚颜无耻，丢掉了人格和尊严，当然为世所恶。人生悲哀，也是自招其辱。

其三是横行霸道。《水浒传》中的江湖恶棍蒋门神，不就是凭着几下拳脚功夫，打伤了施恩，然后明火执仗地抢了他快活林的酒店。拳头就是道理，甚至是一切，是蒋门神之类奉行的丛林法则。君不见，现在农村中有的恰是仗着宗族势力，欺凌弱者，鱼肉百姓，横行乡里。此次扫黑除恶，打掉了不少"蒋门神"之类的黑恶势力，为百姓伸张了正义，真是大快人心。无视和践踏法律的，从来都没有好下场。

人世间，凡不讲理者，总是将个人意志强加于人，以致整个社会。但横行无理，无不四处碰壁，一生纷争不断，纠葛缠身，生活多有不顺，命运常遭坎坷。更为严重和可悲的是极易跌进犯罪的泥坑，毁掉自己，也是罪有所得。如果碰上了不讲理的，最好是避而远之，惹不起可躲得起，千万不可书生气十足地与之辩是非，论善恶，那是惹火烧身，自寻烦恼，又何苦来着呢？

孟子云："人不可以无耻，无耻之耻，无耻矣。"人是为尊严而活着的。做人若不讲理，也就丢掉了尊严，又有何面目生存于世。明理知耻是做人的常识，也是做人的根本。悠悠万事，做人既要知礼，更要讲理，生活定处处春风拂煦，温暖心灵，温暖一生。

2019 年 11 月 30 日发表于《三穗报》

怀念故友　沉思生命

　　人一旦步入老年岁月，不少时候是沉浸于往事的回忆中。每当忆及几位去世的故友，常使我悲痛不已，心中久难平复。抚今追昔，我倍觉友情的珍贵、生命的无常和世事的难测，进而更感觉到生命的短暂、脆弱和美好。"况修短随化，终期于尽。"死者已矣，而生者无论怎样悲伤，都还得继续生活下去。

　　故友离去，阴阳两隔，是永远不能再相通了。他们走进了天国，是否快乐，又是否还有烦恼和忧愁呢？呼天不应，唯有黯然神伤。我经常在想，假如他们还活着，那该有多好。有高兴之事，可共享其乐；遇委屈之痛，可倾心相诉；越关山之难，可相互帮助。但叹苍天不佑，他们都匆匆地走了，绝尘而去，了无踪影。怀念是长久的，而更多的是引起了我对生命的沉思。

　　哈姆雷特讲："生存还是毁灭，这是一个值得考虑的问题。"孔夫子也曾感叹："未知生，焉知死？"生与死乃古老的哲学命题，千百年来一直困扰着人类，令许多哲人面壁深思，殚精竭智，至今无果。生命确是千古之谜。我们既不知从何而来，更不知走向何方，而唯一可做的是在活着之时守住自己。我们无法把握生命的长度，但可尽力拓展生命的宽度和用心提升生命的高度。其宽度是打造出多姿多彩的人生，犹如一颗多棱角的宝石，每一个侧面都闪耀出璀璨的光彩。而其高度则是清清白白做人，升华境界，修炼成为召唤人们前行的标杆。

活着是幸福的。能活到老年，那更是人生之幸，生命之美。但不能认为至此万事已足，从此就止步不前了。而不少人恰是如此，所满足的是每天潇洒地跳跳广场舞，或悠闲地提着鸟笼四处溜达，或随意搓搓麻将打发光阴。其生活枯燥乏味，心如枯井，早已微澜不兴。既如此，那就是真正的衰老了。生活即使无忧无虑，怡然自得，但缺少精神追求，心灵无所着落，生命则难以再放光彩。

古人云："老不足叹，可叹是老而虚生。"自古以来，我们民族就流传着许多老当益壮的感人故事。如黄忠宝刀不老、佘太君百岁挂帅、左宗棠花甲之年抬着棺材进军新疆。如今，更是英雄辈出。袁隆平等老一辈科学家，不少已是耄耋之年，仍奋斗不息，再攀高峰。你我乃平凡之辈，干不出惊天动地之事，但也不能无所事事，总得有点作为吧！比如善待自己，和睦家庭，支持子女干好工作。又如扬己之长，服务社会，奉献余热。还有，为老自尊、树立风范、启迪来者等等。总之，多干力所能及之事，即使贡献甚微，也可自慰其心，让落日的晚霞似燃烧的火焰，释放出最后的光和热，温暖自己，也温暖别人。

作家张承志说："人若到了五十多岁还能学习，心里还能涌起求知的冲动，是莫大的生命鼓舞，比起廉颇的'能饭'，或许是一个更深刻的生命标志。"人生至为可贵的是坚持终身学习，执着于崇高的精神追求，至死不渝。告老还乡之后，不妨静下心来，认真读书，用知识的甘露浇灌心灵，保持良好的心态，让生活过得充实、淡定、从容。既蕴含着饱经沧桑的厚重，又飘逸出哲思深沉的睿智。不因年老而悲观、得失而忧虑、诱惑而迷茫、困顿而烦恼，活出生命独有的魅力。晚年具有爱好读书的兴趣，就能把寂寞的时光变成一种高雅的享受。在书中去寻找快乐，寻找智慧，更寻找生命的依托。人生至此，又何憾之有？

　　生命美丽而短暂，但天国却永恒存在。明白了生，才不会恐惧死。人生就是一个过程，珍惜过程，才会享有美好的结果。在生命回归天国后，世间的人们如果还能记住你，那此生足矣！

2019 年 12 月 15 日发表于《三穗报》

人而无信　不知其可

　　孔子云："人而无信，不知其可。"诚信乃立身之本，讲诚信才可能人生有为，事业有成。

　　社会是按规则运行的，守信乃社会的基本规则，也是做人应遵守的道德规范。如果放弃约束，人而无信，那不仅害人害己，更危及社会。君不见，如今有的不讲诚信，尤其是欠债不还，堕落成了臭名远扬的老赖，其人格在世人的心中变得一文不值。别人见之唯恐避之不及，又还有谁愿与之交往相处、同舟共济呢？失信是自绝于人，也就是失去了人们的信任和相助。其生活一旦受挫，那就将陷入孤立无援、四面楚歌的困境。很难有几人援之以手，施之以恩。人生凄风苦雨，前景堪忧，也是咎由自取。

　　更为严重的是，失信不仅为千夫所指，甚至还要受到法律的制裁。近年来，司法部门加大了对失信的惩罚力度。如媒体对欠债不还的老赖频频曝光，将其劣迹公之于世，并对其乘坐高铁等消费实行限制。这一举措深得人心，广为社会赞誉，同时也是对全社会进行一次活生生的诚信教育，有利培育守信光荣、失信可耻的文明新风。而对失信者来讲，遭遇媒体曝光，确是颜面扫地，声名狼藉，可悲的是还要祸及家庭。其代价是沉重的。有位名人讲："失掉信用的人，在这个世界上已经死了。"老赖要想起死回生，就得痛改前非，革心洗面，才可重造人生。

诚信既是立身之本，又岂可舍本而自毁其生？守信就是守护了做人的尊严，而尊严是人生的精神脊梁。试想，一个人的精神脊梁如果弯曲了，那又何能生存于世，更不要说行致远方了。古希腊的哲人苏格拉底被雅典城邦以莫须有的罪名处以死刑，临刑前他交代狱卒："我还欠邻居一只鸡，请求转告家人务必还清。"苏格拉底将守信视为做人的大事，至死不渝。后人读此，没有不为之感动的。真是"其人虽已没，千载有余情"。

"生命不可能从谎言中开出灿烂的鲜花。"诗人海涅之语既形象动人，更睿智深刻。失信不仅带来耻辱，甚至可毁灭人生。诚信既是做人的美德，更是处世的智慧。人而有信，在生活的道路上可走得更顺、更好、更远。

2019 年 12 月 29 日发表于《黔东南日报》

抛弃"亡鈇者"之类的偏见

《亡鈇者》是一则古老的寓言。其文虽短，但富有哲理。读之耐人寻味，引发出不少感慨。

亡鈇者丢失了一把斧子，"意其邻之子，视其步行，窃鈇也；颜色，窃鈇也；动作、态度，无为不窃鈇也。"亡鈇者所为纯属偏见。其偏见固然荒唐可笑，但它却是古人对生活的真实写照，揭示了深刻的人生道理。如今，偏见依然横行于世，不时变换花样顽强地表现自己。

一、凭空想象，主观臆断。亡鈇者恰为此类的典型代表。比如，有的识人辨人，是以身材长相、衣着打扮、一时举止言谈来辨别忠奸贤愚。《三国演义》中就有这样的事例。庞统乃当时天下名士，其才华与诸葛亮可谓伯仲之间，难分上下。但因其相貌丑陋、形容古怪、言行傲慢，孙权见之不悦，弃之不用。刘备较之于孙权也相差无几，差点失掉了一位大贤。事实表明，以偏见取人，只可能导致荒谬。但愿人们以此为鉴，不可被偏见所蔽，再犯孙权之过。

二、以己好恶为辨别是非曲直的标准。此类人与阿Q气味相投，思维如出一辙。阿Q十分歧视女人，他的逻辑是："一个女人在外面走，一定想引诱野男人。"因而，见之必骂上几句，以泄心中之气。如果察人观事皆以己好恶划线，那必定颠倒是非，混淆黑白，不分善恶，甚至恨屋及乌。它带来的后果是轻则不利团结，发生隔阂，人心不齐；重则挑起纷争，两败俱伤，贻误事业。

三、以小人之心，度君子之腹。生活中有君子，亦有小人，但小人眼中绝无君子。在小人看来，他们是何德行，别人与己也绝无差异。比如：自己偷鸡摸狗，别人不会两手干净；自己贪婪敛财，别人不可能安于清贫；自己沉迷吃喝嫖赌，别人哪能一尘不染；自己腹内草莽，别人又岂可学富五车。以此推论，世上又哪有什么正人君子呢？于是乎，小人常以卑劣丑恶的心理去猜忌别人，继而冷嘲热讽、诽谤攻击，甚至玩弄阴谋进行打击报复。而君子仁慈宽厚，书生气十足，常遭小人暗算和伤害，吃了亏还是一头雾水。但稍加分析，其祸根之一便是源于偏见。

偏见是人类自身存在而难以根治的痼疾。它比无知离真理更远，而"导致的错误是最可悲的事"。这是哲人帕斯卡尔的感慨。偏见常将人们引入错误的沼泽之地而难以自拔，更是制造不幸和悲剧的罪魁祸首。但愿人们崇尚学习，增强理性和提高辨别能力，自觉与偏见分道扬镳。人生具有了客观公正的认知能力，才可能把握真理，走向光明，拥抱明天。

2019 年 12 月 30 日发表于《三穗报》

一生应感谢的另外几种人

有人问及一位名人："生活中碰到小人怎么办?"这位名人随即答曰："感谢。""感谢"二字意味深长。一生之中，我们应感谢一切善良之人的关心、帮助和支持，但同时也应感谢那些小人的刁难、陷害和打击。或许正是后者的种种所为，使我们知耻而后勇，人生才奋发有为而绽放光彩。以我之见，要特别感谢以下三种人。

其一，感谢排挤打压你的人。人生于世，谁也不可能是一帆风顺的，总会有些磕磕绊绊之事与你相缠。除了天灾，而更多的则是人祸。工作之中，假如你遇上心胸狭隘、才智平庸的管理者，那无疑命运不佳，升职受阻，好事无缘，日子过得不舒畅。如此境况，把你折腾得时常心情忧郁，长叹短吁，无可奈何。不过这也没有什么了不起，酸甜苦辣也算不得什么。人或许也是环境逼出来的。司马迁遭宫刑，可谓奇耻大辱。他在《报任安书》中饱含血泪地写到"诟莫大于宫刑"，"每念斯耻，汗未尝不发背沾衣也"。司马迁忍常人所不能忍，成常人所不能成，终于完成了千古不朽的《史记》，为炎黄子孙万世敬仰。

大丈夫立身处世，如果自己的人生选择是正确的，所作所为顺应生活的潮流，又何惧排挤打压。正确之为是绝不可输掉自己，而是用奋斗的实绩体现自己的价值，同时证明排挤打压者的荒谬和卑劣。

其二，感谢侮辱刁难你的人。人世间，有一种人工于谋人，而拙于谋事。当他手握权力之时，便不时权力任性。凡他看着不顺眼的，动辄给人穿小鞋，让你行路难，干事更难。处境不顺，也用不着与之争一日之长短，辩一时之是非。汉初的韩信，身贫流浪于淮阴市井时，不是曾遭胯下之辱吗？学不了韩信，但暂时受一点委屈也无关紧要。工作中有困难，被刁难，受委屈，都是正常之事。重要的是胸有大局，不计得失，开动脑筋，破解难题，集中精力干好工作。干好了工作才有道理可言。当你翻越了一道道陡峭的山坳，步入平坦之途时，你会为此感到欣慰。更有所值的是，你又一次收获了生活的智慧，人生变得更自信，更坚定。

其三，感谢造谣诽谤你的人。生活不仅错综复杂，有时近乎残酷无情。当你的人生有点作为时，那些势利小人无不心生嫉妒，眼冒仇视之火，巴不得把你踩在脚下，方解心头之恨。而此辈惯用的卑劣手段便是造谣诽谤，平地掀起万丈波澜。因为只有把你打压下去，才可消除其生存的威胁。但是，不管什么样的谣言，也不管来势如何汹汹，你都可心如止水，安稳如山，一笑了之。不要去作无谓的辩白，更不能为谣言所惧。心地坦然，一切如故。20世纪30年代的电影明星阮玲玉，就是不能忍受谣言的打击，服药自杀，轻率地结束了年轻的生命。她在遗言中写到："我一死何足惜，不过，还是怕人言可畏，人言可畏罢了。"阮玲玉的悲剧值得人们深思。人言固然可畏，但不管怎样可畏，它都改变不了事实的真相。面对谣言，还是鲁迅先生说得好："最高的轻蔑是无言。"止谤不如修身。谣言可使你增强忧患意识，提醒你步步走稳、事事谨慎、坚守自我，谣言便不攻自破。你的人生又经受了一次难得的考验，内心可变得更为强大，前行的脚步更加坚定有力。

诗人纪伯伦说过："我从健谈者那里学会了静默，从狭隘者那里学会了宽容，从残忍者那里学会了仁慈。"可见，生活中不少时候坏事可以变成好事。正是排挤打压，教会了你明白是非、正直做人、踏实干事，时间能证实谁是谁非。阻挠刁难，唤醒了你沉睡的才能，干好了工作，人们可看清谁优谁劣。造谣诽谤，警醒了你的自律意识，出淤泥而不染，世人才知谁清谁浊。这是生活对你的馈赠，是他人所不能得到的收获，是人生中一笔宝贵的财富，你为什么不满怀真情地感谢它呢？

苦难是人生最好的老师，唯有经历苦难，才能参透人生，认识生活，了解社会。苦难可成就人生和事业，打造出生命的坚韧、丰满和高大。未经苦难的磨炼，生命是脆弱的，人生是苍白的，精神是贫乏的，这不能不是一大缺憾。天下万物永远变化无穷。"祸兮，福之所倚；福兮，祸之所伏。"知晓生活的辩证法，并善于用它指导人生，山重水复也好，柳暗花明也罢，我们都初心不改，激情依旧，扬鞭向前，前程必然繁花似锦，无限光明美好。

邛水河，从我心中流过

一

邛水河，从我心中流过，
童年的记忆刻在心窝。
曾记得，江西桥边磨房的石磨，
在日夜轻吟一首古老的民歌。
邛水河，你那时洋溢青春的活力，
四季长流，碧浪清波。
夏日河岸的柳丝轻拂水面，
成群的鱼儿在追逐穿梭。
你用甘美的乳汁把我哺育，
心中跳动着你奔腾的脉搏。
你浇灌我的生命之树，
昂扬向上，生机勃勃。
你召唤我扬起理想的风帆，
驶向大海的波澜壮阔。
正当智慧之花迎风绽放，
"文革"的浊浪吞没了求知的饥渴。
少年的困惑与迷茫，

就像邛水河翻滚的浪花朵朵。

二

邛水河，从我心中流过，
知青时代，岁月蹉跎。
曾记得，贫穷苍凉的下德明小寨，
是锤炼人生的熔炉烈火。
"劳其筋骨"不畏烈日寒霜，
"饿其体肤"学会了春种秋割。
嫩弱的双手长满层层老茧，
知识的绿洲一片荒芜萎缩。
青春弹奏出凄苦悲怆的旋律，
童年的梦幻洒落在田野山坡。
朝霞一样灿烂的年华啊，
无情地献给了乡村原始的劳作。
但我无怨无悔，矢志不移，
累累的创伤是我一生最大的收获。
艰难的岁月铸造了生命的钢筋铁骨，
荒唐的年代读懂了人世的善良险恶。
曲折的经历点燃了青春的炽热激情，
辛勤的血汗浇开了成功的鲜艳花朵。
五年知青的风风雨雨，
五年山村的坎坎坷坷，
就像邛水河千回百折，奔向长江大河。

三

邛水河，从我心中流过，
花溪河畔，青山碧波。
人生叩开了幸运的大门，
命运挣断了逆境的绊索。
少年的梦想变成了美好的现实，
改革的春风融化了冰冻的条条江河。
圣洁的校园荡漾着阵阵欢歌笑语，
知识的甘露滋润着心灵的一片干涸。
晨风夕露，珍惜生命的分分秒秒，
生龙活虎，展示青春的红红火火。
仰望星空，思接千载，追寻历史的沧桑巨变，
寻路书山，攀崖百丈，向往先哲的高山巍峨。
笨鸟先飞，自信天道从来酬勤者，
书生意气，凝结着理性的冷静思索。
时代在呼唤我们奉献青春的热血，
祖国在希望我们肩负历史的重托。
四载寒窗，摘取了闪闪发光的金色文凭，
心系天下，时刻准备迎接明天的雷鸣电火。

四

邛水河，从我心中流过，
改革时代，高奏凯歌。
邛水河，你三月汹涌澎湃的春潮，

激励我一往无前，奋力冲破大山的重重关锁。

永灵山，你自古傲然北峙的雄姿，

呼唤我热血沸腾，展臂拥抱初升的朝阳喷薄。

邛水河，你是我力量的源泉，

你是我信心的依托。

崇山峻岭留下了我行走的艰辛足迹，

广阔原野回荡着我奋斗的激昂之歌。

历经磨难创造了崭新的时代业绩，

呕心沥血描绘出未来的红霞万朵。

几十年风吹雨打，

赤子之心依然纯洁如昨。

几十年辛勤耕耘，

热血一腔永远激情似火。

岁月悠悠，往事历历，

功过是非，留给后人指点评说。

邛水河，从我心中流过，

我是你河中的浪花一朵，

义无反顾，奔流向前，

大海是我人生的永远寄托。

2018 年 7 月 13 日发表于《三穗报》

赞三凯高速公路

像一条腾空飞舞的巨龙，
穿行在莽莽群山之中。
盛世圆成了千年的梦想，
苗岭绽开了迷人的笑容。

是建设者们挥洒血汗，
千沟万壑架起了美丽的长虹。
大山也温顺地服从调遣，
从此，不再有坎坷不平、弯道九重。

平坦的大道车水马龙，
奔流的江河春潮涌动。
高原敞开壮阔的胸怀，
笑迎八方浩荡的东风。

神秘的原生态风情万种，
山山水水告别了昨天的贫穷。
芦笙和歌舞献给远方的客人，
喝一杯米酒，醉后更知情意浓。

高速公路上春光融融，
发展的号角飞越九空。
看明朝的苗岭大地，
山欢水笑，万紫千红。

诗　集

泛舟黔灵湖
1981 年 4 月

绿树绕湖边，春水碧于天。
泛舟心悠然，放眼天地间。
涓流归大海，千峰凌云巅。
长风荡胸怀，双翼垂天展。

游宏福寺
1981 年 4 月

翠峰林幽古寺新，历经沧桑更喜人。
临登极目青山外，欲尽碧空万里云。

漫步桐林小河岸边
1984 年 4 月

夕阳辉映天边，
小河潺潺源远。

鸟儿急飞寻栖树，
几处农家炊烟。

习习晚风扑面，
漫步田野悠闲。
三月时节春正浓，
山河到处绿遍。

送陈守江兄赴镇远师范
1990 年 5 月

竭诚桑梓六载冬，一生傲骨两袖风。
心济元元垂史册，钟鸣声声越九空。
鸥枭猜忌逐鸾凤，恶竹得势荫长松。
何言巴陵行路难，英雄豪气志如虹。

大山沟水库
1993 年 2 月

峡谷挽臂锁长龙，平湖明镜映群峰。
他年塘冲若能此，灵山起舞送贫穷。

望武笔有感
1993 年 10 月

谁立武笔南山巅，百年悠悠独自闲。
如今欲倾邛河水，挥洒诗情满长天。

祝九县教育联谊活动
1993 年 9 月

金秋八月迎宾朋，群英联谊颂东风。
共话改革抒宏怀，欲栽桃李柱长空。

闹元宵
1995 年 2 月

春回人间，看神州，山河巨变。闹元宵，普天同乐，喜迎佳
节。火树银花彻天红，玉笛金笙歌激越。庆盛世，祝国运昌隆，
固万年。

英雄志，坚如铁，满腔血，今更烈。位卑未敢忘忧国，汗浇
桑梓千秋业。振长风，扬帆新世纪，永不歇。

塘洞坳望长吉
1995 年 7 月

登高远眺山万重，长吉新貌画图中。
邛河欢笑东流去，两岸田畴碧波湧。

从长林寨到响水
1995 年 7 月

夕照天边红，万山波澜湧。
牧童驱犊还，蝉鸣深山中。

携黄卓游灵山
1995 年 9 月

余闲携儿游灵山，石径九曲任登攀。
长空雁阵声入云，苍山林海浪拍天。
百年甘苦置身外，万家忧乐系心间。
莫道艰难赋归去，秋岭千重景无边。

偶　作
1996 年 4 月

桃红柳绿又一春，镜中白发添数根。
日理纷繁力不胜，夜忧重荷梦难成。
自古忠奸同冰炭，从来毁誉在人心。
尘世难逢开口笑，一蓑烟雨任平生。

写在四十二岁生日
1996 年 4 月

岁月催人易蹉跎，何惧艰难路坎坷。
知青霜雪培劲松，哲海风帆击长波。
客越关山经冬夏，鹏飞南天笑燕雀。
血汗化雨洒万山，留得青史热泪多。

携黄秋实登武笔坡
1997 年 3 月

偶得闲暇踏青来，仰天长啸云天外。
千古邛河奔眼底，万里春风入胸怀。
青松百丈赖沃土，桑梓十载献拙才。
今借武笔书盛世，山欢水笑歌如海。

赞县城新貌
1998 年 7 月

灵山叠翠，邛河奔流，春风扫尽蛮荒旧。万象新，展宏图，
世纪曙光照征途。心，为民忧。汗，为国流。

寨头排险拆迁
2004 年 8 月

八月扑热浪，群山草木长。
蝉鸣松林静，风吹稻花香。
心忧百姓事，汗洒高路旁。
苗岭飞长虹，青史书一行。

登矮坡望瓦寨全景有感
2012 年 8 月

瓦寨全景一望收，邛河东去碧玉流。
千重群山染翡翠，万顷良田铺彩绸。
老骥伏枥怜夕阳，故土洒汗写春秋。
花甲何须叹年华，高歌一曲入霄九。

偶　得
2012 年 1 月

岁月如水逝年华，两鬓染霜添白发。
宦海进退心无愧，书山起伏生有涯。
阮籍从不同俗流，陶令独自赏菊花。
夕照青山情无限，朵朵云彩胜朝霞。

除夕有感
2014 年 2 月

六十甲子一瞬间，爆竹声中迎新年。
事经艰难笑平常，心觉坦途临深渊。
平生肝胆皆冰雪，一世风雨随云烟。
豪情依旧志不衰，我以我血荐轩辕。

重视建设高速公路服务区

近年来，我省高速公路的建设发展迅速，呈现出一派生机勃勃、令人鼓舞的景象。正在兴建的玉凯高速公路投资巨大，它的建成将从根本上改变我省交通落后的面貌，必将有力地推动全省经济实现快速发展。

在高速公路的建设中，其中一个不可缺少的内容，就是在不同地段合理设立服务区。顾名思义，服务区就是为来往车辆及人员提供汽车加油、车辆维修、人员食宿等相关服务，从而有利高速公路的正常运行，体现以人为本的理念。但是，我们过去对此不予重视，将设立服务区视为无足轻重的小事，或者仅仅是作为一种点缀。现以贵新高速公路为例，从贵阳至新寨全程长达200多公里，只是在起点小碧和终点新寨设立了两个规模不大的服务区，且设施不配套、功能不全，难有作为。假如从凯里至贵阳，中途车辆一旦发生故障，要进行修理就十分困难。还有，目前虽在沿途设立了不少加油站，但面积过小，容纳不了几辆车辆。一旦今后交通量增大，这些加油站就显得先天不足而适应不了发展。更重要的是，由于忽视服务区的建设，不能发挥高速公路对沿线经济的带动作用。如盘江狗肉一条街，早已形成了富有浓郁地方特色的美食街。过去，盘江每天车水马龙，生意火爆，而今一落千丈，冷冷清清，这不能不令人扼腕叹息。如果当时能在盘江附近设立服务区，将盘江狗肉一条街纳入其中，那么，盘江的风貌至今犹存，而且生意会更加火爆。类似盘江这样的地方特色经济，能否借助于服务区这种载体，在高速公路上一展风采，是值得我们为之深思的。

正在建设的玉凯高速公路途经三穗县 30 多公里。关于在三穗地段设立服务区，三穗县高度重视。最近，三穗县组建考察团，赴长邵、京珠两条高速公路进行实地考察。笔者有幸同行，耳闻目睹，感受极深。长邵和京珠两条高速公路，每相隔 40 至 50 公里，在靠近县城或城市的附近都设立了服务区，成为高速公路上一道亮丽的风景线。高速公路两侧服务区的占地规模都在 70 多亩以上，服务区内设有大型停车场、加油站、汽车维修、食宿、超市等。此外，还设有专销本地土特产的门市。贵新高速与之相比形成了强烈的反差。因此，如何借鉴他人的成功经验，充分利用高速公路这样宝贵的资源带动沿线经济的发展，是大有文章可作的。

我省目前的交通运输与邻省相比，无疑还有较大差距。因此，我省新建的高速公路都应充分考虑修建服务区，这是交通发展的必然要求。我们应更新观念，扩展视野，凡新建的高速公路都要合理地设立服务区，而且规模不能过小、设施尽量配套，更要着眼于长远发展的需要，为高速公路的运行提供优质服务，促进交通运输业的蓬勃发展。此外，就是根据各地特点，设立专销本地土特产的门市部，使之成为对外宣传的重要窗口，提高本地的知名度。这样，就把高速公路形成的大流通，与发展本地的经济有机结合起来，改变过去那种单一的格局，充分发挥高速公路的多种功能，让高速公路真正成为带动本地经济腾飞的一条巨龙。

笔者上述之见，仅一家之言。关于高速公路如何合理地设立服务区，需要科学规划、统筹安排。笔者仅是建议有关部门应重视高速公路服务区的建设，使之有利于高速公路的健康运行，更为我省经济实现跨越式发展创造有利条件。

2005 年 7 月 14 日发表于《贵州经济信息日报》

抢抓机遇，建成三凯高速三穗服务区

近年来，我省高速公路建设突飞猛进，形势喜人。尤为可喜的是，新建的高速公路都合理地设立了服务区，这是我省高速公路设计理念的一大飞跃。如今，服务区已成为高速公路的有机组成部分，日益发挥出重要的作用。抚今追昔，令人感慨，不由让我回想起了修建三凯高速三穗服务区的前后经过。

一、事情的由来

2005年，我担任三凯高速三穗县指挥部副指挥长，负责日常工作。五一长假，我与三凯总监办的刘云桥同志结伴去长沙旅游，途经京珠高速殷家坳服务区，并在此停车休息。殷家坳位于长沙南约50公里。该服务区占地200来亩，内设大型停车场、加油站、汽车维修、饮食住宿、超市和本地土特产门市等，功能较为齐全，来往车辆川流不息，人气极旺，生意火爆，服务区仿佛成了一个热闹繁华的大型商业场所。这引起了我的极大兴趣，无疑留下了深刻的印象。后去岳阳，走的同样是京珠高速，我留心观察，大约50公里就设有一个服务区。设立服务区不仅是为来往车辆和人员提供服务，更重要的是为本地区经济的发展开设了一个全新的窗口，可谓一举多得的天大好事。联想到我省正在修建的玉凯高速，在长达120多公里的范围内，居然未有设计修建服务区，与邻省相比，这不能不是一大缺憾。"山中方七日，世上已千秋。"我们落后于人，由此可见一斑。

湖南旅游归来，深受启发。我时时在想，别人早已干成之事，为什么我们仍墨守成规、停滞不前、不思改变呢？三穗的条件得天独厚，可捷足先登，抢占先机，建成服务区。问题的关键是要转变观念，积极争取上级的支持，正确的思路才可变成美好的现实。就三穗区域设立服务区一事，我曾与三凯总监办的负责人进行探讨，他们赞成我的想法，希望县政府引起重视，尽快向上争取。

2005年5月17日，我将自己的想法向县长办公会议作了汇报，建议由县政府出面，向州、省汇报此事，力争服务区在三穗落地生根，开花结果。会议经过讨论，同意我提出的建议，并责成由我负责，抓紧做好前期准备工作。修建服务区一事，正式提上了县人民政府的工作日程。

二、前期的准备工作

5月17日的县长办公会议后，杨秀锡县长在当时财政十分困难的情况下，特批了1万元的经费，明确由我带队到湖南等考察服务区的建设。从5月27日至6月1日，我们一行11人，行程约3000公里，考察了沪昆高速、京珠高速和汉宜高速的8个服务区。经过实地考察，大家耳目一新，深受启发，高速公路修建服务区已是势在必行，我们不可坐等观望，而要顺势前行，抓住机遇，有所作为，否则，将留下千古遗憾。考察回来，我们向县政府作了专题汇报，杨秀锡县长要求我们加快工作步伐，抓紧与州、省对接，力争在三穗设立服务区，并早日启动项目。

按照杨秀锡县长的安排，6月14日，我召集环保、住建、国土资源局等部门，就三穗设立服务区的相关事宜进行论证。论证的结果是：服务区应设立在高速公路出口附近，占地面积以80

亩为宜，由省高速开发总公司投资兴建，我县负责征拆等工作。论证之后我们劲头更足，7月3日，再次由我带队前往贵阳与省高速开发总公司对接。该公司的宋胜友副总经理认真听取了我们的汇报，并就征地等有关问题交换了意见。宋副总经理充分肯定了我县提出的方案，同意在我县设立服务区，并爽快答应最近到三穗落实此事。

2005年7月26日，宋副总经理一行到我县具体协商修建服务区的有关事宜。杨秀锡县长主持会议，有关部门的负责人参加。双方就设立服务区的选址、占地规模、征拆经费、投资经营等进行了协商，最后达成了协议，并形成了穗府议〔2005〕13号纪要。该纪要明确服务区用地共60亩，按经营性土地方式供给，每亩征拆包干1.8万元，由三穗县相关职能部门负责征拆和办理用地手续，项目设计方案由省高速开发总公司负责。双方各尽其责，共同推动项目早日开工建设。

三、修建服务区的征拆工作

2005年8月16日，杨秀锡县长主持会议，专门布置服务区的征拆工作。会议确定征拆由县指挥部牵头，林业、招商、环保、住建、八弓镇抽调人员配合，确保征拆如期完成。8月19日，县人民政府成立了玉凯高速三穗生活服务区项目建设工作领导小组，修建服务区正式拉开了帷幕，进入了具体的实施阶段。

2005年8月20日，县指挥部召开服务区征拆工作会议，人民村、胜利村、有关部门的负责人和县指挥部有关人员参加，研究具体的工作措施。人民村和胜利村负责做好群众的思想工作，征拆统一按三凯正线补偿标准执行。征拆分成三个工作小组，李湘彦负责征地，尹元江、郑泽民负责迁坟，杨胜坤、蒋湘君、秦海龙负责林木调查。会后，各作业小组紧锣密鼓开展工作，环环相扣，进展较快，效果明显。但同时存在两大难题，一是无主坟就有121座，而有两座立有石碑的却找不到坟主，迁坟无法推进。为破解这一难题，县指挥部按有关规定专门发布了迁坟通告。到了规定的期限，我们采取经费包干的办法，责成胜利村组织人员先将无主坟迁走。对一时找不到坟主的两座坟，由我和吴道科负责落实。我俩四处打听，甚至到响水的叉河村去核实，都了无信息。而时间急迫，施工在即，最后，我们变通办法，与胜利村协商，由村委负责将两座坟迁走，选好地点进行安葬，尽量恢复原样，胜利村妥善处理了此事。二是服务区所征土地大部分是林地，而办理砍伐林木的手续较为复杂。如果按部就班，拖延下去，施工必然受阻。杨祖谋同志当时主持林业局的工作，他以大局为重，积极支持，主动配合，与姚元德同志一道想办法，出主意，担责任，砍伐手续得到了及时批复，困难也就迎刃而解了。此事如果碰上那种不顾大局、观念陈旧、推诿刁难的人，必然影响施工，制约发展，损害我县的形象。

经过一个多月紧张有序、全力以赴的工作，我们顺利完成了征拆，按时将土地交给高速开发总公司施工。他们雷厉风行，当年11月就完成了场平，后转入基建，2006年10月服务区正式投入使用。三穗服务区运行近10年来，发挥了应有的作用。随着经济的向前发展，其重要性将更加显现出来。

回忆三穗服务区建设的过程，感慨颇多。在今日看来轻而易举之事，10年前却是举步艰难，甚至连想都不敢去想，又何谈兴建。我们常讲要转变观念、抢抓机遇，此话说起来不费气力，但真正能敏锐地发现机遇，并善于抓住机遇用心尽力将事干成的，好像还不是很多。三穗服务区的建成，可以说是抢抓机遇的成功产物，也可以说是转变观念结出的甘美果实。说千道万，还是要务实苦干，发牢骚、讲怪话或感叹什么怀才不遇等等，都于事于己无补。扑下身去，能真正为三穗人民干成一点实事，才对得起人民的养育。"前人栽树，后人乘凉。"为建成三穗服务区挥洒汗水和心血的人们，三穗人民将永远铭记他们做出的贡献。

发表于《三穗文史》2015 年 4 期

千里苗岭飞长虹

——忆玉凯高速公路征拆中的二三事

玉凯高速公路建成顺利通车快 10 年了。有时乘车行驶在玉凯高速三穗境内，触景生情，回想起当年的征拆工作，依然是感慨不已。但只有亲身经历过其中的艰难曲折，才可深深地体会到高速公路建成的来之不易。过去的时光早已消逝在历史的深处，而不少往事却历历在目……

一、正确选择，匝道出口建大道

玉凯高速的设计工作始于 2000 年。当初设计三穗县城收费站出口有三个方案。一是保养场附近，二是人造平原一带，三是星光方向。如果收费站选择不当，将直接影响县城的建设和我县经济今后的发展。事关大局，责任重大。县委县政府对此高度重视，专门做了认真研究，统一的意见是收费站应设在人造平原一带较为适宜。其根据是：保养场附近地势狭窄，不利县城长远发展。而星光方向则为我县已探明的钒矿带，若高速公路经过此地，必然影响以后钒矿的开采利用。比较而言，人造平原一带属丘陵地形，地势平坦开阔，有利县城向西扩展。当时，我任县政府副县长，分管交通工作。县委县政府于是明确我向上汇报，力争上级采纳我县提出的方案。记得时间大约是 2001 年 6 月中旬，省交通厅在台江县召开玉凯高速公路设计方案的论证会，我参加

171

了会议并汇报了我县的方案，陈述了相关的理由。与会人员一致认为我县提出的方案符合实际，设计单位拍板定案。最后，县城收费站选址获得通过，选定在了现在的位置。

2002年8月22日，我县正式进场开展玉凯高速征拆的外业测量工作。当时收费站至320国道的连接线设计宽度为24米，共4个车道。但在放线测量时，我们将此放宽至40米共6个车道。这主要是着眼长远，谋求发展。事后，我们向州指挥部作了汇报，得到了认同和支持。道路扩宽后，新增了10栋房屋的拆迁任务，也就增加了工作的难度。这些拆迁户都一致要求安置在公路边，因安置地难于落实，拆迁于是受阻，陷入僵局，一直拖到2005年3月仍无进展。

当时，正线工程已基本完工，若在4月底完成不了拆迁，连接线不能如期建成，必然影响全线顺利通车。时间紧迫，工程逼人，我们深感压力沉重，举步维艰，以致焦虑不安。面对困难，我们改变思路，多方想办法，在县城建指挥部的配合下，按照县城的统一规划，征用了陆寨渡槽下方左侧的几亩土地作为安置地，并制订了可行的安置方案，然后再与拆迁户协商。精诚所至，金石为开，我们的努力换来了拆迁户的理解和支持。2004年4月底，拆迁终于如期完成，保证了收费站出口连接线的顺利建成。

如今，漫步在这条大道上，感觉它笔直宽阔，格外大气。城中的东门南路、公园路等又岂可与之相比，它可称之为三穗县城时下最美的一条大道。如果当时缺乏长远眼光，安于现状，或许是另外一种情形。抚今追昔，这也算得上我们的一点贡献吧。

二、心忧百姓，寨头抢险巧安置

2004年8月3日上午，三凯四项目部向县指挥部报告，他们在施工中发现K74+570的山顶出现了一条长约50米、宽约0.05

米的裂缝。接此报告，我与李湘彦、郑泽明、吴道科心急火燎地赶往工地，冒着酷热爬上了寨头小学背后的山顶。经实地检查，一块红薯地的中间地带果然有一条裂缝，凭直观判断，存在滑坡的危险。若不果断处置，将危及山下20余户的生命财产安全，酿成重大事故。下山后，我及时向州指挥部和三凯总监办作了汇报。三凯总监办要求我们尽快疏散群众，待他们到现场了解情况后，再作处理决定。

为防患于未然，下午3时，我们召集台烈镇和寨头村的负责人到县指挥部开会，研究落实措施。一是由县指挥部下发通知，责成寨头村委会逐户通知农户，立即进行疏散。二是县指挥部书面向三凯总监办请示，要求尽快批复拆迁，及早排除隐患。

8月4日中午，州指挥部、三凯总监办、设计单位和县指挥部的负责人一同到现场了解实情，然后到四项目部住地岑松镇研究紧急处置的措施。会议确定：一是设立预警机制，明确专人负责观察，制定抢险预案；二是立即着手拆迁山下的住户，由县指挥部负责实施；三是工程设计方案未有确定以前，寨头小学暂时采取过渡性措施，避免发生事故。

当天下午，回到县城已是晚上8时多了。这时突然下起了大雨，我感到非常焦急，内心十分不安，立即给台烈镇和寨头村的负责人通了电话，要求他们逐户检查群众是否疏散，以防发生事故。通了电话后，仍放心不下。顾不上休息，我又与李秀毕（县环保局副局长）、熊海（县安检局工作人员）、县指挥部的蒲昭林和台烈镇的唐仁彬镇长迅速赶到了寨头，看到群众已全部搬到寨头小学的教室居住，一颗悬着的心才放了下来。我告诉群众，县指挥部立马组织拆迁，一定把他们安置好，帮助他们渡过难关。大家听了我的肺腑之言，都纷纷表示配合工作，积极支持国家的重点工程。当晚返回县城时也是深夜11点多了。当车子行驶至寨滚时，我接到了三凯总监办王勇主任的电话，他问群众是否做了疏散，存在什么问题。我把刚才检查的情况向他作了如实汇报。王勇主任听了非常高兴，表扬我们高度负责，务实苦干，真正践行了为人民服务的宗旨。

8月5日后，我们集中力量突击拆迁安置。具体工作由尹元江、郑泽明负责。他们起早摸黑，加班加点，全力投入。一是逐户测量房屋，抓紧计算补偿金额和及时张榜公示。二是进行拆迁安置。在准确掌握拆迁情况的基础上，我们立足长远，本着有利改善居住环境的原则，第一次实行集中安置。其方案是沿320国道前后安置两排，形成两条街道。我们制订的安置方案符合拆迁户的意愿，更有利长远。拆迁户主动配合，工作进展非常顺利，20天左右便全部完成了拆迁安置。速度之快、效率之高、实效之好是以前所没有的，由此受到了上级的表扬。重要的是，我们从中获得了宝贵的经验。拆迁安置应始终坚持以人为本，维护老百姓的合法利益，尽力打造良好的居住环境，克服重拆轻建的做法，这条经验后来在长昆高铁和三黎高速的拆迁安置中得到了更好地运用，为老百姓办了许多好事。

为表达当时抢险拆迁安置的感受，我曾写了一首小诗，借此抒怀和以记其事。其诗曰："八月扑热浪，群山草木长。蝉鸣松林静，风吹稻花香。心忧百姓事，汗洒高路旁。苗岭飞长虹，青史留一行。"这只不过是孤芳自赏，聊以自慰而已。

三、情系乡村，条条便道利民生

玉凯高速在我县境内共设有6个项目部，进入正线施工都需要修建不少工程便道。按照有关规定，使用农村既有通村公路施工一律不予补偿。为了保证施工的正常进行，我们一方面与有关村沟通协商，达成相关协议，同意施工使用原有的通村公路；另一方面则要求施工方自觉维护群众的利益，尽量将原有道路加宽、改直、顺延，并且平时加强维修，为群众多办好事，相互配合，实现双赢。

在我们的积极协调下，玉凯九项目部不仅对蜜蜂坡原有道路进行加宽和较大幅度的改进，而且还顺延了 1 公里多长。三凯二项目部在岑克巴马岩上游处架设了一座钢架桥，将便道一直修到了青洞村便秧寨子门口，改变了该处不通公路的落后状况。三凯四项目部从岑松大桥至寨头小学背后，共修了 4 条便道约 3 公里长，方便了群众的生产。此外加宽和改进路况的还有颇洞村何家寨、蜜蜂村克麻塘、桥头村寨里等通村公路，这些便道不仅在施工期间发挥了重要作用，而且工程结束后继续保留，仍为当地群众所用，带来了许多方便。如蜜蜂坡便道，此次长昆高铁施工又顺延了约 2 公里，还投入 300 余万元进行硬化和在马家河处架设了一座桥梁，道路可通至水竹坪寨后，将附近的几个自然村寨连在了一起，交通更为便利。还有中铁三局二项目部为群众办好事，在克麻塘原有道路的基础上打通了至茶坪坵的公路，使贵根片区通往 320 国道不再绕道朱砂堡，路程缩短了近 2 公里。总之，这些便道的建成，造福一方，深受当地群众的好评。

此外，对工程应恢复的通村公路，设计不合理的我们都积极向上反映，要求更改设计，或者采取协议补偿的办法，交当地村委会实施。如台烈村冷水寨的进寨公路，原设计的方案不佳，群众反映强烈。于是，我们多次向上争取，要求采取协议补偿的方式，交当地自行修建，有利化解矛盾。经过前后近两年的不懈努力，2006 年 11 月 4 日终获三凯总监办的批准，协议补偿138461.00 元。冷水寨重新设计的方案是以 320 国道为起点修建一座小桥跨过台烈河，然后顺延进入寨子。这条通村公路不仅方便了冷水寨的进出，而且为小台烈的通村公路与之相连搭接 320国道创造了条件。一举多得，利莫大焉。

征拆是天下第一难事，于今亦然。在玉凯高速的建设中，我们共化解了各种纠纷 500 余起，为此付出了辛劳的血汗，饱尝了酸甜苦辣，忍受了许多委屈。任劳了还得任怨，流汗了有时还要流泪。或许正是这种艰难困苦的经历，使我们积累了工作经验，增长了才干，更磨炼了意志，培育了吃苦耐劳、脚踏实地的务实精神，这也是人生中收获的一笔宝贵财富。"春江水暖鸭先知"，以上感悟都来自此段不平凡的生活经历。可有些持有偏见的，见此却极不顺眼，少不了要说三道四，品头论足，冷嘲热讽，更有甚者是造谣中伤，诽谤污蔑，陷害他人，抬高自己。某些居心叵测的"预言家"，曾断定玉凯高速征拆因违法乱纪肯定"要倒下几个人"，但事实对此做了无情的嘲弄，其"预言"如同肥皂泡一样可悲地破灭了。自古正邪水火不容，那些灵魂卑劣丑陋之徒，是不会相信别人有高尚情操的。生活本来如此，别人要怎么说和怎么做，都由着他去吧。功过是非，后人自有评说，又何必戚戚于此呢。

但话又说回来，人活着是需要有精神支柱的。人生于世，总得有点作为。当机遇来临时，要主动迎上前去，敢于担当，执着坚定，奋斗不息，把应干之事干成并且干得精彩和风光。自己没有虚度人生、空耗岁月，拼搏了，奋斗了，不管作为大小，此生也就无怨无悔了。

玉凯高速是我县建成的第一条高速公路，10 年来，它对我县经济社会发展的重要性不言而喻。随着时代的前进，它必将发挥更大的作用。一切为玉凯高速的建设而努力奋斗的人们，他们做出的贡献，将永远铭刻在历史的记忆中。

发表于《三穗文史》2016 年第 2 期

难忘除夕之夜的灿烂灯光

——忆 2008 年抗冰救灾之事

2008 年年初，我县遭受了几十年未遇的冰雪凝冻灾害。当时全县交通受阻，供电瘫痪，县城供水中断，冰灾打乱了正常的生活，并带来了许多意想不到的困难。灾害突如其来，挑战前所未有。在抗冰救灾中，涌现出了许多可歌可泣的感人事迹。此外，也有不少默默无闻乐于奉献的无名英雄，他们做出的贡献同样应为历史所记取。笔者亲历了抗冰救灾的始终，感受不谓不深。尤其是除夕之夜恢复供电的忙碌情景，至今记忆犹新。每忆及此事，内心总涌动着一种不可名状的冲动，故而让记忆随着笔端尽情地流淌。

一、面对灾情，谋划供电献一策

冰灾是从 2008 年元月 13 日开始的。随后，灾情不断加重，延续至元月 21 日，全县已全部停电，而且灾情有增无减。此时离春节只有半个月了，面临的局面极为严峻，当时恢复供电成了最大的民生问题。按照上级的要求，县委县政府及时组织应急分队，全力以赴配合凯供电局抢修镇穗线。那段时间，应急分队每天冒严寒、忍饥渴、抗疲劳、打硬仗，表现出了超乎寻常的毅力。但终因灾情过重，一时难以恢复供电。看到这种情况，令人焦急万分、忧虑重重。县供电局副局长龙安湖和我主动向县政府有关领导建议，可否向上争取或采购发电机，采取发电供电的方

177

式，破解恢复供电的难题，并提出了具体的方案。元月 30 日上午，在县供电局会议室开会，有关部门的负责人参加，专题研究我俩提出的方案。经过多方论证，大家一致认为方案可行。接着，县供电局将方案向县政府作了汇报，当天下午方案得到批准，并明确由我负责实施。

元月 31 日上午，县政府在县财政局召开紧急会议，研究落实上述方案的具体措施。会议决定由我带队赴凯向州经贸委汇报，力争上级的支持，确保所需的发电机尽快到位。会后，我与龙安湖，还有财政局的张彬，不顾严寒和道路结冰行车危险，火速赶赴凯里。当天下午 2 时，我们就到州经贸委向唐友祥主任汇报我县的打算。唐主任对我县谋划在先、主动出击的做法非常支持，并告诉我们，上级已调运了一批发电机支援灾区，现正在分配之中。根据我们的请求，州经贸委当即对分配给我县的发电机型号和数量做了重新安排，调整分配给我县的发电机容量为 1300KW，其中 500KW 一台、300KW 两台、150KW 一台，另外还有几台功率小的。看到分配方案迅速得到落实，这真是雪中送炭，我心中悬着的一块石头落了地，也长长地松了一口气。在以后的几天里，我们每天早出晚归，到凯供物资供应站抓紧装运，忘记了寒冷饥渴，忘记了白天黑夜，直到 2 月 3 日下午才将大部分发电机安全运抵三穗。余下的交给后去凯里的吴道科等负责完成，我和龙安湖连夜赶回三穗安排其他工作。

二、合理布局，安装调试获成功

2 月 4 日上午，由我主持，有关部门的负责人参加，在县供电局会议室具体研究发电机的布局、安装和调试等工作。会议确定的方案是发电机重点保河东片区供电。按其负荷区域，500KW 的安装在原汽车站，供新穗街、解放街片区；一台 300KW 的安装在民高，供灵山大道南段至文昌桥一带；另一台 300KW 的安装在新拱桥处，供老车站片区；150KW 的安装在铁锅厂，供牛场河坝片区。后州经贸委又增加分配了几台 20KW 的小型发电机，是姚本禄和吴勋卫负责运回的，分别安装在城关一小背后，供县水利局、县肉联厂、县医院和寨秧片区。为保证工作顺利进行，会议还研究成立了发电组、后勤组、宣传组和抢修组，人员落实到位，工作有序开展，各司其职，突出实效。

会后，龙安湖负责落实接线和安装调试，但进展却不如人意，突出的问题是安装在原汽车站的 500KW 发电机。2 月 4 日，机组人员从早忙到晚，多次调试发电均无效果。见此情形，大家心急如焚，却又束手无策。晚上 8 时，我们只好打电话向供应商求救。他们接到电话后，随即派出一名技术人员从凯里迅速赶赴三穗支援。技术人员到达三穗已是晚上 11 时左右。他下车后立即投入工作，经过 1 个多小时的忙碌，调试运行终获成功。当时已是深夜，寒气阵阵逼人，但在场的每个人心中却是热乎乎的。真是一方有难，八方支持，而困难时刻获得的支持，其真情比什么都宝贵。负责该台发电机的是县水利局的技术员杨再乾，他在工作时，因天黑不慎掉进了机坑，造成胸部受伤，但他忍着疼痛，不吭一声，咬牙坚持到调试成功才离岗去县医院看病，检查结果是两片肋骨发生裂缝。岁寒，然后知松柏之后凋。紧急关头，杨再乾同志表现出了良好的素质，胸有大局，忠于职守，忘我拼搏，其精神是令人钦佩和值得学习的。

经过 2 月 4 日和 5 日两天紧张有序的工作，所有的发电机都安装调试成功。可谓万事俱备，只待一声令下，每台发电机将如八仙过海，各显神通，为人们送去节日的温暖和光明。

三、除夕之夜，满城灯光分外明

2 月 6 日是除夕。按照县政府的要求，上午 9 时，我召集有关部门的负责人，在县供电局安排除夕之夜的供电工作。会议研究确定，河东片区 7 时 30 分准时供电，各机组人员 6 时务必到岗，做好一切准备，确保供电无误。河西片区由平坝电站发电供电，时间定为 7 时 50 分。若主网通电，则改由主网供电，相关工作由县供电局负责。会后，我和龙安湖又到各点检查，四处奔波忙到中午 2 时才匆匆地吃了早饭。刚吃过早饭，接到上级的通知，3 时主网可正常供电。但后来情况有变，主网 3 时并未准时送电。为了应对情况的变化，下午 5 时，我到县供电局与其班子成员和有关部门的负责人紧急碰头商量，河西片区调整为主网供电，按上午所定的时间执行。散会后，县城中不少地方接连不断地响起了噼里啪啦的鞭炮声，到处洋溢着节日的浓厚气氛。然而我们却不能享受与家人团圆过年的天伦之乐，只是匆忙到家里看了一下，便急忙出门。6 时左右，我接到杨秀锡书记的电话，要求我们千方百计确保今晚供电正常，不能出现任何差错和发生安全事故。我倍感责任重大，立马和龙安湖到河东片区各点检查。此时，工作人员都准时到岗，严阵以待，做好了最后的冲刺。7 时 30 分河东片区的几台发电机同时发出响亮悦耳的轰鸣声，强大的电流瞬间并入电网，输送到了各个片区。刹那间，河东片区一片通明，人们像盼望久违的亲人一样，迎来了除夕之夜明亮的灯光。此时此刻，千家万户正围坐在电视机旁观看春晚节目，沉浸在欢歌笑语之中。

这时，主网已开始送电。我和龙安湖立马赶回供电局，安排河西片区的供电。可有人提出晚上给变压器合闸，弄不好可能会发生安全问题。我当即果断表态，送电不能耽误分秒，按原定方案执行，所有人员立即出动，严格操作，忙而不乱，就不会发生安全事故。随后，供电局的工作人员闻风而动，迅速到位，争分抢秒，竭尽全力给每台变压器合闸送电，7 时 50 分后，河西片区的各个区域，灯光逐渐亮了起来。

眼前，县城又展现出了平时灯光灿烂的美好夜景。目睹此景此情，我如释重负，感到一阵轻松，心里格外高兴。有如冒着枪林弹雨冲锋陷阵的战士，终于把红旗插上了胜利的山头。在遭受严重冰灾的除夕之夜，灯光依然明亮如昔，其意义非同寻常。这引起了我的深思，河东主要为居民居住区，如果不是采取发电送电，料事于前，防患未然，即使主网通电了，今晚也无法恢复供电。那么，除夕之夜的河西灯火通明，而河东则沉寂无声，判若云泥。其结果是老百姓定有怨言，必然损害政府的形象，所产生的负面效应短期内是难于消除的。而今日，供电是先河东后河西，这正是关注民生的生动体现。此事给我以深刻的启示：任何时候，我们都应把老百姓的利益放在第一位，并为之执着奋斗。

当晚，我们忙到凌晨1时才拖着疲惫不堪的身体回到家中。龙安湖因劳累过度导致血压升高而病倒了。大年初一，当人们欢欢喜喜过春节时，他却住进了医院。正是这些无名英雄的顽强拼搏和自我牺牲，才换来了除夕之夜的祥和与欢乐。而这种付出所收获的回报，只有亲身经历者才能体会到它的真正价值。

"沧海横流，方显出英雄本色。"抗冰救灾已过去8年多了，它留给我的记忆却是终生难忘的。在抗冰救灾中，自己所做的一点工作，是肩负的职责所在，是发自内心的自觉担当，是一种强烈的责任使然，而绝非奢望得到什么荣誉。不为名困品自高，如一位诗人所言："他活着为了多数人更好活的人，群众把他抬举得很高，很高。"信哉斯言。心中装有百姓的，百姓心中也才有他。

行文至此，让我用曾发表的一篇短文中的话作本文的结束语吧：除夕灯光分外明，这灯光凝结着许多无名英雄的辛劳血汗；这灯光给广大群众带去了节日的祝福，更带去了明天美好的希望；这灯光展现了我们共产党人永远服务人民、造福群众的时代精神风貌。

发表于《三穗文史》2016年第1期

这里的拆迁静悄悄

——忆三穗县原粮食局片区的拆迁安置

夏日的夜晚，有时漫步在佳誉广场，这里人来人往，熙熙攘攘，是时下县城最繁华的地段。7栋17层的高楼拔地而起，相映生辉。高楼上的彩灯五光十色、耀眼夺目、别有风采。看到眼前这美丽的夜景，心中涌动着一股感情激流，令人不由想起几年前发生在此的征拆之事。

一、临难受命，担负重任克难关

2007年4月19日，三穗县人民政府下发了穗府发〔2007〕19号通知，明确规定原粮食局片区为旧城改造的重点区域。从2007年5月至2010年9月底，历时3年多异常辛苦、坚韧不拔的顽强努力，县粮食局3个企业的改制排除各种阻力，终于落下了胜利的帷幕，250多名职工得到了妥善安置。这就为该片区资产的依法评估、转让以及连片开发创造了先决条件。2010年12月22日，该片区土地使用权挂牌转让成功，连片开发也是势在必行、刻不容缓了。

2011年4月11日，县人民政府常务副县长刘隆俊主持召开会议，专题研究启动原粮食局片区的房屋征收和拆迁工作，确保连片开发早日实施。会上，刘隆俊副县长反复动员我牵头负责该片区的拆迁安置工作。当时，我任两高指挥部的副指挥长，负责日常事务，长昆高铁的征拆正全面展开，肩上的担子压力不轻。若再担此责，恐力难胜任，故心存忧虑。但反复考虑，还是觉得应以工作为重，以大局为重。为了加快三穗的发展，回报这块养育我成长的土地，能为它多出一份力，多流几滴汗，也是人生的幸运，又岂可计较个人得失。思考至此，心志已定。我没有临阵退却、推诿逃避，义不容辞地挑起了这副让不少"聪明人"望而却步的重担。可谓受任于发展之际，奉命于艰难之时。我犹如一头负重的老牛，拼力行进在崎岖陡峭的山路上，义无反顾、执着向前，决心用热汗和智慧写下旧城拆迁新的一页，追寻黄昏岁月那晚霞似火的奇异风光。

2011年5月6日，县招商和商务局成立了原粮食局片区国有土地房屋征收补偿工作领导小组。我任组长，陈惠万、吴勋卫二位同志分别任副组长，同时从有关部门抽调了11人专职具体工作。一场啃骨头、打硬仗的征拆攻坚战吹响了进军的冲锋号角。

二、加强学习，依法征拆开新风

征拆工作时下被世人称之为天下第一难事，而旧城改造的征拆，矛盾错综复杂，各种利益交叉，更是难上加难。要克难攻坚，打铁全靠本身硬。首要的任务是加强学习，不断提高自身的素质，工作才可有效推进。在整个工作中，领导小组始终把加强学习放在第一位，多次组织全体工作人员认真学习《中华人民共和国国务院》第590号令，以及有关的政策、法规和法律，统一思想，转变观念，提高依法行政的水平。自觉"遵循决策民主、程序正当、结果公开的原则"，坚持公开、公平、公正，依法征拆，实行阳光操作，接受社会的监督，切实维护被征拆户的合法利益。同时积极探索依法征收和拆迁的新路子，积累经验，为今后的工作提供有益的借鉴。

工作中，我们始终坚持面向社会公开全部信息。不论是房屋征收公告，还是拆迁补偿方案等，除了在一定范围张贴外，还在三穗电视台连续宣传 5 至 7 天，使之家喻户晓，人人皆知。在制订补偿方案的过程中，我们将讨论稿发放给每一个被征拆户，认真倾听他们的呼声，采纳他们的合理诉求，充分体现民意，顺应形势发展。从 2011 年 5 月至 2011 年 9 月，我们先后 8 次召开被拆迁户参加的会议，面对面地进行沟通、协商、讨论，和风细雨，润物无声，不断化解矛盾，逐渐达成共识。为了进一步做好征收和补偿工作，2011 年 8 月 5 日和 9 月 7 日，领导小组还分别邀请部分县人大代表、县政协委员和有关科局负责人，以及被拆迁户代表参加的听证会，广泛征求社会各界的意见，不断充实和尽力完善补偿方案，维护被拆迁户的合法利益，防止在商业开发中发生违法违纪和损害群众利益的现象。

概言之，由于我们注重加强学习，提高依法行政的自觉性，正确把握政策，坚持程序合法，做到了补偿公平、文明拆迁、合理安置。正是因为创新方法，另辟新径，拆迁和补偿如期推进，实效明显，得到了社会的一致好评。可有极个别人出于私利和偏见，错误地认为我们的拆迁补偿程序不合法，并以信息不公开为由向上级法院提起诉讼，后被州、省两级法院裁定为"不予受理""驳回上诉"，落得自食其果的尴尬结局。事实再次雄辩地表明，历史从来都是公正客观的，凡是正确的东西都经得起时间的反复检验，又岂是个别人凭其主观想象可随意否定的。

三、明确思路，先易后难促拆迁

原粮食局片区的拆迁任务繁重，面广事多，问题丛生。面对复杂的局面，我们保持清醒，全面分析，理清思路，先易后难，循序渐进。

首先，我们选准突破口，确定先拆除沿街的门面。领导小组于 2016 年 5 月 15 日下发通知，告知每个门面的经营者，限期于 6

月 30 日搬出。未到租期的，可按原订合同退还所欠租金。绝大部分经营者对此表示理解，积极支持连片开发，主动于限期内搬出。困难较大的是步步高超市，因一时难于找到经营场所而造成搬迁滞后。于是，我们多次与步步高超市的业主协商，一起想办法、出主意，共渡难关。我们不仅退还了未到期的租金，而且还对其经营损失给予了相应补偿。我们的一片真诚换来了他们的全力配合，搬迁也就攻克了第一道难关。门面拆迁按期完成，首战告捷，形成了良好的工作态势，更增添了工作信心和激励了士气。"好的开头便是成功的一半"，我们乘势而上，奋进中已看到了成功的另一半正在向我们频频招手。

其次，该片区有 23 户居住公房的职工，因无产权，按政策不能补偿。但有的在此已居住了几十年，一时搬出，谈何容易。如果不能妥善解决他们居住和搬家的困难，仅靠宣传动员，那是纸上谈兵，于事无补。但又要怎样才能破解此道难题呢？我们开动脑筋，积极寻找破解之策，主动与县房管局联系，请求他们助一臂之力。县房管局给予了大力支持，12 户符合条件的职工优先购到了廉租房，解除了无房居住的后顾之忧。而其余的 11 户则是搬家存在某些难处，因而进展不如人意。针对这一情况，领导小组经过研究，决定给予每户一次性奖励 1600 元的搬家费，搬迁由此加快了进度。正是因为我们把群众的冷暖放在心上，设身处地为他们着想，帮助他们排忧解难，阻力也就随之排除了。2010年 7 月底，23 户全部按期搬出，拆迁又攻克了第二道难关。

第三，关于 43 户产权房的补偿和安置，既是拆迁的重点，也是难点所在。要攻克最后这道难关，绝非轻而易举之事。冷静思之，至关重要的是制订合理的补偿方案。为此，我们投入了大量精力，认真钻研政策，用于指导实践，本着关注民生，确保补偿合理的思路开展工作。经过几个月反反复复地讨论，广泛征求意见，不断充实提高，几易其稿方形成的补偿方案，可谓好事多磨。它凝结了大家的心血，集中了各方的智慧。领导小组于2011年9月15日向县政府上报了《三穗县粮食和燃料片区国有土地房屋征收的补偿方案》，县政府9月21日及时作了批复，即穗府函〔2011〕99号文件。接着，我们抓紧大力宣传，制定工作措施，采取逐户落实、从零突破、积少成多、取胜全局的方法。工作人员逐一与被拆迁户协商，耐心细致地做好思想说服工作，苦口婆心的讲解政策，晓之以理，动之以情，分析利弊，比较得失，正面引导，以诚感人。县人大干部姚本奎第一个带头签了协议，起到了良好的示范作用。"榜样的力量是无穷的"，我们以此进行宣传教育。不少人在此感召下也先后签了协议。对于少数工作难度大的，我们做好个案分析，找准症结所在，然后对症下药。或动员其亲朋好友劝说疏导，一把钥匙开一把锁；或进行当面沟通，释疑解难，平等相待，以理服人；或心系其忧，倾注关心，帮助解决生活中的有关困难。个别的甚至上门做工作达10次之多。这些方法都收到了很好的效果。困难再大，我们不动摇、不退却、不懈怠，咬定青山不放松，坚信世上哪有翻不过的坳，又哪有渡不过的河呢。功夫不负有心人，"锲而不舍，金石可镂"，经过4个多月艰苦细致、忍辱负重的顽强努力，43户全部签订了协议。一场"不到长城非好汉"的攻坚战，就这样在悄然无声中攻克了第三道难关，迎来了胜利的欢笑。身临其境，我们好似漫漫长途的跋涉者，不知吃了多少苦、流了多少汗，受了多少难，最终到达了期盼的目的地。成功的喜悦，让我们忘却了路途的坎坷泥泞、风吹雨打和疲劳伤痛，心中洒满了一片灿烂温暖的阳光。岁月更新，2014年43户全部分到了新房，我们的不懈努力，换来了被拆迁户居住环境的焕然一新，更推进了县城建设的发展。我们的付出不仅收获了生活的快乐，重要的是体现了人生的价值。

四、关注民生，多为群众谋利益

在整个拆迁安置过程中，我们始终坚持以人为本、关注民生的理念，自觉维护被拆迁户的合法利益和尽力解决其合理诉求。关于43户产权房的补偿，按照县国土资源局设置的挂牌出让附加条件是"拆一还一"。对此方案，被拆迁户拒绝接受，纷纷要求提高还房比例。而开发商则认为"拆一还一"是政府设置的，要提高还房比例则是政府违约，应由政府承担责任，因而固守原定条件寸步不让。双方各持己见，形成对立，拆迁一时搁浅，工作停滞不前。为了打破僵局，步出困境，我们先后到岑巩、天柱两县考察学习，借他山之石求攻玉之效。考察表明，邻县的商业性开发，其还房比例早已捷足先登、遥遥领先了。而我县至今仍坚持多年来"拆一还一"的原则，与邻县相比的确相形见绌，显然失之公平。原粮食局片区是商业开发，参照邻县的经验提高还房比例也是势之使然，更是顺乎民心。结合我县实际，我们提出还房比例为1：1：3较为适宜。经与开发商多次协商，向他们推心置腹讲明利弊，不厌其烦劝其适当让利，使之明了只有拆得快才能建得快，有所失才有所得。我们的一片良苦用心得到了他们的理解和赞同。另一方面，我们又做好被拆迁户的工作，现在1：1：3的还房比过去已是跃上了一个新台阶，而且赶上了邻县的水平。这是经过积极争取，反复说服开发商让利所得，其利来之不易。好处实实在在摆在那里，看得见、摸得着，别人让求和，自己为何不能以礼相còn呢？实现双赢才是理性选择，道理讲清了，补偿方案也就逐渐为大家所接受。虽然签订协议时间不一，但43户都先后交出了合格的答卷。按挂牌约定的条件，43户原还房面积为4892平方米，现提高30%，开发商要多增加还房面积1467.8平方米。按每平方销售均价3200元计算，则要多支付 469.6 万元的费用。换言之，即每户被拆迁户可多得 10 万元左右的补偿。这实际是开发商让利于被拆迁户，弱势群体能从拆迁补偿中获得更多的实惠，可以说是享受到了改革开放的成果，较之过去确是一大进步。

原粮食局片区占地面积为 24460 平方米，拆迁房屋面积 15790.35 平方米，涉及大小房屋共 36 栋。这里的拆迁静悄悄，是原粮食局片区连片开发生动形象的真实写照。回顾工作，有 3 点做法值得记取。一是加强学习，提高依法行政的自觉性，坚持程序合法、信息公开，严格执行有关政策和法律法规，一律阳光操作，接受社会的监督，维护被拆迁户的合法利益。二是始终坚持以人为本、关注民生的理念，且真正践行、心系百姓、关心弱势群体。面对商业开发，要立足实际，制订合理的补偿方案，倾听被拆迁户的呼声，维护他们的合法利益和尽其所能解决他们的合理诉求，使他们从拆迁安置中得到更多的实惠。这样有利化解矛盾，维护社会稳定。三是善于做好宣传教育和思想说服工作，做被拆迁户的知心人和贴心人，注重工作方法，和风细雨、耐心细致、宽容大度、以理服人，敢于担当、务实苦干，能任劳更能任怨，坚韧执着，善于排难而进。这 3 点做法仅是有感而发，即使视为经验，也需要在今后的实践中不断改进和逐步提高。

时光流逝，一切都已物换星移。成绩属于过去，奋斗昭示来者。为完成原粮食局片区的拆迁安置，许多同志不辞艰辛，付出了辛劳的心血和奋斗的汗水，奉献了自己的聪明和才智。如吴文蓉、吴勋卫、龙义杰等同志，他们埋头苦干、默默无闻、任劳任怨、乐于奉献，不计较个人恩怨得失和荣辱毁誉。正是他们矢志不移、顽强拼搏、克难攻坚，才换来了今天佳誉广场一片崭新的气象。也正是许许多多这样朴实无华、埋头苦干的人们，不断推动着三穗经济的发展和社会的进步。虽然他们鲜为人知，更未获得雷鸣一样的掌声、世人簇拥的鲜花和光彩夺目的荣誉，但较之于那些自以为学富五车、才高八斗的空谈高手，那些临难退却、推诿逃避的"识时务者"，那些敷衍塞者、虚混时光的平庸之辈，其人生的价值不知要高出多少倍。他们才是美好生活的创造者，是我们伟大时代的"脊梁"。他们创造的业绩，不仅造福于今，而且也将为后世的人们所铭记，在历史的长河中永远奔流不息。

这里的拆迁静悄悄，是我发自内心的真实感慨，更是我无愧所负之责、无愧苍天大地、无愧江东父老，面对今天和历史坦然、自信和坚定的表白。

发表于《三穗文史》2016 年第 4 期

盛世圆成千年梦

——忆长昆高铁高寨片区的拆迁安置

三穗，历来被人们誉为黔东交通的枢纽，但在 20 世纪却有点名不副实。自 2006 年沪昆高速建成，尤其是 2015 年长昆高铁通车后，三穗的交通面貌发生了深刻而巨大的变化，黔东交通枢纽之誉方名至而实归。高铁时代的到来，盛世圆成了千年美梦。

欣逢盛世，笔者有幸亲历了长昆高铁三穗段征拆的始终。回忆几年来所经受的风风雨雨、走过的坎坎坷坷，至今依然心存感慨，不少往事难于忘怀。记忆深刻的是高寨片区拆迁安置的情形，时常在我的脑海中浮现。于是，随手写来，便有了以下的回忆文字。

学好政策重实效　关注民生促拆迁

长昆高铁于 2010 年 9 月初开始启动。2010 年 9 月 13 日，县人民政府在县政协五楼会议室召开长昆高铁三穗段建设动员大会，高铁的征拆工作由此拉开了序幕。我们肩负崇高的责任，信心满怀，不畏艰难，迎接新的考验和征拆风雨的洗礼。

长昆高铁途经我县 20.5 千米，沿线经过八弓、滚马两个乡（镇）和 9 个行政村。拆迁安置的难点和重点是高寨片区。因高铁火车站建在高寨小学一带，拆迁的房屋较多，而且又是按县城新区规划实行集中统一安置，这对我们来讲是一个全新的任务。虽然缺少经验，但无畏难情绪，我们抱定事在人为、路在脚下的坚定信念，向前走去就是一片柳暗花明。

2010年国庆长假，我们主动放弃休息，拆迁组进入高寨片区开展房屋测量。经过一个多月的努力，完成了房屋的外业测量和实物调查登记。高寨片区需拆迁房屋48栋，而且要实行集中安置，时间紧、任务重、困难多。那段时间，我们思考得较多的问题是如何结合实际，正确领会和执行上级的拆迁补偿政策，为拆迁安置开好头、起好步，打好这场啃骨头的硬仗。

高铁拆迁补偿政策的依据是黔东南府发〔2010〕37号文件。平心而论，其补偿条款较为笼统，主体建筑的补偿标准偏低，而装修项目则相对偏高，有些不接地气和主次不分。于农村而言，群众建房因受经济条件和生活环境所限，装修一般较少，即使装修，也是简易和普通居多。如果脱离实际，盲目、简单和机械地执行补偿政策，拆迁户难于接受，必然引发矛盾，制约拆迁。针对这一现状，我们多次组织学习拆迁补偿文件，反复讨论，用心领会文件的精神实质，力求结合实际，尽力向拆迁户倾斜，发挥政策效应，破解拆迁难题。2010年11月29日，县指挥部召开会议讨论通过了拆迁补偿的细化标准，即穗高铁指〔2010〕11号文件《长昆客专三穗段拆迁安置补偿操作方案》。该方案规定，有水泥地皮和门窗的，可定为简易装修，每平方补偿180元；安装有地板砖的，则调整为普通装修，每平方补偿350元，其他补偿标准就高不就低，一律都取上限。这些规定较为符合实际，一目了然，易于把握和操作。而至关重要的是关注了拆迁户的切身利益，也就得到了绝大多数人的理解和支持，消除了不少人的疑虑，减少了许许多多的阻力，政策效应收到了良好的效果，拆迁因此顺势而进。

　　高寨片区的拆迁是实行集中统一安置。如果安置区选择不当，将给工作带来阻力。2011年7月2日，县人民政府办公会议讨论通过了高铁安置区的选点方案。安置区位于火车站右前方，选点十分合理。会议明确由县住建局聘请有资质的设计单位编制规划。规划应做到高起点、高标准，力争把安置区打造成县城新区的一个亮点，为今后的拆迁安置树立示范。2011年12月初，县住建局基本完成了规划设计，12月下旬安置区开始场平。由于工作粗心大意，放线时发生失误，2012年7月初又重新做了调整，直至2012年9月底安置区场平才得以竣工。

　　高寨安置区是高填方，最深处达10米之多，这不仅给拆迁户建房带来了意想不到的困难，更给我们的工作增加了难度。如果不妥善解决建房基础超深补助，那拆迁安置将中途受阻，后果不堪。面对这一拦路虎，我们感到前所未有的压力，内心忧思如织，眼前一片迷茫，一时束手无策。因为拆迁补偿政策无建房基础超深补助的规定，向上反映一时无果。县级财力困难，又无力承担此事。身处其境，真是进退维谷。但不管困难如何之大，也绝不能遇难而退，坐以待毙。逆水行舟，不进则退。我们开动脑筋，多方想法。一方面是用足政策，将搬家过渡费延长至18个月，解决了超深补助的部分资金；另一方面是向县政府汇报，积极筹措，甚至不惜举债，以解建房基础超深补助的燃眉之急。然后再向上反映，求得问题的最终解决。

　　按照这个思路，2012年9月24日，县指挥部对建房基础超深的补助方案进行专题研究，制定了《关于三穗火车站高寨新区拆迁户建房基础超深的补助规定》，即穗铁指字〔2012〕19号文件。该文件规定，采用孔桩或传统条型基础建房的，凡深度超过2米的，孔桩每米补助550元，地圈梁每米补助175元，条型基础每方补助 270 元。所安置的 78 户 178 间宅基地，其中超深的 48 户 112 间，最深的孔桩达 11 米，最终补助总额为 214.35 万元。我们以大局为重，敢于担当，想方设法对建房基础超深实行补助，关注民生落到了实处，为拆迁户排忧解难，实实在在地办了好事，突破了拆迁难关，打通了前行的道路。正是有了这些正确的举措和不懈的努力，截至 2013 年 3 月底，高寨片区全部完成了拆迁安置，确保高铁火车站建设正常推进。

世界充满了矛盾。生活总是一波刚平、一波又起，征拆工作更是如此。2014 年 11 月，中国中铁二院工程集团有限责任公司重新规划，决定在高寨火车站（上井方向）增设维修工区，需拆迁 28 栋房屋，并且要求该地在 2015 年 3 月底交付施工。接此任务，很觉突然，真有泰山压顶之感。时值隆冬，冰天雪地，天气寒冷，拆迁谈何容易。2014 年 12 月 4 日，州指挥部到我县检查工作进度，同意我们抢抓时间，采取统一搭建临时过渡棚的方式，解决拆迁户居住的困难。2015 年 12 月 9 日，州长昆高指专议〔2014〕06 号会议纪要作了批复，批准我县使用资金 31 万元用于搭建临时过渡棚。时间紧迫，任务逼人，我们别无选择，只有横下一条心，咬紧牙关，背水一战。如果不能按时完成拆迁，将直接关系高铁能否如期通车。在此关键时刻，又有谁愿当历史的罪人而遭到世人的耻笑呢？我们精心组织，统筹安排，一方面抓紧安置区的场平填方，搭建临时过渡棚；另一方面则及时开展房屋的测量，核实和兑现补偿。工作加班加点，环环相扣，不敢有丝毫懈怠，不敢有一日放松，全力以赴，志在必成。直至农历十二月二十八日，我们整天都还在工地上组织拆房，忙得不可开交，一点都感觉不到春节的来临。工作的紧张程度，由此可见一斑。

综合维修工区的安置区紧靠近邛水河边，仍是高填方。为了保证建房安全，我们专门聘请了贵州凯达岩土有限责任公司进行地勘，投入资金 12 万元。该公司于 2015 年元月编制了地勘报告，建议采用桩基建房，且深度在 12.8 米至 14.7 米之间，这就为建房安全和超深补助提供了可靠的依据。

2015 年 3 月底，综合维修工区按期完成拆迁。2015 年 7 月 20 日，43 户全部落实划地安置，共 86.5 间，一律采用孔桩建房。我们坚持按第一期建房基础超深补助的标准执行，前后一致，一视同仁。为了兑现承诺，在资金极为困难的情况下，2015 年 10 月初，县指挥部向县财政借款 147 万元，兑现了 43 户 60% 的超深补助。2016 年元月又再次向县财政借款 100 万元，全部兑现了 43 户建房基础超深所欠的补助款。两次合计补助总额为 247 万元。在资金未有着落的情况下，为了推进工程和取信于民，我们胸有大局，主动承担了极大的风险。如果缺乏担当，推诿责任，工作将陷于被动，必然阻碍工程进展，造成严重后果，损害我县的形象。

综上所述，2012 年和 2015 年，高寨片区的两次拆迁，共安置了 121 户，建房基础超深补助和场平超概等共负债 500 多万元。如何化解债务，减轻财政负担，此事常缠绕于心，挥之不去，成了我无法排解的一大心病，时常困扰着我的工作与生活。真是忧心忡忡，愁绪日增，压力更重。"一年三百六十日，都是风霜严相逼"，颇有几分心力交瘁之感。我再次深刻地感悟到：人生于世，真正要干成一件以致更多有意义的事，那或许得经受三灾八难、七痨九伤的磨炼。世上哪有万事如意，只有万事尽心而为，方可真正寻找到人生的价值和心灵的快乐。"不是一番寒彻骨，怎得梅花扑鼻香。"痛苦孕育着欢乐，苦难成就生活的强者，这正是辩证法的魅力所在。

做好工作求支持　争取资金了债务

2015 年 5 月 21 日，省铁建办主任陈熵到我县调研高铁的征拆工作。我向陈熵主任作了简要汇报，主要反映了高寨安置区存在资金缺口一事。陈熵主任对我县的工作给予了充分肯定，表扬我们主动担责，与施工方密切配合，不推诿，不扯皮，共同化解矛盾，并表示帮助我县解决存在的问题。2015 年 5 月 22 日下午，省铁建办在州政府六楼会议室召开会议，听取我州长昆高铁沿线各县的情况汇报。会上，我再次汇报了我县存在的资金缺口问题，并上交了汇报材料。会后，省铁建办将此次会议反映的各类问题形成了会议纪要，即黔铁建办专议〔2015〕39 号。我县高寨安置区资金缺口一事列入其中，序号恰为 100 号。此后，我们向上争取资金，也就获得了有力的政策支撑。

按照黔铁建办专议〔2015〕39 号会议纪要的精神，县指挥部迅速组织人员编制相关材料，按程序上报州、省铁建办。2015 年 8 月 11 日，黄朝银副县长带领县指挥部和县发改局的负责人到省铁建办向陈熵主任汇报，同时上报了相关材料。省铁建办对我县反映的问题高度重视，专门聘请了贵州国询建设投资咨询有限公司进行审计。2015 年 11 月 19 日，贵州国询建设投资咨询有限公司一行 5 人冒着严寒，深入我县高寨安置区实地了解场平、建房基础超深等有关情况，责成我们按程序和有关规定补报各种材料。

2015 年 12 月 21 日和 2016 年 3 月 2 日，贵州国询建设投资咨询有限公司两次致函我县，对审核中发现的 21 个问题，要求我们逐一书面回复。这些问题概括起来主要有以下几个方面。一是场平工程的审核报告；二是搭建临时过渡棚的工程单价分析；三是建房基础超深的平面布置图；四是每户基础超深的验收报告和补助金额清册；五是为何采取孔桩方式建房，需提供比较方案进行说明；六是房屋规划的楼层平面图；七是房屋建筑的基础平面图、结构图、立面图和剖面图等；八是孔桩有关材料的价格分析比较。对上述问题我们不敢有半点的马虎和心存侥幸，一丝不苟，反复论证，精心准备，倾注了极大的心血。黄朝银副县长多次召集有关部门进行专题研究，先后形成了穗府议〔2015〕70号和72号会议纪要，穗铁指呈〔2015〕31号、45号等会议纪要。我们及时上报审计单位，如实回答我县的具体做法和有关的请示事项。在此期间，中铁三局沪昆高铁贵州工程指挥部的负责人胡晓杰给予了我们极大的支持，工作也就更富有实效。此外，我们还聘请有资质的设计单位对安置区的建房图纸、采用孔桩的比较方案、孔桩护壁有关材料价格等进行设计和编制预算，然后一同上报审计单位。总之，我们对每一次上报的材料都认真审核、严格把关，防止发生差错，以高度负责的精神把材料做实、做细、做好，尽力争取得到上级的支持，帮助我们化解存在的困难。

为争取补助资金尽快到位，从2015年8月11日至2017年元月9日，在长达一年半之久的时间里，我和尹元江、吴天益等不辞辛劳，毫不气馁，7次往返于三穗和贵阳之间，到省铁建办报送材料、对接情况和反映问题。这好似一场漫长的马拉松式赛跑，必须忍受饥渴、疲劳、伤痛，以顽强的毅力一直向终点奔去。只要有一丝希望存在，我们就要竭尽全力争取。千里之遥，行者可至，付出了总会有回报的。正是持有这样坚定的信念，激励着我们坚持到底，务求其成。

2017年元月17日，省铁建办通知我们，18日下午在省铁建办研究解决我县的问题。接此通知，一则以喜，事情到此总算有了点眉目；但一则以忧，又不知最终的结果如何。2017年元月18日下午1时半，我和尹元江匆匆赶到了省铁建办。下午2时准时开会。会议由省铁建办蒋映生副主任主持，沪昆贵州公司、审计单位等有关人员参加。会议的第一个议题是研究我县的资金补助方案。沪昆贵州公司个别人以全省没有解决建房基础超深的先例为由而持反对态度，不同意补助资金。会议一下子陷入了僵局，弄不好可能鸡飞蛋打，一年多来耗费的心血将付之东流。我虽感不平，但沉着冷静，发言反驳。我强调的政策依据有两点，一是黔铁专议〔2015〕39 号纪要已将我县反映的问题列入应解决的范围，大家对此也无异议；二是黔发改交通〔2010〕1793 号文件明文规定，在长昆高铁走廊内，当地政府实施的其他项目，若补偿标准高于长昆高铁的，可按当地政府的政策执行。我县高寨安置区不仅安置了高铁的拆迁户，同时也安置有县城建设的拆迁户，而对其建房基础超深，县政府已做了补助。在同一区域内，高铁的拆迁户理应同等对待。我的发言持之有据，言之有理，无可争辩，争取到了大多数人的支持。蒋副主任听了我的发言后，马上叫办公室人员找来黔发改交通〔2010〕1793 号文件，文件中确有此规定。蒋副主任接着讲到："三穗的问题不要再争了，纪要讲明了，文件有规定，审计也过关，应该给予解决。"蒋副主任与其他同志商量了一下，然后问我："三穗的黄老县长，你们上报的补助数是 700 多万，根据审计结论，包干补助 518 万元你同不同意。"看到上级领导这样开明大度、关心基层、体谅下级，我如沐春风，内心充满了感激之情，稍加思索便爽快回答，我同意518 万元包干。蒋副主任一锤定音，问题到此获得圆满解决。我当时心中的高兴，是无法用语言形容和表达的。几年来一直深深忧虑，负重前行，为之奔波操劳之事，终于果满枝头，喜获丰收。只有背负沉重的压力，历经千辛万苦，勇于向上攀登，最终到达奇峰顶点的人们，才能体会到成功的来之不易，体会到奋斗的崇高意义，体会到奉献的无比快乐。

长昆高铁三穗段的征拆，绝非一帆风顺，波澜不惊，其间遭遇了不少困难、曲折和坎坷。前进的路上布满荆棘，风雨泥泞。县指挥部的全体人员团结协作，埋头苦干，不计得失，乐于奉献，为长昆高铁的建成做出了应有的贡献。如何人勇、杨政琼、尹元江、郑泽民、孙文平5位同志都已年过花甲，何人勇同志甚至过了古稀之年，这几位老同志忠于职守、兢兢业业、务实苦干，把晚年的余热贡献给了高铁建设。"莫道桑榆晚，为霞尚满天。"他们的黄昏岁月，像落日的晚霞，朵朵欲飞，一片火红，辉映天际，展现出令人称赞的壮观之美，为人生增添了新的意义。

回顾高寨片区的拆迁安置，我获得了以下3点启示：一是任何时候都要坚持以人民为中心，人民利益至上，以人为本，关注民生。二是一切从实际出发，正确理解和创造性地执行上级的政策，排除阻力，化解矛盾，加快发展。三是以大局为重，坚定信念，敢于担当，不畏艰难，真正有所作为。生活的启示可视为人生中的宝贵财富，它可升华思想境界和丰富生命的内涵。

岁月易逝，往事留痕。回忆这段不平常的经历，内心感到充实和欣慰。即使有一点作为，也没有什么值得炫耀。至于是否得到世人的认同，那无关紧要。"草木有本心，何求美人折？"功过是非，后人自有评说。我虽然进入了暮年时节，但仍有几分"壮心不已"的激烈情怀。古希腊的哲人曾讲过万物的本源是火。如果生命是一团火，那就应熊熊燃烧，释放出全部的光和热，既温暖别人，也照亮自己。说千道万，思前想后，人生至关重要的是专心致志干好应干之事，舍其身而成其事，成其事则展其志，用热血、汗水和智慧书写出独特壮丽的人生。

发表于《三穗文史》2018 年第 2 期

壮士高歌越关山

——忆县经贸系统 8 个国有企业的改制

我县经贸系统 8 个国有企业改制圆满结束已经整整过去 10 年了。

10 年前，那场"看似寻常最崎岖，成如容易却艰辛"的改制攻坚战，好像昨天刚发生一样……现在静下心来，将其整理成文，可谓自得其乐。虽登不了大雅之堂，但自我反思，审视人生，则是回味无穷。

不畏艰难，国企改制挑重担

2018 年 6 月 4 日，县人民政府召开专题会议，研究县经贸系统的国企改制。会上，听取了有关方面关于改制工作情况的汇报。但从汇报的情况来看，改制思路不清，工作措施无力，几年徘徊不前，局面依然如故。而企业存在的矛盾更加突出，百货公司等 8 个企业，长期以来关门停业，仅靠出租门面或厂房，勉强维持发放职工的基本生活费（每月 200 元），有的甚至连发放基本的生活费都难以为继，已到了山穷水尽、走投无路的境地。此外，退休职工的医疗保险费一直未有着落，而且拖欠的社会养老保险金已高达 166 多万元，安度晚年缺乏保障。情形令人担忧，企业名存实亡，处境异常困难，潜伏着极不安定的因素。因此，加快改制乃势在必行，刻不容缓。如果再拖延下去，那局面难以收拾。会议经过认真研究，对症下药，开出了4剂药方。一是改制必须在2008年10月31日前全面结束；二是县人民政府在人力、财力方面对改制给予大力支持；三是调整充实国有企业改制领导小组；四是改制办要制订工作日程方案，按计划切实抓好改制。以上举措写入了穗府议〔2008〕22号会议纪要，即《三穗县国有企业改制工作领导小组成员工作会会议纪要》。

此次会议明确我任调整后的领导小组常务副组长，负责日常工作，具体实施县经贸系统8个国有企业的改制。我又一次受任于艰难之时，倍感压力沉重，心存忧虑，颇为不安。但改制事关全县稳定和发展的大局，又岂可临阵退却，畏难不前。改制是一场异常艰难的攻坚战，它既是检验我们素质优劣的试金石，更是对我们的捶打和磨炼。生活既然把我推向了风口浪尖，那就"扬起帆，让风为你服务"。但我相信，有县委县政府的正确领导，有相关部门的大力支持，有企业职工的主动参与，有改制办全体人员的团结奋斗，只要正确地把握政策，立足实际，理清思路，方法得当，务实苦干，就定可从困境中杀出一条血路，突出重围，不负重托。美好的希望点燃了我奋斗的激情之火，沉重的压力促使我坚定信心，化负重为前行的动力，以顽强的拼搏去书写暮年时节全新的一页，赋予生命更多的意义。

制定日程，循序渐进思路明

按照县政府的要求，我们雷厉风行、争分抢秒开展工作。2008年6月5日下午，县改制办召开首次会议，经过认真讨论，制定了《三穗县经贸系统企业改制工作日程表》，其内容包括以下

5个方面。一是 6 月 6 日至 6 月 25 日，进行宣传动员，清理财务、房产和土地，核实职工身份和工龄，同时张榜公示，接受群众的监督；二是 6 月 26 日至 7 月 10 日，委托县国资办聘请有资质的中介组织评估资产；三是 7 月 11 日至 7 月 25 日，制订职工安置方案；四是 7 月 26 日至 8 月 15 日，分别召开改制企业职工大会讨论通过改制方案；五是 8 月 6 日至 10 月 31 日，依法出让资产，筹措资金，安置职工。其后的工作进展表明，该工作日程方案较为符合实际，对整个改制起到了积极的指导作用，理清了思路，也就有了出路。但要到达遥远的目的地，还要越过千山万岭。

按照工作日程，县改制办于 6 月 6 日召开了改制企业的负责人会议，传达上级关于国企改制的有关文件，以及县人民政府关于加快改制的具体要求。会议着重强调各企业必须于近期召开职工大会，抓好宣传发动，正确引导职工主动参与改制，关注自身的利益，大锅有饭，小锅才好办。会后，各改制企业的宣传发动效果明显，职工动员起来了，再大的困难都可踩在脚下，又何愁越不过千山万岭。

改制吹响了进军的嘹亮号角，打破了过去冷冷清清、停止不前的被动局面。我们马不停蹄，扬鞭奋进。2018 年 6 月 10 日下午，县改制办紧接着召开有关部门负责人参加的联席会议，具体研究推进改制的实质性措施。会议明确了各自的责任，县国土资源局负责复核企业的土地面积，县房管局负责企业房产的清理，县财政局、县审计局负责企业财务的审计，县人事社保局负责确认职工身份和核实工龄，而且务必于 6 月 25 日完成任务。清产核资先行，是为了准确摸清企业的家底，把握实情，做到胸中有数，才可能立足企业的实际，作出正确的改制决策。如果连实情都不明了，心中糊涂，眼前迷茫，反在那里讲空话，唱高调，玩虚功，这种漂浮的作风又哪能克难攻坚。

坚持程序，依法评估促转让

我县经贸系统 8 个国有企业的改制，重点是妥善安置好职工。过去改制之所以裹足不前，是因为观念落后，存在严重的依赖思想，一味等待县财政包揽兜底。而不知用活政策，变现资产，就地筹"财"。这种守株待兔式的思维方式，结果是错失良机，一无所成。前事不忘，后事之师。工作中重要的是善于吸取以往的教训，避免重蹈覆辙。因此，这次改制必须立足实际，切实抓好企业资产的评估和出让，多方筹措资金，尽力减轻财政的负担。在完成清产核资之后，2018 年 6 月 25 日，县改制领导小组经研究，专门成立了企业改制资产评估小组。县国资办主任杨承辉任组长，县经贸局局长万德才、县监察局副局长张斌分别任副组长，其成员单位有县政府办、县国土资源局、县建设局、县房管局、县经贸局的有关负责人和改制企业的经理（厂长），以及企业的职工代表。资产评估依法开展，阳光运作，公开透明，取信于民。2008 年 7 月上旬，资产评估小组聘请了黔元会计事务所、铜仁信德评估公司到我县商谈评估业务。后经协商，签订了评估协议。两家评估单位于 7 月中旬如期作出了评估报告。综合其结论是 8 个企业的总资产为 1307 万元。我们及时将此向各企业作了通报，亮明家底。之所以这样做，是因为公开信息，可消除疑问，以正视听，有利调动职工主动参与改制的积极性。

依据资产评估结果，县人民政府多次召开会议，专题研究资产出让相关事宜，形成相关的会议纪要，责成县国资办与国土资源局加强联系，严格依法挂牌出让。从 2008 年 8 月中旬至 12 月底，除县酒厂外，其余 7 个企业的资产全部挂牌出让成功，顺利实现资产变现。而出让价一般都高于评估价。如饮食服务公司的资产评估价仅为 240 万元，而出让价却高达 490 万元，竟超过一倍之多。由于资产出让收益较好，弥补了安置资金的不足，"拙妇可为有米之炊"，工作也就更有底气。

此外，资产出让严格实行收支两条线。凡出让收益由县国土资源局如数上缴县财政。县改制办若需使用资金，则专题请示县政府批准，由县财政直接拨付，确保资金用在刀刃上。总之，资产评估、出让和安置资金的使用，我们始终坚持依法行政，严格按程序操作，精打细算，统筹安排，收到了良好效果，同时解决了不少长期遗留的问题。其中重要的一条经验是始终坚持公平公正的原则，执行政策一视同仁，由此取得了广大职工的信任和支持，因而能化解难事，并将其办成了好事，顺民意、得民心。为此受到了社会的好评，更经得起历史的检验。

以人为本，制订方案抓安置

改制是一项十分复杂的系统工程，政策性强，涉及面广，矛盾突出，阻力不少，加之时间紧迫，也就更增加了工作的难度。如果制订的安置方案脱离实际，或存在偏差，职工不接受，那改制将中途夭折，前功尽弃，后果堪忧。为避免发生失误，县改制领导小组有如履薄冰之感，高度重视，集中精力投入安置方案的制订。从 2008 年 7 月 16 日至 8 月 6 日，先后 6 次召开会议反复讨论，算清家底，兼顾各方，留有余地，最终形成的安置方案凝结着大家的心血和智慧，是集思广益的产物，其主要内容如下：

一是明确改制的指导思想，结合实际，认真执行上级关于国企改革的一系列文件精神，坚持以人为本，切实关注民生，依法做好资产的评估和出让，多方筹措资金，妥善安置职工。

二是按有关政策规定，凡符合内退条件的一律内退，内退期间享受最低工资标准。改制办为内退职工预留内退期间的生活费，以及缴纳内退期间的社会养老保险金和医疗保险费。

三是关于职工的安置。根据有关文件规定，凡一次性安置的职工，每年工龄补偿 1.5 个月的工资。其标准按贵州省 2007 年底全省在岗职工的月平均工资 1722 元计算，补偿费用一次发放，同时与企业签订解除劳动关系的合同。

四是其他问题。关于退休人员（含内退人员）的医疗保险费，人均上缴 1 万元，同时上缴大病统筹费 40 万元，解决拖欠的医疗费 50 万元，统一由医保部门掌握使用。此外，遗属补助、高龄补贴全部纳入安置费用。

总之，安置方案在利益上尽量向职工倾斜。退休人员重点缴纳养老保险金和医疗保险费，使之能安享晚年。一次性安置的职工，其补偿标准坚持就高不就低。8 个企业在职职工 83 人，总的补偿 437.4 万元，人均补偿 5.27 万元，较之羽绒厂等企业的改制，其补偿提高了一倍之多。安置职工绝非易事，但只要我们设身处地为其着想，用足用活政策，实实在在为其谋取利益，就可得到他们的理解和支持，人心理顺了，又还有什么困难不能克服呢。

在制订改制方案的过程中，我们自觉坚持群众路线，将安置方案下发各企业组织讨论，倾听职工的呼声，采纳其合理的诉求，尽力完善方案。2008 年 8 月 21 日，县改制领导小组向县长办公会议汇报安置方案，以及有关工作安排。会议经研究，原则同意县改制领导小组的意见，并要求我们"妥善安置职工，统筹推进改制工作"。为此，我们将改制办的工作人员安排到各企业，分片包干，各负其责，召开职工大会，讨论通过改制安置方案。

但此项工作并非风平浪静，顺风顺水，而是意见纷纷，争论不休，甚至矛盾激烈。退休人员担心养老保险金和医疗保险费不到位，晚年生活和就医没有保障；而一次安置的职工则要求提高补偿，有利另谋他业。各种矛盾相互交织，认识一时难以统一。面对职工的不同诉求，有的企业多次召开职工会，工作人员反复宣传讲解改制政策，耐心细致、和风细雨地与之进行沟通，苦口婆心地从正面引导，讲明企业面临的困境、政府的良苦用心，帮助他们做出正确选择。说服引导收到了一定的效果，那真是费尽心血，磨破嘴皮。"满腹辛酸几人知，不知何处向人说。" 8 个改制企业的进展情况不同，要求整齐划一、同时到位则与实情不符，欲速则不达。事物的发展从来都遵循波浪式前进的规律，改制亦然。我们经过冷静分析，决定采取先易后难、打破缺口、典型引路、逐步推开的策略。心亮了，眼明了，工作就可得心应手，挥洒自如。好似庖丁解牛，"以神遇而不以目视"。2008 年 9 月 16 日，我们选择条件成熟的百货公司先行一步。一次性安置的职工仅 3 个多小时就全部领取了补偿费，同时与企业签订了解除劳务关系的合同。安置工作旗开得胜，首战告捷，更坚定了我们的信心和激励了干劲。百货公司的安置成功，产生了良好的示范效应。接下来，我们乘势前行，稳步推进，成熟一个企业就落实一个企业，一抓到底，毫不松懈。时间行进到 2008 年 10 月底，历经近半年紧张忙碌的工作，我们基本完成了 8 个企业的职工安置，共安置职工 237 人，其中在职 83 人，退休 104 人，内退 50 人。安置费用总计为 1459.1 万元。苍天不负有心人，辛勤耕耘，定有收获，但"酸甜苦辣都是歌，任劳任怨也有乐"。这是当时工作的真实写照。或许正是凭着吃苦耐劳、顽强拼搏的精神，我们在背水一战中取得了胜利，确是置之难地而后生了。

通盘谋划，力争不留后遗症

在推进经贸系统 8 个国有企业的改制中，其中一个突出的矛盾就是解决门面出租，如果处理不当，那必然影响资产出让，更为严重的是制约改制的进程。面对矛盾，我们不回避，不推诿，积极应对，知难而上，啃掉硬骨头。

一是烟酒公司的人事宾馆，租赁给刘××开歌厅，刘投入了相应资金装修。因合同期未到，单方终止合同须作赔偿。后经多次协商，补偿了刘 19.6 万元的损失，收回了人事宾馆大楼。二是饮食服务公司将 108 大楼租给吴××经营宾馆，吴同样投入资金重新装修。因投入资金较多，开始协商补偿时，双方存在的差距较大。但我们不气馁、不懈怠，主动与吴反复协商，不断磨合，缩小差距，经过几个月持之以恒的努力，最终双方握手成交，我们赔偿了 40 多万元了结了此事。108 大楼挂牌出让虽晚了一点，但收益之好却出人意料，这或许也是好事多磨吧。三是燃料公司的问题更令人头疼。公司已将门面全部转让给了个人，此时收回谈何容易，那是吊起骡子讲价钱。问题一时解决不了，只有积极创造条件，此事后通过司法程序得以落实。直至 2010 年底，县政府出让原粮食局片区时，燃料公司的问题才最终解决。

经贸系统 8 个国有企业的改制，经核实有临时工 20 人，如何安置临时工，政策没有规定，又无可行的经验借鉴。我们结合实际，参照安置正式职工的办法，经与临时工协商，每个工龄补偿800 元，安置临时工共补偿了 9.68 万元。补偿虽不高，但化解了矛盾，安抚了人心。在此，可值得书写一笔。

在改制中，我们始终坚持以人为本、关注民生的原则，重视解决过去的遗留问题。比如，有的职工大病医疗费长期得不到报销，给家庭造成了沉重的经济负担。县改制办经认真核实，2008年11月24日专题研究，对拖欠秦大刚等6人的20.5万元的医疗费，按有关规定同意报销75%。秦大刚虽已去世，但报销的医疗费照样补发给他的家属。虽是姗姗来迟，但它体现了我们关心群众疾苦的人文情怀。

此外，我们还挤出资金解决了医药公司、五金公司退休人员的医疗保险费，解除了他们的后顾之忧，为他们办了一件好事。饮食服务公司拖欠退休人员的工资40多万元，此次也如数补发，使这一老大难问题至此烟消云散，退休职工深表感谢。我们注重解决遗留问题，心系职工，把温暖送到他们的心中，让他们切身感受到党和政府的关怀。既然挥手向昨天告别，就要甩掉包袱，同心同德，一路欢歌走向美好的明天。

改制之难，不仅是要千方百计做好职工的思想工作，另一方面还得克服内耗，排除各种阻力。此次改制在出让资产的关键环节，个别居心不良之徒，凭借手中之权，设置障碍，百般刁难，阻挠资产出让，其目的是使改制中途流产，招致失败，其用心何其毒也。但改制乃大势所向，任何倒行逆施都将被前进的洪流所冲没，并且终成历史笑话。今天回头来看此事，真是别有一番舒心畅快之感，这或许是善恶都有回报之故吧！

县经贸系统8个国有企业的改制，在改制办全体人员的不懈努力下，克服重重困难，翻越道道山坳，终于按时完成了任务。许多同志默默无闻，埋头苦干，不计得失，乐于奉献，他们是吴勋卫、周乐章、耿秀碧、张碧祥、吴召文、张镇、杨召奎、李志军等。尤其值得一提的是吴勋卫同志，他敢于担当，善于化解各种矛盾，实绩突出。改制工作虽异常艰难，但它既不轰轰烈烈，又非惊天动地，极难为人所知。这正如鲁迅先生评价韦素园时说的那样，"他是楼下的一块石材、园中的一撮泥土，在中国第一要他多"。改制办的同志恰是这样的石材和泥土，正是千千万万这样平常普通的石材和泥土，甘作坚固的基石，奉献自己，托起了共和国巍峨壮丽的大厦。

一切都过去了，但留下的记忆值得一生珍惜，并使我从中获得了不少的人生感悟。"身多疾病思田里，邑有流亡愧俸钱。"作为人民公仆必须具有强烈的责任担当，在其位要谋其政，敬其事而后其食，埋头苦干，有所作为。更难能可贵的是，必须具有关爱民生、造福百姓的高尚人民情怀。

世界永远充满了矛盾，天下又哪有一帆风顺之事呢？不论从事什么工作无不存在困难，而困难又恰恰蕴藏着成功的机遇，勇于克服困难，我们就可创造出新的业绩，而人生则可展现出一片精彩。

岁月匆忙，生命短暂。我们生活在历史中，同时应主动地创造新的历史。无数事实表明：真正让人不朽的是他为人民做出的贡献，是他在历史的行进中留下的闪光足迹……

发表于《三穗文史》2018年第3期

映日荷花别样红

——忆三黎高速的集中安置

三黎高速公路我县境内全长 44.6 千米。2010 年 11 月 28 日，州人民政府在我县桐林镇鹿洞村举行了隆重的开工典礼。2011 年 6 月 18 日后，全面施工拉开了帷幕。2015 年元月正式通车，工程历时 3 年 7 个月。三黎高速公路是横贯我县东西方向的一条大动脉，设有 4 个出口，辐射 6 个乡（镇），为推动我县经济社会的快速发展，发挥着巨大的作用。

三黎高速我县的拆迁任务极为艰巨，矛盾特别突出，困难如山压顶。至今回想，仿佛重担仍压在肩上，忧虑还萦绕于心，但我们终于翻越重重关山，带着满身的尘埃走过来了。让我们值得骄傲的，那就都是挥洒热汗，打造出了一道独具特色的风景线——沿线 16 个面貌一新的集中安置点。

立足实际，集中安置走新路

我县"两高"指挥部同时担负着长昆高铁、三黎高速的征拆工作。而征拆是当今天下第一难事，它令许多空谈者闻之色变，望而却步。虽然他们有时也潇洒地站在一旁瞧瞧看看、指指点点，但那都是站着说话不腰疼，于事无补。不管怎样，难事总得

209

有人干，苦差也得有人担。我们是明知山有虎，偏向虎山行。既然承担了责任，哪怕前面风狂雨暴、山路崎岖、荆棘丛生，全然等闲视之，义无反顾，一步一个脚印走向既定目标。

2011年10月20日，县指挥部召开会议，安排布置三黎高速拆迁房屋的测量等工作。根据我县线长、点多、面广的特点，我们将工作人员分成4个小组，分片包干，明确责任，实行奖惩，以求实效。紧接着，2011年10月31日，县指挥部组织对工作人员进行培训，认真学习有关政策，着重强调坚持原则，一视同仁，严禁优亲厚友、以权谋私，力争3个月完成外业测量任务，为下步拆迁安置打好基础。

2011年11月1日，4个小组20多名工作人员进场开展工作。当时初冬已至，天气寒冷，加之不少地方交通不便，居住分散，完成任务并非易事。但是，我们的工作人员不畏严寒，不怕事难，起早摸黑，一家一户丈量，一物一事核清，认真细致，一丝不苟。大家一直忙到2012年3月底，外业测量告一段落。根据调查统计，全县应拆迁房屋470栋、782户，而大部分拆迁户的意愿是要求集中安置。之所以出现这种情况，是因为分散安置难于落实宅基地，而集中安置则由县指挥部统一负责。这样既可解除落实宅基地的后顾之忧，更可节省建房的投入。就实行集中安置来讲，其工作量将超过分散安置的数倍之多。从前期的征地场平开始，继而中途分配落实宅基地，直至后期解决水电等，其间不知要遭遇到多少麻烦，耗费多少心血。稍有不慎，将陷于被动，影响拆迁，危及全局。弄不好是"公公背媳妇过河，费力不讨好"。天下从无一帆风顺之事，干事不怕有风险，就怕不敢担当而错失良机。实行集中安置虽有千难万难，但从全局和发展来看，它可节约用地、整合资源、规范建房、优化环境，有利于小城镇的发展和新农村的建设，有利于拆迁户今后的生活，这是顺应时代发展的创新之举。县指挥部经过多次研究，一致认为实行集中安置其利远大于弊，决定三黎高速我县以集中安置为主。我们迎着艰难前行，顶着压力苦干，志在走出一条拆迁安置的新路子。

目标已定，贵在落实。2012年3月初，我们开始着手集中安置点的选址。因我县线路长、拆迁多，选址也不是轻而易举之事，不少是反反复复、多次变更才得以确定。此项工作直到2013年2月才基本完成。为规范安置，便于操作，解除拆迁户担心宅基地分配不公和安置不当的顾虑。2013年4月23日，县指挥部制订了《三黎集中安置点的安置方案》，公之于众，阳光运行，取信于民。实行集中安置事关全局，事关拆迁户的切身利益。为了闯出一条新路，在其后的几年中，我们付出了超乎寻常的努力，承受了磐石一样的压力，走过了泥泞不堪的小路，克服了许许多多的困难。"筚路蓝缕，以启山林。"或许正是凭着这种自信、执着、坚韧和付出，终于换来了三黎高速沿线16个集中安置点的落地、生根、开花、结果。它现已成为我县新农村建设的一大亮点，获得拆迁户的一致认可和社会的广泛好评，同时也为我县今后重点工程的拆迁安置树立了良好的示范。

不畏艰难，落实征地促安置

我们常讲征拆是天下第一难事，但对于集中安置来讲，落实安置用地既是重点，更是难点。高速公路沿线许多群众都普遍存在这样一种心理，凡正线征地，绝大部分倾力支持；如果征地用于安置，其抵触情绪之大令人惊讶。这就使得集中安置点的征地成了一大难题，破解它需苦其心志，很费一番周折。征地矛盾尤为突出的有以下两处。一是美敏村的八板沟，该点需安置13户。

因美敏村是县城新的规划区，选址受限，反复比较，最后才落实在进入寨坝路口左侧的山洼处。前为洼地，需征用后面的林地，开挖填平，方可满足安置。承包林地的是美敏村八组的张××和杨××。2012 年 11 月中旬的某天，我和吴天益到张家做工作，张已年过七旬，性格固执，并患有耳聋之疾，与之沟通深感吃力。加之杨××为己私利，从旁煽风点火，工作之难有如雪上加霜。几次登门，都碰壁而归，一无所获。我们与村委会商量，他们也是一筹莫展，束手无策。但世上从无爬不过的坎，也没有翻不过的坳。事既如此，我们并不灰心丧气、放弃努力，而是冷静思考，寻找破解之策，以求绝处逢生。我们经多方打听，得知屏树的张××老师与之关系密切，如果能动员张老师出面疏通，定可使其转过弯来。于是，我们急急忙忙到屏树拜访张老师。他了解我们的来意之后，顾全大局，乐于前去当一回"说客"。在张老师耐心劝说和正面引导下，张××的态度逐渐转变，几经磨合，峰回路转，征地得以如愿以偿地落实。症结既解，矛盾一朝冰消雪融。大势所趋，杨××的征地也就手到擒来。八板沟安置点的征地虽一波三折，但曲径通幽，启人心智。天下事只要锲而不舍，方法得当，找对了钥匙，又哪有打不开的锁呢。

二是屏树亚麦坝集中安置点。我们计划该点安置 24 户，所需征用的 7.4 亩安置地位于亚麦坝的河边。而令人不解的是，这 7.4 亩土地从东至西被人为地划成 26 小块，承包给 26 户耕种。征地从 2013 年 5 月初开始，具体工作由吴勋卫负责，但推进遭遇阻力，进展不如人意。为攻克难关，2013 年 6 月 27 日，县委、县政府有关领导召开会议，认真分析矛盾，提出可行措施。其方案是动员法院的干部文启良、屏树村支部书记尹元木配合工作。因为这 26 户中，文、尹两姓居多，以"亲"动人，或许可收意外之效。文启良先做通其兄的工作，由此带动了他人，产生了连锁效应。尹元木则登门上户，分户落实，缩小范围，效果亦佳。多管齐下，逐渐排出阻力，该安置点的征地于 2013 年 7 月 15 日鸣金收兵。回顾其间的工作，我们好似徒手攀登悬崖陡壁，不敢有一丝一毫的放松，更不敢有一时一刻的懈怠，唯有暗自咬紧牙，憋足劲，用力攀。登上了山顶，才长长地松了一口气。稍稍地歇了一下脚，然后又马不停蹄继续向前。

场平先行，拆迁安置携手进

为了切实抓好集中安置，县指挥部早在 2012 年 11 月 21 日就制定了《三黎高速集中安置的操作规定》。该规定指出：集中安置必须符合乡（镇）、村规划，具体绘制安置平面图，合理规划建房、道路和其他设施的用地，统一解决排水用电、严格场平等工程管理。"凡事预则立，不预则废"，有规矩才可成方圆。我县16 个集中安置点严格依规运行，前后投入建设资金 2243 万元，安置了 602 户，占拆迁总数 782 户的 76.8%。2018 年 6 月至 9 月，经省黔元会计事务所有限公司审计，以及江西银信工程造价咨询有限公司审核造价，所投入的建设资金使用合乎程序，真实可信，给予了充分认定。

实行集中安置是场平先行，但在实施当中，也曾"等闲平地起波澜"。发生波澜的是款场乡良地集中安置点。该点位于良地猪型坡，前邻 310 省道，另外三面靠山。2013 年 4 月上旬，因持续降雨，安置点右侧的山坡出现了滑坡迹象，而山顶安葬有良地龙姓的 17 座坟墓，坟地中间和四周产生的裂缝约 10 厘米，存在严重安全隐患。一旦下滑，殃及坟墓，必然引发群体纠纷。接到群众的反映，4 月 11 日，县指挥部速派有关人员到良地主动与坟主协商搬迁事宜，但当天协商未果。4 月 13 日，我到现场了解到，实际情况远比反映的严重。面对险情，如不果断处置，那后果不堪设想。4 月 14 日，我和县指挥部的尹元江、郑泽民、吴天一到款场乡再次处理此事。我们本着实事求是的原则，心平气和地与坟主反复协商，灵活变通，每座坟的搬迁费提高至 7280 元，并规定三天内必须迁完。双方最后签订了协议，我们当场付清了补偿款，从而避免了一次群体性纠纷的发生。在回来的路上，我有如释重负之感，几天来一直紧张不安的心情，此时才慢慢平静下来。如果犹豫不决，缺乏担当，那此事必酿成大祸。"蝮蛇噬手，壮士断腕"，此之谓也。我由此吸取了一次深刻的教训，今后工作要更加注重深入实际，把握实情，一切做到胸中有数。无论遇到什么危急之事，都可做到心有定力，不慌不乱，处置有方。后经有关方面勘查设计，我们严格按照设计方案组织施工，根治了险情，场平顺利结束。此事还有一个小小的插曲。4 月上旬，当地政府有人也发现了险情，但并未及时与县指挥部联系，而是歪曲事实真相向上反映，借此以泄私愤，报复打击别人，他却站在一旁幸灾乐祸。但上天不遂其意，反倒被生活无情地讽刺，而成了一大笑话。这是不是自作自受呢？

抓好场平，最终是为了落实拆迁安置，我们以此为契机，促进拆迁。首先选准突破口，然后全面推进。瓦寨镇的集中安置点是由肖志武和满益文二人负责。2013 年 6 月初，该安置点的场平已经结束。他们二人深入下去，听取意见，了解情况，同时宣传先拆先安、后拆后安的激励方案，鼓励和督促拆迁户尽快拆迁。经此动员，原来持观望态度和按兵不动的都迅速行动起来，短短几天之内，全部拆除了房屋。瓦寨镇的集中安置一马当先，走在了全县的前面。

6 月 11 日上午，县指挥部五楼会议室座无虚席，瓦寨镇的 57 个拆迁户全部到会，协商落实安置事宜。会上，县指挥部有关人员再次宣传政策，讲解方案，然后让大家讨论，确定具体的安置办法。最后，拆迁户一致同意采取志愿组合的方式，拈阄逐排逐间落实到户。全场秩序井然，安置有序进行。忙到中午2时，如此复杂之事，竟风平浪静，顺利结束，确有几分出人意料。这或许是前期准备充分、布置周密、方法得当，才取得了这样令人可喜的效果。有的拆迁户是怀着忧虑而来，但却是载着满意而归。随后，我们因势引导，在短短的3个月之内，先后落实了款场余家组、桐林新茂、鹿洞和屏树亚麦坝等集中安置点的安置。拆迁安置将要爬坡过坳，而最大的挑战是来自美敏大水坑的拆迁。它犹如一块大石头横拦于道，只有竭尽全力尽快搬掉这块拦路石，我们才能赢得挑战，赢得拆迁安置的最后胜利。

美敏大水坑需拆迁安置92户。因位于城乡接合部，矛盾错综复杂，拆迁之难为全县之最。加之受县城新区规划制约，落实安置用地一再受阻，导致拆迁滞后，影响全局推进。2014年6月7日，三黎项目办着眼建设美敏互通出口的需要，又新增拆迁11栋房屋，担子更为沉重，负荷远远超常。我们好似背着一块沉重的磨盘爬坡，压得人直不起腰，喘不过气。如果在2014年7月31日前不能全部完成拆迁，三黎高速在2014年底通车的目标将化为泡影。这真是到了一篑未致而令九仞功亏的关键时刻。我们深感责任重大，只能背水一战，实行分户包干，责任到人，紧逼进度，夜以继日"啃硬骨头"。大水坑的李××是全县有名的"钉子户"，我们的干部上门做工作竟达30多次，吃闭门羹和遭其辱骂乃家常便饭。黄朝银副县长身先士卒，也多次登门，向其苦口婆心，讲明政策，讲清道理，合情合理解决其合理诉求。或许是志诚可感天，该户的铁石心肠也渐渐为情所动，加上施工逼近，最后也主动拆除了房屋。一叶知秋，拆迁之难，是"天之苦我，可谓至矣"，唯有亲身经历者，才可体会到什么是压力逼人，什么是行路艰难，什么是身心痛苦。

为确保 2014 年 7 月底全面完成大水坑的拆迁，7 月 30 日和 7 月 31 日，县指挥部全体人员都参加了拆迁工作，冒着酷热，给拆迁户搬家，搭建临时过渡棚等，累得汗流浃背，忙得忘却劳累。31 日一直干到晚上 9 时许，拆除了最后一栋砖房，我们才拖着疲惫不堪的身体回家，但内心却感到安慰。在严峻的考验面前，我们交出了的一份合格的答卷。再次体现了"有我们在，就有阵地在"的壮士情怀。每回忆此事，总是感慨不已，其记忆是终身难以忘怀的。

心系百姓，敢于担当办实事

按照州府办发〔2012〕7 号文件精神，实行集中安置的，每户补助"三通一平"经费 2 万元。但因我县 16 个集中安置点情况各异，尤其是美敏村的 4 个集中安置点都是大挖大填，资金存在着严重缺口。在工作的推进中，我们曾多次向上级反映，但都未得到正式批复，有关负责人仅是口头表态同意而已。心中无底，不能说没有忧虑。有时虑及此事，心里也是七上八下、忐忑不安。但不管怎样，我们还是一如既往，拼力工作，对各集中安置点的场平、排污、硬化等工程高度重视，严格把关。凡事经集体研究决定，形成专门的会议纪要，然后再实施，防止发生违规违纪现象，一切都要经得起历史的检验。

集中安置点的"三通一平"，即是通电、通水、通路和场地平整。而修建公共娱乐场所、排污沟以及场地硬化并未列入其中。我们心系百姓，注重从实际情况出发，尽其所能为拆迁户排忧解难，多办实事，使其拆得下、建得起、住得好，让国家的重点工程更多地惠及一方百姓，产生良好的社会效应。

美敏村的大水坑、八板沟、寨坝和岑坝4个集中安置点，受地形所限，开挖和填方工程较大，造成许多拆迁户建房基础普遍超深，增加了建房成本。如大水坑有的拆迁户建房，其基础采用孔桩，有的深度竟达15米之多。群众无力承担，纷纷要求补助。面对实情，我们借鉴长昆高铁高寨安置区的办法，照此而行，以解民忧。凡孔桩深度超过2米以上的，每米补助560元。全县16个集中安置点拆迁户建房基础超深多达187户，仅此一项，补助资金就高达686.9万元之巨。支付这些真金白银，群众实实在在得了实惠。我们虽然承担了很大的风险，但"心底无私天地宽"，有利百姓之事，担当风险也是值得的。

随着新农村建设的向前发展，群众对生活的追求变化日新。近年来，许多村寨兴起了修建公共娱乐休闲场所的热潮，以满足娱乐和健身的需要。我们顺应民心，因地制宜，绝大部分集中安置点也设计和修建了公共娱乐场所，并且全部硬化，以利使用。此外，我们注重统一解决集中安置点的排水和排污，改变过去村寨排水不畅、污水横流的落后状况。尽力优化居住环境，让16个集中安置点以崭新的面貌展现在世人的面前。

为群众多办实事好事，乃职责所在。我们以工作求支持，争取上级政策倾斜。如款场盘街集中安置点被小河所阻，进出受困。我们积极向上争取资金，投入24万元修建了一座钢筋混凝土平板桥。从此，车往人来再无阻塞之碍。岑坝集中安置点的进寨道路多年失修，坑坑洼洼，通行不便。我们增加投资30多万元，重新做了维修和硬化，面貌焕然一新，群众受益，交口称赞。大水坑过去的乡村公路既狭窄又弯曲，确有几分行路难。这次拆迁集中安置后，我们修建了一条通车便道直接与美敏互通出口相连，距离大为缩短，且一马平川、畅通无阻。

综合上所述，三黎高速我县16个集中安置点，各项工程共投入建设资金 2243 万元，超概 938.2 万元。如何争取上级支持，早日化解沉重的债务，是我为之时常忧虑和担心之事。几年以来，每每为此所困，心绪总是难宁。真是愁绪添白发，忧思缠病身，无人知其故，独自负重行。如果负债不了，不仅遗憾终身，还会留下严重的后遗症而殃及后人。2018 年 6 月上旬，黔元会计事务所有限公司对三黎高速我县的征拆资金进行审计，所提出的整改意见，其中至关重要的一条就是 16 个集中安置点超概资金应尽快争取上级的批复。按此意见，7 月 12 日，我们专门聘请了江西银信工程造价咨询有限公司进行造价审核。该公司随即派出 3 名专业人员赶赴三穗，不顾炎炎烈日，酷暑难当，深入现场，逐项核实，然后根据我们上报资料严格审核。历时 2 个多月紧张忙碌的工作，于 10 月初作出了令人信服的认可结论。我们以此为据，专题上报州指挥部请求核销。州指挥部于 2018 年 10 月 29 日会同业主研究同意，其后以州三黎高指函〔2018〕03 号文件作了批复。几载冬去春来，到此终获正果。长期忧虑于心的一大难事，顷刻之间冰消雪融，化为云烟。我的心中洒满了一片温暖的阳光，真是苦尽甘来，苍天不负有心人，暮年的心境，又是一片朗朗晴空。

古人云："书到用时方恨少，是非经过还知难。"征拆之难，好似长途跋涉于崇山峻岭之中，翻过一山又一山，而一山更比一山难。不少时候是智疲力竭，山穷水尽。但天无绝人之路，天更不绝奋斗者之路。而路就在脚下，"哥哥你大胆朝前走"，朝前走就是一片柳暗花明，就是一片阳光灿烂。

三黎高速拆迁房屋 470 栋，涉及 782 户，迁坟 2981 座，永久性水改旱 257.99 亩，涉农工程 286 处，集中安置点 16 个，协议补偿数百个，正线征地 4296 亩，征拆共补偿 3.243 亿元。其成绩来之不易，而成绩应归功于党和人民，归功于一切投身其中并顽强奋斗的人们。县指挥部的全体同志肩负重任，不辱使命，付出了超乎常人数倍的艰辛努力，经历了常人未曾品尝过的酸甜苦辣。他们流去的汗水，永远闪耀在三黎高速公路平坦宽广的大道上，永远闪耀在三穗发展的光辉史册中。

人活于世，总得有点精神，也总得有点作为。细细想来，人生又好像是一个又一个悖论相连，比如，碌碌无为常无端地被人贬抑嘲笑，而崭露头角则时时遭到世俗的嫉妒诽谤。人就是在这样的悖论中生存着、挣扎着。即使如此，也要坚强地活下去，更要活出品位，活出风骨，活出精彩。记得电影《尼罗河惨案》中有这样一句名言："生活真残酷，人必须勇敢地忍受诽谤。"生活复杂，世事无常。嫉妒也好，诽谤也罢，一切都任其自然。大可不必与平庸之辈争一日之高下，辩一日之是非。一个人该干什么就专心致志地干什么，不仅干成而且干得漂亮。哪怕是一件小事，其结果也要显得与众不同。生活永远需要埋头苦干的实干者。日常里有几声鸦噪蛙鸣，有几时雪侮霜欺，有几处山重水复，这一切都是生活的常态。无须大惊小怪，冷眼相视，依然故我。人生中的挫折、不幸以至苦难，都是生活特别馈赠给你的财富，都是上苍有意恩赐给你的机缘。走别人不愿走、不敢走、不能走的路，才显示了智者深谋远虑的才华，才表明了强者不畏艰难的胆识，才可寻找到生命四季常青的美丽风光，最终实现人生卓然独立的价值。

一切都过去了，而过去的一切不仅铭记在心灵的深处，更愿它铭记在历史永恒的记忆中。

美景长留天地间

——忆三穗南站迁坟之事

2020 年 9 月 10 日，是一个令人难以忘怀的日子。

那天，艳阳高照，秋风送爽，历经四载艰难拼搏，三穗南站终于迎来了它开通的大喜之日。

我有幸亲临其境。三穗南站开通仪式十分简朴，既没有彩旗飘扬、人流涌动，也没有锣鼓喧天、鞭炮齐鸣，一切都显得静悄悄的，但它却体现了一种崭新的社会风尚。

我伫立于南站出口右侧的护栏边，好像置身于一幅美丽的画图中。向西望去，三黎高速公路穿行在群山之中，若隐若现，而南站的三条连接线与之血肉相连，恰如一只巨大的彩蝶翩翩起舞。转过身来，眼前平坦宽阔的美敏大道直通县城，大道两旁高楼林立，展现出县城的现代风采和勃勃生机。极目远方，蓝天万里，白云朵朵；青山千重，峰峦层层。美景画图难足，又怎不令人沉醉。

此情此景，不由得让我回想起四载不平常的奋斗岁月。时光已逝，许多艰难往事都化为了淡淡的云烟消失在历史的天空中。唯有南站迁坟的往事仍历历在目，平静的心中掀起了阵阵波澜，任凭感情的激流在胸中翻腾起朵朵浪花。

一

众所周知，征拆乃于今天下第一难事，而迁坟则是难中之难。为何如此呢？这是因为绝大多数人都存在浓厚的祖宗崇拜情结，有谁愿意去惊扰在九泉之下安息的祖宗呢？军阀孙殿英盗掘东陵，末代皇帝溥仪发誓："不报此仇，便不是爱新觉罗的子孙。"人之常情，世之相同。以往各项工程中，依法强拆房屋时有发生，但强搬坟墓则闻所未闻。就是正常迁坟，都需慎之又慎。稍有失误，小则产生纠纷，大则引起风波。此类事并非少见。此外，多年来，迁坟的补偿标准过低，失之公平，不接地气，群众怨气极多。迁坟之难，唯有亲历者方深知其苦。笔者对此感触极深，感慨良多。

2015 年元月，三黎高速建成顺利通车。南站施工在即，而其出口恰位于美敏大寨吴氏家族大土老坟山一带。经初步了解，此处有坟墓约 700 座，而绝大多数是吴氏家族的祖坟。一次搬迁一个家族近 700 座祖坟，这在我县前所未有，其他地方亦有少见。

南站开工迫在眉睫，工程十万火急，又岂可等闲视之。但要尽快搬迁近 700 座坟，又绝非易事。它好似一座大山横亘在我们面前，令人望而生畏。要怎样才能尽快搬掉这座大山，早日建成南站，时不待我，这是我们当时深感压力沉重、寝食不安、愁肠九回之事。

记得伟人毛泽东曾说过："我们的任务是过河，但没有桥或船就不能过。不能解决桥或船的问题，过河就是一句空话。"可见，工作思路和工作方法是否正确，直接关系到能否"过河"。我们坚持从实际出发，坚持有利化解矛盾和有利推进工程的理念，在摸清情况的基础上，经过反复思考和多次讨论，提出了迁坟的 3 条措施。其一是特殊问题特殊解决，妥善解决迁坟的用地。我们认为，可根据大土老坟山的占地面积，选择一处与之面积相等之地，作迁坟之用。但这要充分尊重本地的民风民俗和吴氏家族的意愿，采取一事一议的特殊办法加以落实。其二是为吴氏家族及周围的群众办点实事，以此取得他们的支持，形成良好的舆论导向，有利推进工作。根据大多数人的强烈要求，最为迫切的是在紧邻美敏大寨之处，兴建一个面积约为 5 亩的公共娱乐场所，以解停车之难和无娱乐场所之忧。办好此事需投资近百万元。但"忧民忧其忧，民亦忧其忧"，难事也就不难了。其三是根据实情提高迁坟的补偿标准。此时，三施高速已进场施工，而其迁坟的补偿标准远远高于三黎高速。南站属三黎的后续工程，时过境迁，如果此时再照搬三黎的补偿标准，那迁坟将走进死胡同。病万变，药亦万变。又岂可作茧自缚，受阻于事。

以上 3 条措施，虽可视为迁坟的破解之策，但仅是一家之言，关键是获得上级的认可和批准。有政策的支持，才可风帆高挂，劈波斩浪，达于彼岸。

二

打一个不恰当的比喻，上述思路好似一篇文章的写作提纲。我们将从落实坟地入手，写好该文的第一段。

2015 年 10 月 25 日上午，县指挥部的有关人员与吴氏家族的几名代表，一同到美敏八板沟一带选择坟山，初步选在八板沟里面的摸垴坡。根据初选结果，2015 年 11 月 11 日，我们及时拟出了《关于搬迁美敏村吴姓众坟的有关事宜的初步方案》（后简称《方案》）。该《方案》提出，"新坟山拟选在摸垴坡，征用土地 26 亩为宜，其中三分之一为道路之用，三分之二为坟地。设计道路从寨科至八板沟大桥，然后再至摸垴坡山脚，全长551米、宽4米。从坡脚到坟山处174米，路宽3米，可通行车辆。坟山先编制规划，一切按规划实施，预计投资120万元。"然后我们将《方案》送吴氏家族讨论，参加讨论的七大房代表共27人，都签字一致同意。于是，我们于2016年12月19日向州指挥部上报了该《方案》。2016年元月4日，建设业主东南公司作了批复，"情况属实，方案可行。"自此，选择坟山，尘埃落定。

2016年元月11日，我们先期启动从寨科至八板沟大桥的道路。该工程于3月底动工，当年5月底全部建成，投资41.58万元。修建此路，表明我们完成迁坟的信心和决心，这是用实际行动向群众做最好的宣传和动员。

2016年5月23日开始征用坟山土地，征地涉及21户。因灌木丛生，杂草茂密，影响测量。5月31日，我们安排村支部书记杨俊艳落实人员，砍出线路，分清界限，投工80.5个，支付出工钱12075.00元。2016年6月底完成坟山征地，计24亩。2016年8月13日，为修建坟山的上山道路，化解泥土塌方占地等矛盾，又征用了27亩土地。前后共征用土地51.34亩，其中耕地14.52亩，林地36.82亩，补偿资金98.11万元。

按有关规定，凡使用林地需到省林业厅办理相关手续。2016年8月23日，蒲昭林、吴道科、吴勋金和刘永培一行4人，风尘仆仆赶到贵阳落实此事。但此事程序复杂，并非一次就可如愿以偿。此后，吴勋金和刘永培二人又4次往返奔波于三穗与贵阳之间，好似一场漫长的马拉松赛跑，直至2016年10月20日才办好了林地审核手续，为实施坟山工程争取了时间。

在我们紧锣密鼓开展征地之时，县发改局于2016年6月2日批复了坟山项目，使之做到有根有据，合理合法。2016年9月10日，我们聘请了贵州深港中天建筑设计有限公司，编制坟山规划。2016年9月17日，县发改局组织有关人员对规划进行充分论证。之后，于10月12日作了批复。"麻雀虽小，五脏俱全。"凡此种种，坟山才算真正取得了合法身份。

我们统筹兼顾征地、修路和场平三项工作，三者相互衔接，齐头并进。2016年7月8日，我们研究实施八板沟至坟山上山的道路。该工程9月初方动工，10月初基本完工，后验收共投入资金71.9万元。

概言之，从选择坟山、报经批准、办理手续、编制规划，最终完成工程，前后经历了一年之久。其间的艰辛和付出，难以诉说。这看似一件简单平常之事，但却是环环相连，丝丝入扣。如果责任缺失，推诿拖拉，某处脱节，则全局被动，何来效率。我们感到自慰其心的是，不管怎样艰难，不管多大阻力，不管多少付出，也不管如何委屈，都始终充满信心，凝心聚力，饱含激情，以行云流水般的洒脱，挥笔写好了文章的第一段。

三

常言道："好的开头，便是成功的一半。"文章接下来的第二段的内容是搬迁坟墓。2016年7月初，我们就安排吴天一、周曼玲、郑泽民、尹元江、杨汉明、肖志武、蒲昭林、吴道科8位同志，明确要求他们与吴氏家族相互配合，开展清坟、造册登记、明确坟主，为迁坟做好准备。7月的天气，烈日炎炎、暑气灼人。大土一带山虽不高，但不少地方低矮的灌木林密密麻麻，锋利的巴茅草遍地皆是，稍有不慎便被划伤。而这一带毒蛇较多，令人心生恐惧。清坟时需格外小心，以防意外受伤。尽管环境如此恶劣，但经过一个多月的辛苦工作，8月底就完成了清坟的任务。

迁坟的条件一切都已具备，可到了11月底仍未见动静。大家都在等待观望，加之极个别人暗中煽风点火，迁坟有如雪上加霜，止步不前。我与征拆打了近 20 年的交道，还未曾遇到如此严峻的局面，一时感到前所未有的巨大压力，工程又催之甚急，真是坐卧不安，心急如火，倍受煎熬。但天无绝人之路，困难再大，也可视为常情，关键是找到良策妙方，克难而进。我们经过调查发现，多数人反映迁坟补偿标准过低，存在严重的抵触情绪。迁坟当然只能是死水一潭，谁也不愿触怒众犯，成为被众人枪打的出头鸟。有鉴于此，2016 年 12 月 1 日，我们邀请吴氏家族的 4 名代表到县指挥部座谈，参照三施的补偿标准，达成了以下共识：

1. 毛石碑坟按三黎的标准执行外，每座再补助 1000 元。

2. 新毛石碑或棺材可抬走的毛石碑坟，每座补助 1000 元外，再补助 500 元的菜金。

3. 料石碑坟按个案协商处理。

4. 毛石坟、土坟按三黎的标准执行。

2016 年 12 月 22 日，东南公司工程部的负责人到美敏互通检查工作。我们汇报了协商的结果，得到了他的认同。随后，我们调整布置，迁坟明确由吴勋卫主要负责，周曼玲和刘顺华二人协助。因为吴勋卫同志可独当一面，不信邪，办法多，干事善始善终，可担此任。

多年的实践告诉我们，凡群众工作，从来都有先进、中间和落后之分。抓工作就是善于发挥先进的示范作用，促进多数的中间转变，带动落后的少数跟上。吴勋卫等先做通党员吴文礼和老村干吴德俊的工作，由他们带头先迁。俗话讲："青藤靠着山崖长，羊群走路靠头羊。"党员带了头，群众跟着上，局面为之一开，直到临近春节，有的还在忙着迁坟，这是从未有过之事。一时传为佳话，令人感动。

我们注重解决迁坟中的实际困难，如开通临时便道，方便车辆运输，并支付其运输石碑等的费用。此外，合理补助村干等的误工补贴，两项合计为 40900.00 元。凡涉及 20 户以上众坟的，每座又补助 5000 元，用于祭祖，25 座共补助 12.5 万元。最后全族举行祭祀仪式，又解决了 3 万元的费用。这些都是为了尊重民风民俗，求得一方平安，"化干戈为玉帛"的特殊做法。然而，工作从来都不是一帆风顺的，对极个别不配合、故意刁难的，吴勋卫等顶着压力，多次主动上门，宣传政策，讲清道理，表明态度，以理服人。群众真正发动起来了，其势谁也不可阻挡。

那段时间，正值深冬，天寒地冻，吴勋卫等都是早出晚归，到现场解决有关问题，忙得不亦乐乎。其务实苦干的作风，消除了不少人的偏见、怀疑和抵触情绪，获得了大家的理解和支持。经过他们坚持不懈地努力，时间到 2017 年 5 月，终于完成了迁坟。经统计，共搬迁各种坟墓 631 座，补偿 100.1 万元。千难也好，万苦也罢，我们终于翻过了陡峭难行的山坳。"头上高山，风卷红旗过大关。"放眼前景，风光无限，更催人扬鞭奋进。

四

如前所述，帮助群众修建一个公共娱乐场所，是我们做出的承诺。君子一言，驷马难追，又岂可失信于民。早在 2016 年 10 月初，我们就对此事做了通盘考虑，经过多次选择和反复比较，拟将公共娱乐场所选在美敏小学校门前的右侧。若将此段美敏小河改直，可三面环水，东边紧邻大寨，西边与美敏大道相通，相对独立，进出方便，不受干扰，利于管理。

2016 年 10 月 5 日，我们经实测，该处土地面积为 6.321 亩，完全可满足停车和娱乐等需要。2016 年 11 月 7 日，我们上报了

《关于要求恢复美敏村大寨原有公共娱乐场所的请示》（后简称《请示》），该《请示》提出："占地面积为 6.321 亩，预计投资 36.43 万元。"2016 年 11 月 14 日，东南公司作了批复，同意该方案。

然后，我们于 2016 年 11 月 21 日决定先行改河，将美敏小河流经公共娱乐场所的南面开挖改直，两边修建防洪堤，让河水直接流入美敏大道已建成的涵洞，消除了影响泄洪的隐患。改河工程共投入了 35.19 万元，5 月底全部竣工。

2017 年 5 月 11 日，县指挥部向县人民政府上报了《关于要求修建美敏大寨公共娱乐场所的请示》，2017 年 6 月 2 日，县人民政府经研究，以穗府议〔2017〕67 号纪要作了批复，即《县人民政府关于研究八弓镇美敏大寨公共娱乐场所的专题会议纪要》，明确由县指挥部组织实施。下一步就是一鼓作气将其建成，兑现我们的承诺，给群众一个明明白白的交代，办成一件实实在在的好事。

2017 年 6 月 5 日，我们着手实施公共娱乐场所的场平工程，明确由本村的吴明俊工程队承担，村委会进行监督，并以穗高指议〔2017〕30 号会议纪要规定了工程的有关事项。场平工程 6 月上旬动工，8 月底竣工，9 月中旬进行硬化，并按县交通运输局的设计，同时修建了西边出口的小桥。工程于 2017 年 10 月初全部完成，共投资 66.8 万元。

经过一年多的持续努力，美敏大寨的公共娱乐场所终于从纸上的蓝图变成了眼前的现实。它的建成，不仅有力地促进了迁坟，而且对其他工作也产生了良好的社会效应。

可是，某些心存不善的好事之徒，曾断言我们不但迁不了坟，还要碰得头破血流，落得狼狈不堪的下场。他们悠闲地站在一旁说三道四，专门等着看我们的笑话，以满足其幸灾乐祸的卑劣心理。而许多善良的人们，则深为我们担忧，甚至捏着一把汗。但他们都期待着有一个好的结果。如能把坟迁走，那就是十分了不起的好角色。或许是苍天护佑，我们总算按时完成了迁坟的艰巨任务，没有留下什么笑话，让好事之徒有点失望。另外，我们也没有辜负善良人们的期待，借此机会扮演了一次长袖善舞的出众角色，更给人们留下了许多念想。

南站迁坟仅是美敏互通征拆工作中的一部分。据统计，美敏互通共征地 330 亩，拆迁房屋 86 栋 105 户，集中安置了 105 户，分为大水坑、小寨和洪桥 3 个安置区。征拆共支付资金 6314.1 万元。

坟迁走了，山坡夷为了平地；路修通了，荒野建起了高楼。南站迁坟，得到了东南公司工程部负责人曾明泉的大力支持，他为此花费了不少心血。黄朝银副县长当时分管此项工作，他给予了有力的指导，多次协调各方，使之形成合力，这对推进工作产生了十分重要的作用。

行笔至此，我们好似辛勤耕作的农夫，以喜迎丰收的快乐心情，完成了本文的第三段，可向世人交卷了。但笔者言犹未尽，借此发点感慨于下。

南站迁坟给我留下了难忘的记忆，更获得了深刻的启示。其一，凡事都要自觉坚持从实际出发，把原则性和灵活性有机地结合起来，争取上级的支持，最大限度地发挥政策的效应，主动化解一切矛盾。其二，始终坚持人民利益高于一切，力争为老百姓多办实事好事。"乐民乐其乐，民亦乐其乐；忧民忧其忧，民亦忧其忧。"心系人民，又有何事不可干成呢？其三，务实苦干，坚守诚信，凡说过的话，要落到实处；凡承诺的事，要干得漂亮亮，成为群众可信赖之人。其四，不仅要有干事的良好愿望，有实干的满腔激情，更要有冷静的理性思维，坚守程序原则，提高依法行政的自觉性。所干之事合规合矩，经得起政策和法律的检验，更经得起群众和历史的检验。

三穗南站的建成，不仅进一步完善了三黎高速的配套功能，为我县城南片区的开发提供了众多的商机，更为三穗经济的发展注入了强大的活力。随着时间的推移，它的重要作用将更加显现出来。

壮哉，南站；美哉，南站。但愿你的美景长留天地之间。

踏平坎坷成大道

——忆三施高速公路三穗段的征拆工作

某日清理文柜，偶然翻到一篇关于三施高速公路征拆的汇报材料。此文写于 2017 年 8 月 16 日，原是为迎接某部门检查之用，后未被派上用场。可见命运不佳，故而一直躺在文柜中沉睡。今日重拾旧作，将其收入《行走在邛河岸边》一书。于是，它得以重见天日，向世人展示自我。

再接再厉，三施高速续新篇

三施高速公路三穗段全长 10.59 千米，途经台烈镇的屏树村，滚马乡的下德明、德明和塘冲三个村。起点为屏树互通，与三凯高速、三黎高速相连，终点为塘冲村万家沟茄洞隧道的中段。

2016 年 9 月 5 日，三穗县人民政府召开了三施高速公路建设动员大会，征拆由此拉开了帷幕。县指挥部乘长昆高铁和三黎高速的胜利之势，打点行装，再次出征，发扬连续作战的顽强作风，拼搏于三施高速公路上。两载春秋，栉风沐雨，苦干实干，又谱写了一曲可歌可泣的征拆之歌。

三施高速公路三穗段正线征地 1366.8 亩，其中耕地 910.5 亩、林地 443 亩、其他用地 13.2 亩，共补偿资金 3708.76 万元。

临时用地393.6亩，补偿资金893.4万元。

三施高速公路拆迁房屋100栋156户，补偿资金3154万元。集中安置点一个，地点为屏树互通大冲坝，共安置了27户，迁坟476座，补偿资金97.9万元。林木补偿资金644.8万元。除此以外，协议补偿42个，补偿资金599.6万元。涉农工程44处，投入建设资金130.1万元。一次性水改旱面积55.37亩，补偿45万元。拆迁共补偿资金5088.7万元。

仅仅两年的时间，就交出了这份沉甸甸的答卷。细细品味，成绩来之不易，无不凝结着县指挥部全体人员辛劳的心血和奋斗的汗水。而其中的酸甜苦辣，言之难尽。既如此，那就留给自己去慢慢咀嚼，用心深化对生活的认识，将此升华为人生的智慧，让自己更富有理性，更稳重沉着。在征拆工作中，我们始终坚持从实际出发，坚持以大局为重，一方面正确地执行上级的征拆政策，确保工程顺利推进；另一方面主动争取业主的支持，尽力解决群众的合理诉求，使二者相得益彰，既化解了大量矛盾，同时又为群众办了许许多多的好事实事，让国家的重点工程更好地造福沿线的百姓。我们始终坚持这一辩证的工作方法，处理好全局和局部的关系，工作得到了施工方的充分认可和群众的普遍好评。较之于有的搞征拆脱离实际、生搬硬套、忽悠群众，导致工作举步维艰，同时又留下不少后遗症的，我们或许可自感欣慰，人生多了几分自信，思维多了几分理性，脚步多了几分坚定。而对于他人的种种非议，则一笑置之，一切都由生活去回答吧！

突击征地，连片推进创佳绩

2016年9月5日，县人民政府召开三施高速公路建设动员会后，县指挥部在同时抓好三黎高速美敏互通的征拆之时，两副担子一肩挑，统筹兼顾，合理安排，全面推进。县指挥部成立了征地、拆迁和林业三个作业小组。而征地组仅有 4 人，肩负的任务却十分繁重。张明军等勇于担当，乐于吃苦，克服天气炎热、人少事繁、坡陡路窄、影响测量等多种困难，每天都是早出晚归，风雨无阻，抢抓时间，扎实工作。哪怕酷热难当，哪怕汗流浃背，哪怕翻山越岭，哪怕饥肠辘辘，他们不叫一声苦，不喊一声累，不请一天假，甚至主动放弃双休日和节假日，加班加点，连续作战，快速推进，短短一个多月就完成了过去需 3 个月才能完成的工作量。紧接着，他们马不停蹄，及时转入内业。工作中，一丝不苟，逐块计算，逐户核实，力争少出差错。内业进展较为顺利，局面令人可喜。然而工程逼人，急于星火。上级要求我县务必于 2016 年 11 月 10 日前全部交清土地。时间之紧，任务之重，要求之高，是过去所没有的。逆水行舟，不进则退。目标明确，压力便是动力；号角催人，快马也需加鞭。县指挥部全局在胸，制定了严格的工作日程表，按时间节点将任务落到实处，把内业计算、张榜公示和兑现补偿有序地结合起来，既相互穿插，又相互衔接，合理安排人力，有效利用时间，逐村推进，全面覆盖，不留死角，一气呵成。2016 年 11 月 10 日前，全部交付完毕土地，促进我县境内各段同时开工，形成了轰轰烈烈、蔚为壮观的施工场面。此次完成征地的时间之短、效率之高、效果之好，前所未有，可以说是创造了一个新的纪录，更收获了一条可贵的经验。征拆本来是天下第一难事，不仅要坚定信心，更要苦干实干加巧干，合理安排时间，正确使用人力，气可鼓而不可泄，一抓到底，务求实效。如果思想松懈，干劲不足，作风不实，甚至三天打鱼两天晒网，抓而不紧，等于不抓。非但无效率可言，甚至积累矛盾，影响全局，这样的教训还少吗？

突出重点，扫除障碍促拆迁

三施高速公路三穗段全长 10.59 千米，台烈镇屏树村约 2.5 千米，但屏树片区存在的问题复杂，矛盾突出。主要是前期重视不够，措施无力，造成了红线内抢搭、抢建和抢栽现象十分严重，局面混乱，遍地障碍，工作无从下手，牵一发而动全身，这就导致拆迁严重受阻，一时停滞不前。为尽快冲出困境，扭转被动局面，2016 年 12 月 30 日，县指挥部经过认真调查，专题向县政府上报了屏树片区存在诸多问题的报告。2017 年元月 13 日和元月 19 日，县人民政府两次召开专题会议，研究解决屏树片区存在的"两违"建筑等突出问题，确定了拆除"两违"的具体方案、人员分工和工作重点等，并形成了穗府议〔2017〕11 号会议纪要，即《县人民政府关于研究三穗至施秉高速屏树互通征拆工作专题会议纪要》。按会议纪要的要求，县指挥部集中精力于 2 月 15 日前全部核实清楚屏树互通 2.5 千米红线内抢搭和抢建的建筑实物量，一切做到胸中有数，然后对症下药，坚决扫除障碍。2 月 17 日下午，县指挥部召开屏树片区"两违"户的会议，县人大副主任杨德英到会指导。会上组织学习了穗府议〔2017〕11 号会议纪要，我们向"两违"户宣传政策，讲清道理，表明态度，要求他们理解、配合与支持，主动拆除"两违"建筑等，积极支持国家的重点工程建设，不要当绊脚石，自食恶果，自害其身。由于我们敢于面对矛盾，态度坚决，旗帜鲜明，采取思想教育先行，坚持攻心为上，形成压力，高扬正气，何难不克。

2 月 25 日，县指挥部的负责人身先士卒、冲锋在前、敢于碰硬，登门上户，逐一找"两违"户面对面地进行沟通，再次宣传政策，反复陈述利弊，既有循循善诱，又有直言规劝。经过一番苦口婆心的说服教育，终于打破了缺口，促使工作向着有利的方面转化。然后，我们乘势而进，扩大战果，毫不松懈，以求全胜。

为了更好地推进工作，县人民政府于2017年3月2日又发布了有关公告，限期"两违"户于3月15日前拆除"两违"。我们因势利导，继续加大力度，逐一拔掉钉子，效果更为明显。截至3月15日，基本拆除了"两违"建筑，确保屏树互通大桥等控制性工程进场施工，解决了工程中的主要矛盾，为三施高速的如期建成争取了时间，打下了坚实的基础。

屏树片区除"两违"建筑以外，还存在不少抢挖的鱼塘和抢栽的林木。为彻底扫除这些阻碍工程的拦路虎，2017年5月20日，县政府在屏树片区组织了一次声势浩大的保护性施工，杨精豪指挥长亲临现场指挥，鼓舞了士气。参加人员约400人，短短一天之内，一鼓作气扫清了一切障碍，产生了极大的震慑力，打击了歪风邪气，教育了广大群众。既有力推进了征拆，更收到了良好的社会效果。

据统计，屏树片区拆除"两违"房屋14栋、各种畜圈71个，填平大小鱼塘23处，合计补偿共525.41万元。屏树片区的"两违"影响恶劣，是拆迁的主要矛盾，搬掉了这块拦路石，其他正常拆迁就可顺势而行。由此及彼，我们再次感悟到，不论干什么工作，都要准确地把握主要矛盾，并集中精力攻克，工作才可收到举一反三之效。

屏树片区发生的"两违"等咄咄怪事，给国家造成了重大的经济损失，其教训是深刻的，也是沉重的。其实，早在2015年10月初，县人民政府就颁布了关于三施高速公路建设的公告，明确规定严禁在红线内抢搭、抢建和抢栽等。可有的人认识不到位，缺乏大局观念，推诿应付，对在红线内抢搭、抢建和抢栽等违规现象，视而不见、漠然置之、任其蔓延，最终泛滥成灾，难以收场。而有的为推脱责任，则诿过于人，自我表白做了大量工作。其实不然，所谓做的工作，只不过是到现场拍拍照片、发发通知、讲讲空话、走走形式，敷衍一番便不了了之。至于有无效果，则与己无关。反正抱定那是上面的事，不管怎样严重，今后都有人出来收场。自己做做样子即可，又何必去自找苦吃呢？但事物又都是相互关联的，凡干工作从来都有先进和落后之分。同是处于高速公路沿线的滚马乡，其线路长达 8.5 千米，是屏树片区的 3 倍之多，但却未发生一起抢搭、抢建和抢栽等违规现象。这与屏树片区形成了鲜明的对比和强烈的反差。滚马乡有这样好的局面，令人值得称赞。这与滚马乡以大局为重、高度重视、宣传到位、措施坚决、敢于担当是分不开的。工作作风不同，其效果相去甚远，以致存在天壤之别。可见，不断改进作风，提倡敢于担当，提倡务实苦干，于加快发展而言，是何其可贵和重要。

立足实际，灵活处理破难题

征拆工作面临的情况错综复杂，各地又有不同的特点，而征拆政策既不可能包含一切、穷尽一切，它又处于相对稳定，不可随心所欲，任意调整。有时遇到一些特殊情况，无政策可依，无尺度可循，确让人束手无策，只有徒唤奈何。而要化解这些难题，就必须坚持从实际出发，借鉴某些政策，采取协商的办法，灵活加以处理。比如，州府发〔2016〕129 号文件规定，分散安置户，其宅基地按建设用地的标准进行补偿，即 7000 元/亩。该标准与实情不符，补偿明显过低，有悖公平公正的原则，拆迁户理所当然拒绝接受，产生抵触情绪也是事出有因、情有可原。若拖延下去，既影响工程进展，更危及社会稳定。我们对此不回避、不推诿，而是做好群众工作，主动与业主对接，提出具体解决方案，要求按正线征地补偿标准执行。经过协商，最终得到了业主的同意，妥善化解了一大风险，解决了拆迁户的合理诉求。这样有理有据的灵活处理，合民心、顺民意、有实效，促进了拆迁安置，更维护了社会稳定。

又如，处理屏树大冲片区的炮损，更是多次反复和几经波折，才使问题归结为零。事情的起因是这样的：2017年8月初，三施一分部因施工放炮，造成屏树大冲片区不少房屋受损，群众对此反映强烈。为防止矛盾激化，8月16日，县指挥部及时组织台烈镇、屏树村和施工方成立联合调查组，进场对炮损逐户调查，此项工作直至2017年10月初才告一段落。因炮损情况十分复杂，一时难以制订赔偿方案。

2017年国庆长假期间，因受少数人挑唆和煽动，10月8日上午，大冲段发生群体性堵工，事态颇为严重。若处置不当，后果不堪。县指挥部对此高度重视，着力加强正面引导，尽力寻找解决办法，积极平息事态。10月10日至10月14日，几天之中，县指挥部明确专人多次与大冲片的群众代表进行座谈，反复协商解决办法。后达成协议，双方同意聘请凯里一〇一地质大队对大冲片区开展地质环境评估。10月24日，为了解除群众的后顾之忧，又聘请了贵州地质矿产局乌蒙工程公司进行地勘，前后两次共投入资金18.8万元。12月初，评估和地勘分别依法依规作出了结论，其结论认为：屏树大冲片范围内不存在地质灾害，建议对炮损引起房屋发生裂缝的，采取相应措施维修即可，不影响居住安全。

根据上述结论和有关规定，以及多年来的经验，我们经与群众代表再次协商，制订了赔偿方案。2018年元月14日将其张榜公示，但公示内容当晚却被别有用心之人撕掉。于是，有人又挑唆群众闹事，唯恐天下不乱。2018年元月15日8时又发生群体性堵工，一时闹得沸沸扬扬，施工场面是一片乱哄哄的。有人狮子大开口，想从中浑水摸鱼，捞取不义之财，借机向我们施加压力。面对这种复杂局面，我们临难不惧、遇乱不慌、果断应对，及时疏通堵工，很快就平息了事态。为了使矛盾不再激化，我们深入实际，广泛听取群众意见。经过普遍走访，绝大多数炮损户要求参照三黎高速，2013年9月20日按鉴定结论赔偿本村下院炮损户的标准执行。于是，县指挥部又重新组织台烈镇、屏树村和施工方，从2018年元月16日起，入户核实登记，工作做深做细，防止遗漏、错登，调查底表一律要求户主签字认可，避免发生反弹。经核实，该片区房屋受损165户，其房屋间数为2115间。

根据核实结果，最后落实的赔偿标准是：砖房一等，每间赔偿560元；砖房二等，每间赔偿530元；木房每间一律赔偿500元。赔偿金额经张榜公示，于2018年2月6日组织兑现。即使是大多数已认可的方案，截至2018年2月10日止，仍有16户不同意领取赔偿款。

2018年2月10日后，我们对16户未领取赔偿款的采取多种方法，反复沟通、个别协商、适当让利、各个击破，直至2018年4月底，矛盾方全部化解，最终了结了此事。经统计，此次炮损共涉及165户，赔偿金额为165.8万元，是我县历年来炮损赔偿金额最多的一次，也是情况最为复杂和耗费精力最多的一次。实践再次告诉我们：征拆本身充满了矛盾，遇到矛盾乃是常态，并无什么可怕。关键在于思路正确，敢于担责，方法得当，作风务实。一心扑下去，抓住问题不放手。学愚公挖山不止，效精卫填海不停。如是而行，又有什么难事不能解决呢？

在三施高速的征拆中，我们充分采取协议补偿的办法，创新思维，灵活有效地解决了大量矛盾。不少看来困难重重之事都找到了破解良方，最终降龙伏虎，斩关夺隘，高歌向前。两年之中，县指挥部协议补偿形成的会议纪要就有 42 件，其补偿金额高达 599.6 万元，占整个拆迁补偿的 12%。这是我们长久以来坚持从实际出发、积极寻找政策支撑、善于争取建设业主的支持、注重总结而获得的一条至为宝贵的经验。它既是集思广益的产物，也包含了多年奋斗的血汗。但任何经验都只属于过去，社会在不断发展，更需要我们不断总结，善于将经验上升为理性认识，才有利于指导工作。

高速公路建设是一项庞大的系统工程，需要各方通力协作，才可形成强大的合力，推动工作高效运行而创造良好业绩。但令人遗憾的是，在三施高速公路的建设中，有个别地方胸无大局，采取不闻不问、袖手旁观、推诿敷衍的消极态度，对群众不宣传、不鼓动、不引导、听之任之，致使某些歪风邪气蔓延，阻碍了工程的推进。在某些人看来，如果离开了他，高速公路就休想建成，俨然摆出一副"舍我其谁"的架势。其实是缺少自知之明，乃于今的"井底之蛙"，岂不悲夫？事实告诉我们，生活中是不存在旁观者的。在凯歌行进的火热年代，更是如此。谁要逃避生活，选择当旁观者，那既愧对人民、愧对历史，也是埋没自己、否定自己，到头来都只会被生活无情地淘汰，而成为向隅而泣的可怜虫。

三施高速的征拆工作，得到了建设业主三施项目公司石宗峰董事长、王继荣经理和征拆部长黄云亮的大力支持，帮助我们解决了许多困难，为征拆创造了有利条件。尤其是工程后期，黄云亮部长与县指挥部密切配合，逐一解决存在的问题，使三施高速的征拆未留下任何后遗症。在此，笔者对他们表示深深的感谢和崇高的敬意。

县指挥部的工作人员郑泽民、尹元江、吴勋卫、吴天一、肖志武、何人勇、杨政琼、王冬冬、杨汉明、刘顺华、吴勋金、杨胜坤和肖开扬等同志，承担了繁重的征拆任务，他们埋头苦干，不计得失，乐于奉献，他们的付出将永远为历史所铭记。

三施高速公路于2019年元月建成顺利通车。它如同长昆高铁和三黎高速一样，在三穗的发展中具有举足轻重的作用。县指挥部的全体人员多年来不懈努力，持续奋斗，为加快三穗的现代交通建设，付出了全身的心血，付出了满腔的赤诚，付出了一生的智慧。他们的奉献，人民可知，大地可知，苍天可知。他们或许一时不被极个别人理解和认可，那也无碍大局。孔子曾说过："人不知，而不愠，不亦君子乎?"在历史面前，他们无须作任何辩护，但最终必将得到世人的理解和认同，这难道还用得着怀疑吗?"人事有代谢，往来成古今。"今天，我们站在发展的新起点，承前启后，继往开来。过去的付出已经融入了历史之中，今天的奋斗正是在创造新的历史。三施高速公路的建成，不仅使三穗到施秉、黄平，以致今后直达贵阳都将变得更为顺畅和便捷，它在三穗的发展中留下了灿烂的一页，必将更好地造福人民。凡是为历史增添光彩，尤其是书写辉煌的人，历史将会永远记住他们。

县级领导如何坚持求实务实落实的作风

县级干部努力在工作中坚持求实务实落实的作风，对于保证中央和上级各项方针政策的贯彻落实、促进本地区经济社会的发展，具有十分重要的意义。笔者通过工作实践，深有体会。

一、坚持求实，就必须坚持解放思想、实事求是的思想路线。解放思想、实事求是就是马列主义、毛泽东思想的精髓，也是邓小平理论的精髓。县级处于工作的前沿，担任县这一级的领导更是担负着极为繁重的工作任务。要把县级各方面的工作做好，县级领导必须准确地把握上级各项方针政策的实质，切忌囫囵吞枣、生吞活剥；再就是了解实情，胸中有数；然后一切从实际出发，将上情与下情有机结合起来，提出正确的工作思路、奋斗目标，以及由此制定出具体的政策。这个结合的过程，就是充分发挥主观能动性进行创造的过程。如果不是这样，而是从本本出发，闭门造车，工作思路不清，发生失误也就不可避免。如摆在我们面前的农业化产业问题，如不对县情和市场进行周密细致的调查研究，不根据县情和市场走向确立发展重点，而是亦步亦趋模仿别人，或背离市场，用行政命令去指导工作，势必事与愿违、适得其反。与此同时，我们还要看到社会实践活动是不断向前发展的，必须时常调整自己认识县情的视角，因为对事物的认识是一个不断深化的过程，绝不可能一蹴而就。尤其是加入 WTO

后，县级政府如何转变职能，如何整顿和规范市场秩序，推进国企改革，加速城镇化等问题错综复杂。要解决好这些新情况新问题，关键就是要进一步解放思想、更新观念、摆脱计划经济的束缚，这就要求我们深入实际，多做调查研究，克服形而上学和主观主义，坚持与时俱进、大胆创新、开拓前进，只有如此，才能铸就新的辉煌。

二、坚持务实，必须具有实干精神，以实干为荣。作为县领导，在实际工作中一要力戒空谈，带头营造埋头苦干的氛围，克服讲空话、唱高调、光说不干、浮在面上耍花架子的漂浮作风；二是要反对形式主义，反对脱离实际、好大喜功、急功近利、华而不实、弄虚作假、欺上瞒下、骗取荣誉、捞取个人资本的做法。如今，形式主义时有抬头，如有的地方招商引资热衷于举办活动、签订意向性合同，追求轰动效应，表面上轰轰烈烈，成绩喜人，一片莺歌燕舞，但落到实际的项目却寥寥无几，"节"一过就冷冷清清。又如推进农业产业化，有的盲目追求多上项目而忽视项目的可行性。如我县前几年搞栽桑养蚕，既不考虑本县无加工能力、缺乏栽培技术的实际，又没有开展市场调查，而是采用行政手段命令农民去做，结果是劳民伤财，百万元投资付之东流。类似之事还存在不少。

毛泽东同志说："我们应该是老老实实地办事，而在世界上要办成几件事，没有老实态度是根本不行的。"作为一个县级领导，我们应该按照毛泽东同志所说的去做，说老实话、办老实事、做老实人，要本着对人民群众高度负责的精神立足实际，注重实效，不图虚名，不鼓虚劲，少讲空话，多干实事，把事办实，把事办好，恪尽职守，取信于民，以实干为荣。

三、要紧抓落实不放。抓落实就是根据确立的工作思路制定具体的计划，明确职责，严格奖惩，一级抓一级，各司其职，使工作真正落到实处。同时还要强化动态管理，始终把握工作的主动权。我们坚持求实务实，根本落脚点是重在落实，这对县级领导来讲，就是把主要精力放在实际工作中，抓好落实环节的检查和促督。为此，在实际工作中，县级领导一要了解工作进展情况，树立全局观念，提高自己的宏观指导能力，为基层排忧解难；二要经常了解工作与实际结合的程度，发现不实要及时调整，绝不能一意孤行，以免造成大的失误；三是要善于发现落实工作的先进典型，并及时加以总结和大力推广，用典型经验去推动全局；四要强化时间和任务两个观念，工作忙而有序，一抓到底，抓出实效，克服抓而不紧、虎头蛇尾等不良现象。抓落实要付出艰苦的努力，绝非坐在办公室高谈阔论所能办到。

　　坚持求实务实的作风是我们党的性质所决定的，也是当前工作对我们提出的要求。我们只有坚持求实务实落实的作风，才能真正实践好"三个代表"的重要思想，才能抓住机遇、加快发展。如果作为经济发展前沿阵地的县级领导干部不坚持求实务实落实的作风，就有负于人民的愿望。因此，在今后的工作中，我们要进一步增强事业心、责任感和紧迫感，求真务实，扎实工作，努力创造新的业绩。

　　　　发表于《贵阳市委党校学报》2002年第5期

克服形式主义　改进工作作风

　　当前，我们已进入了全面建设小康社会的新的发展时期，面临着十分艰巨的任务。因此，坚决克服形式主义，不断改进工作作风，坚持务实苦干，讲实效、办实事，这对贯彻落实好十六届三中全会精神，切实做好各方面的工作，无疑具有十分重要的作用。

　　形式主义在实际工作中有哪些具体表现呢？其一是超越实际，急功近利，好大喜功，热衷于追求所谓的"政绩"和表面的轰动效应。如有的头脑一热，盲目决策，置实际财力于不顾，大搞"形象"工程，投入成千上万资金也毫不痛惜。最终劳民伤财，连发放工资都难以为继，直接影响到本地社会的稳定和经济发展的大局。其二是急躁冒进，缺乏独立思考，喜欢简单地模仿别人而一哄而起，"傻子过年看邻居"。如经济发达地区创建开发区，这在别人不失成功之举。而有的地方条件不可与之同日而语，却兴师动众，大肆圈地，终因条件限制，无人前来问津，开发区开而不发。昔日良田沃土，如今芳草萋萋，放牛牧马，一片荒凉。其三是弄虚作假，欺上瞒下，有的为了实现某些考核达标，凭空杜撰，妙笔生花且天衣无缝，暗度陈仓以骗取荣誉。所谓"官出数字，数字出官"，早已不是什么独家新闻，而是人所皆知的陈年旧话。其四是讲空话，讲大话，讲得多，干得少，耍花架子得心应手，做表面文章有声有色。工作停留在一般号召上，缺乏具体的落实措施，满足于在办公室听汇报，习惯于用电话遥控指挥，偶尔下基层也是走马观花。华而不实，虎头蛇尾，无务实苦干之心，有沽名钓誉之嫌。

形式主义还有其他的表现形式，笔者不再赘述。究其产生的思想根源，主要有以下三个方面。一是主观主义作怪。形式主义实质上是主观主义的一种表现形式。因为形式主义不是从实际出发，将上情与下情有机地结合起来，确定工作思路、奋斗目标以及具体的措施，创造性地开展工作，而是主观盲目，脱离实际，好高骛远，贪图虚名，它同时割裂了内容和形式之间的辩证关系，头足倒置，舍本逐末。总之，形式主义与辩证唯物主义关于主观与客观相统一、理论与实践相结合的基本原则，与实事求是、解放思想、与时俱进的思想路线都是背道而驰的。二是群众观念淡薄，个人主义膨胀，忘记了为人民服务的根本宗旨，背离了立党为公、执政为民的根本要求。大凡搞形式主义的，他们致力于追求的所谓"政绩"，并没有真正地体现民情、民意和顺应民心，而是带有明显的功利色彩，在很大程度上是为了捞取个人的政治资本。而弄虚作假则完全丧失了党性和做人的良知，陷入了个人主义的泥坑而难以自拔。三是贪图享乐、害怕艰苦、作风漂浮、不干实事，把庸人懒汉的人生哲学奉为处世的法宝。由此走向形式主义，丢掉了艰苦奋斗的优良传统，忘记了人民的重托和期望，事业心和责任感淡薄，不求有功，但求无过，甚至是沉迷于吃喝玩乐，耗费大好时光。

时至今日，形式主义还有一定的市场，在某些地方仍有蔓延之势。克服形式主义事关重大，而绝非无足轻重的小事，我们对此必须保持清醒的认识。胡锦涛同志指出："要切实加强党风政风建设，改进领导方式和领导方法，转变思想作风和工作作风，坚决防止和克服形式主义、官僚主义。"为此，我们要从思想上、作风上和机制上着力根治形式主义。首先，要认真实践"三个代表"的重要思想，加强理论学习，提高理论素养，端正思想作风，克服急功近利的短期行为和一哄而起的盲从心理。一切从实际出发，着眼长远，开拓进取。凡因搞形式主义而造成损失的，应追究责任，严肃党纪政纪。其次，要时刻牢记党的宗旨，牢固树立群众观念。权为民所用，情为民所系，利为民所谋。胸有全局，求实为荣。杜绝脱离实际、背离民心的各种"形象"工程，全力解决好关系到人民群众切身利益，以及本地社会经济发展全局的重大问题，顺乎民心，多干实事，造福人民。第三，发扬光大艰苦奋斗的优良传统，力戒空谈，埋头苦干，加强工作的检查促督，强化跟踪服务管理，善于统筹全局，协调指导有力，排难而进，一抓到底，务求实效。第四，创新机制。一是推行责任追究制，明确职责，限定实效，凡贻误工作的，严格责任追究；二是完善各项工作的考核办法，做到考核指标合理，考核办法科学，充分发挥考核的激励作用，防止因考核流于形式而产生负面效应；三是建立监督机制，实行舆论、社会等多方面的监督，对弄虚作假的不仅公开曝光，而且严肃处理，树立诚信的新风。

总之，形式主义危害不浅，它严重地败坏党的形象，影响党的各项方针政策贯彻落实，阻碍各项工作的顺利开展。因此，采取有效措施，多管齐下，坚决防止和克服形式主义，是我们加强作风建设面临的一项十分重要而极为紧迫的任务。我们要认真实践"三个代表"的重要思想，始终牢记"两个务必"，执政为民，求真务实，埋头苦干，奋发有为，全力推进社会经济持续健康全面地发展。

发表于《贵阳市委党校学报》2004年第1期

县级领导要提高理论思维水平

党的十六届四中全会号召全党，要努力提高理论思维和战略思维的水平。县级领导处于工作的前沿，担负着十分繁重的任务，其理论思维水平的高低，直接关系到工作的得失成败。尤其在当前全面推进小康建设、构建和谐社会的新阶段，努力提高县级领导理论思维的水平，这对于提高执政能力、做好各方面的工作关系极大。

县级处于基层，对上而言无疑属于微观。但微观和宏观又是相对的，若从一个县的区域来看，县级领导既要对全县的重大问题进行决策，同时又要身先士卒，亲临实际。因而，县级又具有微观和宏观的双重特点。对县级领导来讲，不论是结合实际贯彻落实上级的各项方针政策，确立工作思路，制定发展计划；也不论是抓好思路和计划的落实，积极主动研究新情况，解决新问题，以及总结工作，提炼经验，这一切都与是否懂得和自觉地运用理论思维去分析处理问题、指导工作关系极大。可是，有的人却不以为然，他们认为作为县级领导主要是做实际工作，有实际经验就行了，用不着多花脑筋，理论思维有与没有关系不大。由于存在这种模糊认识，因而就不善于开动脑筋分析问题、解决矛盾，对事物的认识许多时候是停留在表面，把握不住本质，思想方法容易产生片面性、表面性和主观性。它的具体表现：一是有的对上级的各项方针政策不甚明了，而对县情的认识又如雾中看花，知其然而不知其所以然，实际工作思路不清，不可能不发生偏差。如某县几年前主观盲从，照搬别人的经验，确立以商兴县，一厢情愿地提出打造黔东商贸中心。为此，投入了大量的人力和物力，开头轰轰烈烈，颇为热闹，结果冷冷清清，事与愿违。二是有的观念落后，思维方式陈旧，以不变应万变，忽视研究新情况和新问题。如国企改革怎样安置职工，采取什么措施吸引农民进城，如何加快支柱产业的培育？面对这些新情况，不做深层次的思考，要么推诿回避，要么一筹莫展。缺乏运用新的方法去解决问题的能力，更不要说吸取和总结新经验用于推动工作了，开拓创新当然成了纸上谈兵的空话。三是有的片面相信和看重个人的经验，安排工作就事论事，老生常谈，了无新意，多半强调任务的重要，而极少从方法上进行指导，满足于狭隘的经验而自得其乐。有的甚至照搬计划经济时代的一些做法。年复一年，水平依旧，这或许是有的县级领导作为不大的重要原因。

由此可见，不能从宏观和本质上把握事物，脱离实际、主观盲目、观念陈旧、方法落后、缺乏创新精神等，其表现形式虽然不同，但思想根源却如出一辙，就是忽视理论学习，轻视理论思维；安于现状、思想懒惰、不思进取，导致认识与实际相脱离，主观与客观相分裂。革命导师恩格斯说过："无论对一切理论思维多么轻视，可是没有理论思维，就连两件自然的事实也联系不起来，或者二者之间所存在的联系都无法了解。"对县级领导来说，如果缺少了理论思维，就无法吃透上情和熟知下情而将两者有机地结合起来，创造性地开展工作。仅就下情而言，其政治、经济、文化、自然等各方面的情况错综复杂、扑朔迷离，如果缺少理论思维，是无法把握其本质的。这正如胡锦涛同志所批评的那样："不认真学习理论，不用心汲取新知识，不深入思考新问题，思想上固步自封、停滞不前，工作上敷衍了事、庸碌无为。"缺少理论思维，是因为理论修养不够所致。有的人对学习理论思想上存在偏差，加之工作繁忙，更无暇顾及于此。知识得不到充实和更新，尤其是理论水平得不到提高，思维方式和工作方法必然陈旧，虽整日忙于琐碎的事物，但效率低下，事倍功半。

理论思维是与世界观和方法论紧密地联系在一起的，它离不开科学的理论指导。我们只有加强理论修养，掌握科学的方法论，才能够自觉地运用理论思维去观察、分析和处理问题，提高我们的领导水平。

发表于《理论与当代》2005 年第 10 期

思路变出路探析

思路决定出路，此话千真万确。但是，不管怎样好的思路，它也仍是主观的东西。而要将它变为发展的出路，还必须付出一番艰苦的努力，才能完成从认识到实践的再次飞跃。因此，自觉地坚持辩证唯物主义的认识论，求真务实、埋头苦干、开拓创新，这对县级政府来讲，显得尤为重要。

县级政府处于工作的前沿，担负着十分繁重的任务。它首先要依据上级的有关方针政策，结合县情，确定符合实际的工作思路，而后全力以赴地抓好落实，不断地推进各项工作。这一过程，也就是从实践到认识，又从认识到实践，循环往复不断向前发展的过程。当前，加快发展是贫困地区面临的头等大事。一些地方工作思路日益清晰，发展令人耳目一新。可有些地方，虽也提出了不少好的思路，但实效却相去甚远，不如人意。之所以如此，是因为存在以下问题。一是未将工作思路具体化。认为提出了思路，便大功告成了。于是，落实仅停留在口头上，而不见之于行动。无具体可行的政策、明确的计划以及得力的措施，坐而论道，纸上谈兵，思路是不能变成实效的。正如毛泽东同志批评的那样："如果有了正确的理论，只是把它空谈一阵，束之高阁，并不实行，那么，这种理论再好也是没有意义的。"可见，落实工作思路何尝不是这样。二是有的虽制定了具体的政策，但措施无力、任务不清、责权不明，导致发生推诿扯皮、相互制约、内耗不已等司空见惯的不良现象。加之考核办法陈旧，工作缺乏活力，举步维艰也就不足为怪了。三是缺少求真务实、埋头苦干的精神。有的是用会议落实会议，文件落实文件，不懂得仅有一般的号召而无具体的措施是无论如何也抓不好落实的。害怕艰苦、贪图享受，乐于迎来送往，不愿深入实际。即使下基层也是走马观花，回避矛盾，对实情胸中无数，指导工作不着边际，甚至无的放矢，得过且过，应付了事，再好的思路也是枉然。

综观上述存在的问题，概而言之，主要是方法不当，作风漂浮，工作不实。无务实苦干之心，有敷衍塞责之嫌。而究其思想根源，一是违背了辩证唯物主义的认识论，割裂了实践与认识、客观与主观之间的辩证关系，不了解人们认识世界的根本目的是为了改造世界。好的工作思路要变成出路，必须完成从认识到实践的飞跃，而这期间需要做大量艰苦细致的工作。比如，怎样依据思路制定便于操作的政策、符合实际的计划、切实可行的措施等等。它既是认识的进一步深化，更是认识向实践飞跃的必不可少的重要环节。舍此，落实思路便无从谈起。二是忘记了立党为公、执政为民的根本宗旨，以及艰苦奋斗的优良传统。辩证唯物主义告诉我们，人们要达到改造客观世界的目的，就必须自觉地按客观规律办事，充分发挥主观能动性。不仅要有正确的方法，而且要勇于实践、求真务实、埋头苦干、不畏艰辛、顽强拼搏、开拓前进。而那种浮在表面、怕苦怕累、脱离实践的作风，与此恰是背道而驰的。工作之所以难有作为，甚至发生失误，最终走向形式主义和官僚主义，其思想根源正在于此。

胡锦涛同志指出："各级领导干部要带头发扬脚踏实地、埋头苦干的好作风，不图虚名、不务虚功，坚决反对形式主义、官僚主义，把各项决策和工作落到实处。"改进作风，事关重大，树立良好的作风，这是做好工作的重要前提。要把好的思路变为出路，首先，必须根据确立的思路，进一步深化认识，认真研究和制定切实可行的政策。比如，大力发展非公有制经济，其政策应包括扶持发展的产业、税费优惠、贷款担保、建立服务体系、创建园区等内容。只有将这些都化为具体可行的方案，发展非公有制经济才会水到渠成，乘势而上。以此类推，其他工作也概莫能外。其次，制定合理的工作计划，建立科学的考核办法，明确任务、分清责权，使责、权、利三者有机统一。有分工，更有配合，全力追求系统的最佳效益，有效地克服政出多门、推诿扯皮、重局部而轻全局等多年来沿袭的弊端。一级抓一级，环环相扣，形成活力，把工作真正落到实处。第三，强化促督，注重检查，一抓到底。抓好落实固然需要营造良好的舆论氛围，召开有关会议进行安排布置是必要的，但关键在于还必须务实苦干，务求实效。就方法而言，要坚持一般和个别、领导和群众相结合的原则。领导者务必深入实际，带头苦干，抓好示范，以点带面，帮助基层排忧解难，着力推进工作。另一方面要深入了解实情，把握工作的进展，凡发现与实际不相符合的，要及时调整，避免发生大的失误，同时善于汲取和总结群众中的新鲜经验，勤于思考，上升为理性的认识，用于指导全局，抓出实效，不断开拓发展之路。

　　总之，我们要认真实践"三个代表"重要思想，坚持科学的发展观，加强理论学习，不断提高理论水平和执政能力，出实招，干实事，扎实推进经济社会的快速发展。

发表于《贵阳市委党校学报》2006年第2期

增强公仆意识 克服推诿作风

公仆意识是共产党人立党为公、执政为民的本质体现和必然要求。在当前开展的作风教育整顿活动中，认真克服推诿作风，对于进一步增强公仆意识，坚持求真务实，推进各项工作又好又快地发展，都具有十分重要的作用。

谈到推诿，不由让人想到了一则故事。某人中箭，寻医治疗，一医仅将体外之箭锯掉便自认为大功告成，然后告之："我乃外科医生，体内之箭由内科负责。"中箭者听之为之愕然，只得忍痛另请高手取之。这或许是人们杜撰的笑话，意在讽刺推诿的恶习。然而推诿并非庸医独然，它同样也侵蚀着我们的作风，可谓屡见不鲜，而且有的独具"匠心"，极富"创意"，故而花样不断翻新。一是深谙太极拳的套路，办事飘飘然，不问轻重缓急，概以商量和研究为由敷衍塞责。一件举手之劳的区区小事，动辄拖你十天半月，甚至一年半载也不足为奇。正是因为如此，有的本可及时解决的小事而拖成了大事，以致影响当地经济社会发展的大局。二是本属职责范围之事，或怕承担责任，或为免担风险，或不愿花费精力，于是上推下卸，自己置身事外，作壁上观，乐得清闲。三是将单位视为自己的领地，画地为牢，以邻为壑，缺少协作精神，擅长内耗之道，谋事无能，扯皮有术。四是衙门心态严重，高高在上，别人只能唯唯诺诺、笑脸相求，稍不顺心如意便寻机刁难和阻挠，叫你有苦难言，只能忍气吞声，委曲求全。五是胸无全局，目光短浅，关注的是心中的小九九。惯于巧立名目，明索暗要，雁过拔毛，谋取部门利益或中饱私囊。六是作风漂浮，害怕艰苦。平时不深入，遇事不调查，工作胸中无数，有矛盾不是设法化解，而是向上汇报了事，一旦出了差错则诿过于人。凡此种种，不一而足。

推诿作风由来已久矣，人们可能"习矣而不察焉"。有的且根深蒂固，似乎成了难治的顽疾。它导致的后果是办事效率低下，思想因循守旧，工作止步不前，更为严重的是脱离群众，败坏党和政府的形象，滋生官僚主义而危害事业。剖析其产生的原因，主要有以下几点。一是背离了"立党为公，执政为民"的根本宗旨，群众观念淡漠，缺乏责任心和漠视职业道德。当官不作为，拿钱不干事。责任心是做好工作的先决条件，较之于能力或许更为重要，它是一个人综合素质的体现。孔子讲到为政时说过，要"居之无倦，行之以忠"。无责任心便无爱岗敬业可言，更何谈忠于职守，多做贡献。二是管理体制上存在弊端。有的部门之间的职责模糊不清，有交叉也有重叠，出现了多头管理和谁也不管的现象。因此，有的见利益则捷足先登，遇矛盾便绕道而行。加之奖惩不明，干好干坏一个样，多一事不如少一事，也就心安理得地当太平官了。三是缺乏全局观念，部门利益作祟。有的是把"政府权力部门化，部门权力个人化，公共利益私人化"。为了谋取部门利益或私利，甚至不惜损害群众利益和全局利益。四是浸透了庸俗的市侩哲学，奉行明哲保身、圆滑世故、不求无功、但求无过的处世之道。凡事拈轻怕重、避实就虚、挑易推难，至于勇于负责、为民谋利，那或许是挂在口上哗众取宠的空话而已。

推诿作风虽属顽疾，但绝非不可根治。只要对症下药，多管齐下，定可收标本兼治之效。首先，要切实抓好此次作风教育整顿活动，努力学习马克思主义、毛泽东思想、邓小平理论和"三个代表"重要思想，联系实际，学以致用，端正思想作风。时刻牢记"立党为公，执政为民"的根本宗旨，心系群众，服务人民，自觉增强使命感、责任感和紧迫感，恪尽职守，务实苦干，勇于负责，开拓进取，以不负人民的重托。领导率先垂范，"其身正，不令而行"，就能带动干部作风的根本转变。其次，深化改革，创新体制和机制，进一步理顺关系，明确职责，强化政府服务职能，使之各司其职、相互配合、团结协作，全力追求系统的最佳效益。此外，要积极创新，借鉴他人成功的经验，推行"一站式"和"窗口式"的服务体制，整合资源、化繁为简、高效运行、优质服务，从体制上铲除推诿作风赖以生存的土壤。第三，结合实际，建立切实可行的问责制。改变过时的管理模式，依靠制度强化管理，做到有章可循，依章办事，克服管理的随意性，以及重安排、轻督促、抓而不紧、虎头蛇尾等不良现象。凡应问责的，必须对号入座，严肃处理，不可姑息迁就。否则，问责制就可能流于形式而成为一纸空文。推行问责制，积极营造能干事的有施展才干的平台，滥竽充数者则无立足之地的浓厚氛围，由此打造百舸争流、万马奔腾的新气象。

推诿作风是官僚主义的一种表现形式，其危害不浅，不可熟视无睹，等闲视之。我们要高举邓小平理论和"三个代表"重要思想的伟大旗帜，全面贯彻落实科学发展观，以此次作风教育整顿为契机，着力克服推诿作风，持之以恒，常抓不懈，就一定能够取得好的效果。

发表于《贵阳市委党校学报》2007年第3期

后　记

　　光阴易逝，转眼之间，2021年就快过去了。于我而言，古稀之年，忽焉已至。回首人生，抚今追昔，又怎能不心生感慨。岁月虽逝，但许多艰难往事，如不记之笔墨，未免有负平生奋斗。将其留在纸上，借此回顾和反思人生，提升自己，同时给他人提供一点借鉴，又何乐而不为呢？

　　本书于2019年初开始收集整理，因琐事缠身，拖延至今，才付之出版。其间，我曾有过放弃出版的念头，主要是自感才疏学浅、书无新意，出书有沽名钓誉之嫌。三穗乃落后地区，恰又"曲学多辨"，弄不好还要遭其讥讽嘲笑，画虎不成反为犬也，又于己何益？可是，不少同事和好友则不以为然，皆认为此书只要见证了工作，就是一件好事，何不早日让它问世呢？受此鼓励，我又静下心来，再次对本书做了一些修改，三载冬去春来，终于得以出版。它既了结了自己的心愿，同时对关心此书出版的人们也是一个交待。

　　我是2014年3月正常退休的。本应告老还乡，安享天年，但鉴于工作的特殊性，又被返聘回来继续担责。生于斯，长于斯，为回报这块养育我一生的土地，我甘愿献出生命最后的余热。其实，此项工作绝不是非我莫属，能胜任者大有人在。这个地球离了谁都照常运转，又何况于我这样的凡夫俗子。相比于其他人，我只不过是情况熟悉一点、经验稍多一点，由我继续干下去或许要顺当一点。

然而，我的想法未免有几分幼稚可笑，实情却完全出乎意料，令人困惑。返聘乃平常之事，但却给我的生活带来了许多烦恼、纠葛甚至痛苦。冷静思索，我无形之中得罪了两方面的人。一是有脸面的。好像我不识时务、鸠占鹊巢、揽人之功，令其失却了颜面，又岂容你再展其能。二是某些不在位的。别人都归于平淡，而唯你风光依在。见此情形，早已是愤愤不平了。因此之故，工作常平白无故地遭到刁难阻挠，人生也不时招来指责非议，甚至造谣诽谤。身处如是环境，令人欲干不能、欲罢也不能，是"退亦忧、进亦忧"。但不管怎样，也还得忍辱负重，艰难前行，竭尽全力把事干好，相信生活最终可回答一切。

世事莫测，长路难行。我原以为返聘回来，最多再干两年便可悄然归去。但2016年后，三施高速、三黎美敏互通、剑榕高速又相继动工，我只能顺天命而尽人事了。再累、再难和再苦都得咬牙坚持下去，做到善始善终。几年一晃就过去了，如今，上述几条高速公路都先后建成顺利通车，审计也随之全面终结，一切都清清楚楚和干干净净，交出了一份令人值得骄傲的答卷。在铁的事实面前，那些流言蜚语不攻自破，化为了尘埃；那些刁难阻挠则成了笑话，令君子不齿。时间公正地回答了一切，还用得着我去为之辩护吗？

生活的环境是我们难以自由选择的。环境固然决定了人，但人也可以改变环境。在我们这样的落后地区，改变环境的愿望尤为急迫和强烈，更应大力倡导和鼓励人们想干事、多干事、干成事，使之蔚然成风，早日挥手告别落后而满怀信心地步入发达的行列。如果好空谈、不干事、怕难事，更有甚者是谋人而不谋事，内耗不已，那就只可能长期安于落后，有负江东父老，又岂不悲夫。

古人云："人生七十古来稀。"时下，活到70也属平常。人不在于活得长久，重要的是能给世间留下点什么。如果值得后人记取，那就不枉费生命，人生也就有了不同寻常的意义。生命无比美丽，但却短暂易逝。人最终都要回归自然，这是谁也无法逾越的坎。岁月似水，人生如歌。感慨也好，遗憾也罢，一切都成了过去，留给后人去论其是非吧！

古希腊的哲人柏拉图说过："最幸运的是，我生在苏格拉底时代。"借用哲人之语，我可饱含深情地表达，我们这一代人最幸运的是迎来了改革开放的伟大时代。经过高考，有幸进入了大学，而且在大学毕业走向社会之后，我们获得了社会的尊重和人民的信任。时代为我们提供了干事的平台，可用其所学，为加快改革开放贡献了自己的微薄之力，同时也实现了人生的价值。如果不是这个伟大的时代，我们的人生无疑是另外一种结局。我们这一代人虽然经历了20世纪60年代初的饥饿，经历了"文革"时期，也经历上山下乡的磨炼，仅此而言，我们或许是不幸的。但是，我们又欣逢盛世，经历了改革开放的发展过程，并为之付出了顽强的拼搏，则又是十分幸运的。因为，我们奋斗的血汗融入了这个伟大的时代，构成了这段辉煌历史的一部分，就好似几朵小小的浪花在波澜壮阔的历史浪涛中不停地跳跃。这给我们短暂的生命赋予了永恒的意义。

此书问世，可视为生活的回顾和人生的总结，但只不过是自慰其心、自求其乐而已。在此，我对热情关心和努力帮助此书出版的人们表示真诚的感谢，他们是袁政豪、吴道科、万祖德、尹元木、杨长军和县指挥部的全体同志。

然而，"夕阳无限好，只是近黄昏"，但黄昏也有其独特的景色，格外值得珍惜。只要生命之火未有熄灭，我都将尽情地燃烧，钟情自己一生的爱好，让读书和笔耕伴随着我度过晚年平静的岁月，坦然地走向生命的尽头。

参考书目

《每天读点哲学》，弘石著，时事出版社 2018 年 7 月出版。

《哲学经典名言的智慧》，缘中源著，新世界出版社 2008 年 2 月出版。

《论语译注》，杨伯峻译注，中华书局 2015 年 6 月出版。

《庄子通释》，陈永品著，经济管理出版社 2004 年 11 月出版。

《外国十大诗人》，雪岗选编，中国少年儿童出版社 2004 年 4 月出版。

《让自己诞生》，王宏甲著，红旗出版社 2014 年 7 月出版。

《李白诗选读》，李晖编，黑龙江人民出版社 1980 年 9 月出版。

《百字美文萃珍》，顾之京，谢景林主编，天津古籍出版社 2004 年出版。

《辛弃疾词选》，朱德才选注，人民文学出版社 1998 年 7 月出版。

《白话唐诗三百首》，管又清译注，岳麓出版社 2002 年 7 月出版。

《名人名言：哲人的智慧》，娟子编，黑龙江科学技术出版社 2010 年 12 月出版。

《心理学经典名言的智慧》，牧之，张震编著，新世界出版社 2008 年 2 月出版。

《哲理美文·社会底蕴》，金诚编译，新疆人民出版社 2005年 1 月出版。

《史记》，司马迁著，徐寒主编，中国三峡出版社 2006 年 1月出版。

《时文选粹》，王玉强主编，世界文学出版社 2006 年 10 月出版。

《理想国》，（古希腊）柏拉图著，中央编译出版社 2009 年10 月出版。

《围炉夜话》，（清）王永彬著，光明日报出版社 2007 年 9 月出版。

《那些喜欢思辨的家伙》，肖永亮编著，企业管理出版社 2009年 9 月出版。

《鲁迅语录》，江河，袁元主编，时代文艺出版社 2005 年 9月出版。

《培根智慧录》，张秀章，解灵芝选编，吉林人民出版社 2003年 3 月出版。

《全世界都在学习的 30 个经典定律》，徐书中著，电子工业出版社 2011 年 5 月出版。

《低调做人的密码》，万小遥著，北京工业大学出版社 2012年 7 月出版。

《水浒全传》，施耐庵，罗贯中著，岳麓书社 2004 年 6 月出版。

《毛泽东论语》，赵保存摘编，香港荣誉出版社 2005 年 8 月出版。

《借我一生》，余秋雨著，作家出版社 2004 年 8 月出版。

《中国历代诗词名句》，丁子予，汪楠主编，中国华侨出版社2009 年 10 月出版。

《爱因斯坦传》，鄂华著，长春出版社 2003 年 9 月出版。

《爱丽舍宫的断想》，李涛，姜晓乐著，中国友谊出版公司2007年9月出版。

《正说明朝十六帝》，陈晓龙，许文继著，中华书局2005年1月出版。

《青年文摘》，郑允钦主编，杂志出版社2009年10月出版。

《孟子译注》，杨伯峻译注，中华书局2012年5月出版。

《中华传统文化经典百篇》上，袁行霈，王仲伟，陈进玉主编，中华书局2016年10月出版。

《三国演义》，罗贯中著，岳麓书社2005年5月出版。

《通鉴故事一百篇》，王梦樵选注，新华出版社1982年9月出版。

《爱弥儿》，（法）卢梭著，方卿编译，北京出版社2008年9月出版。

《中国人的道德前景》，茅于轼著，暨南大学出版社1997年12月出版。

《道德经》，老子著，徐澍，刘浩注译，安徽人民出版社1990年5月出版。

《人物》，人物编辑部，1982年1月出版。

《明诗选》，杜贵晨选注，人民文学出版社2009年4月出版。

《古代格言警句选》，尹大力编，重庆出版社1982年9月出版。

《中国古代寓言选》，陈蒲清，汤可敬，曹日升，蒋天桂选编，湖南教育出版社1981年8月出版。

《亮剑》，都梁著，解放军文艺出版社2007年9月出版。

《唐诗名篇赏析》，贺新辉主编，中国妇女出版社2007年1月出版。

《守住中国人的道德底线》，王蒙著，北京联合出版公司2014

年 3 月出版。

《中国现代文学珍藏大系：鲁迅卷》（上下），许建辉主编，蓝天出版社 2003 年 3 月出版。

《鲁迅作品全编》（杂文卷上），王得后，钱理群编，湘江文艺出版社 2005 年 5 月出版。

《唐宋词三百首评注》，许建平选编，叶志衡，徐小林评析，浙江人民出版社 2000 年 10 月出版。

《沈从文散文选》，沈从文著，人民文学出版社 2015 年 4 月出版。

《周国平人文讲演录》，周国平著，上海文艺出版社 2007 年 7 月出版。

《人一生要读的 60 篇杂文》，鲁迅等著，喻娟主编，华文出版社 2009 年 9 月出版。

《小故事，大智慧》，徐宽江编著，吉林出版集团有限责任公司 2013 年 9 月出版。

《细说民国大文人》，民国文林编著，现代出版社 2018 年 7 月出版。

《伊索寓言》，（古希腊）伊索著，陈璐译，长江文艺出版社，湖北人民出版社 2006 年 12 月出版。

《中国古代格言大全》，陈谊民，杨正业译注，重庆出版社 1986 年 12 月出版。

《金元诗选》，邓绍基选注，人民文学出版社 2005 年 12 月出版。

《历代名句详解辞典》，王问渔，刘允声，陶麟，黄庆发编著，金盾出版社 2003 年 3 月出版。

《了凡四训》，袁了凡著，万卷出版公司 2008 年 12 月出版。

《宋诗三百首》，李梦生选编，汉语大词典出版社 2002 年 5

月出版。

《幽梦影》，（清）张潮著，段干木明译注，黄山书社 2005 年 8 月出版。

《精品诗歌》，立言主编，中国文联出版社 1999 年 9 月出版。

《毛泽东选集》一、三卷，人民出版社 1991 年 11 月出版。

《古文观止》，阙勋君，许凌云，张孝美，曹日升译注，岳麓书社 1998 年 8 月出版。

《围炉夜话》，（清）王永彬著，光明日报出版社 2007 年 9 月出版。

《唐宋八大家散文精品》（上下），胡永生，吴云主编，长春出版社 2006 年 1 月出版。

《曼德拉漫漫自由路》，（美）丹尼·谢克特著，潘丽君，任小红，张琨译，广东人民出版社 2013 年 12 月出版。

《爱默生散文精选》，（美）爱默生著，程悦译，湖北长江出版集团，长江文艺出版社 2014 年 4 月出版。

《红楼梦》，曹雪芹，高鹗著，金盾出版社 2002 年 4 月出版。

《人民的名义》，周梅森著，北京出版集团公司，北京十月文艺出版社 2017 年 3 月出版。

《为官沉思录》，梁衡著，中共中央党校出版社 2015 年 6 月出版。

《中国共产党第十九次全国代表大会文件汇编》，人民出版社 2017 年 10 月出版。

《大转折》，邓贤著，湖南人民出版社 2010 年 4 月出版。

《读懂长征》，中国人民军事博物馆编著，江苏人民出版社 2016 年 10 月出版。

《名人名言》，郁丹汇编，中国长安出版社 2006 年 5 月出版。

《哲理诗鉴赏辞典》，田戈编，新疆人民出版社 2003 年 6 月出版。

《毛泽东诗词大观》，蔡清富，黄辉映编著，四川出版集团，四川人民出版社 2009 年 1 月出版。

《增广贤文》《三字经》《弟子规》《百家姓》《千字文》，林徽民主编，人民日报出版社 2006 年 12 出版。

《老人言》，张旭编著，台海出版社 2013 年 10 月出版。

《培根随笔集》，曹明伦译，北京燕山出版社 2000 年 9 月出版。

《尼采箴言录》，张秀章，解灵芝选编，吉林人民出版社 2003 年 3 月出版。

《君子之道》，余秋雨著，北京联合出版公司 2016 年 8 月出版。

《2016 年中国杂文年选》，向继东编选，南方出版传媒，花城出版社 2017 年 1 月出版。

《中外名家散文》，（法）罗曼·罗兰，徐志摩等著，长江出版传媒，长江文艺出版社 2014 年 9 月出版。

《苏共亡党十年祭》，黄苇町著，江西高校出版社 2003 年 1 月出版。

《影响中国历史的十篇政治美文》，梁衡著，中国人民大学出版社 2012 年 11 月出版。

《红色书信》，中央文献研究室，中央档案馆，《党的文献》杂志社编著，贵州出版集团，贵州人民出版社 2012 年 7 月出版。

《叶永烈讲述科学家的故事 100 个》（上），叶永烈著，长江少年儿童出版社 2017 年 11 月出版。

《西点军校的经典法则》，杨立军编译，学林出版社 2011 年 6 月出版。

《西点军校经典法则》，文德编著，中国华侨出版社 2017 年 3

月出版。

《汉魏六朝赋精华》，吴云主编，长春出版社 2008 年 1 月出版。

《何谓文化》，余秋雨著，长江出版传媒，长江文艺出版社 2016 年 6 月出版。

《最美的散文》（世界卷），房龙等著，徐知免等译，北京出版社出版集团，北京出版社 2008 年 11 月出版。

《王蒙自述：我的人生哲学》，王蒙著，人民文学出版社 2004 年 2 月出版。

《历代读书诗》，曾祥芳，刘苏义著，中国文联出版社 2001 年 4 月出版。

《在北大听演讲》，林望道主编，立信会计出版社 2014 年 6 月出版。

《元曲一百句》，刘以林编绘，吉林出版集团，吉林义艺出版社 2012 年 1 月出版。

《人品与官品》，杜英姿主编，人民日报出版社 2008 年 6 月出版。

《四书五经详解》，（春秋）孔子著，思履主编，中国华侨出版社 2014 年 7 月出版。

《资治通鉴一日一读》，王欢编著，哈尔滨出版社 2006 年 12 月出版。

《普希金诗选》，（俄）普希金著，卢永选编，人民文学出版社 2003 年 5 月出版。

《羊脂球》，（法）基德·莫泊桑著，高临等译，长江文艺出版社 2006 年 11 月出版。

《聊斋志异》，蒲松龄著，金盾出版社 2004 年 7 月出版。

《当代神农袁隆平》，朱仰晴编著，现代出版社 2010 年 1 月出版。

《不再饥饿，世界的袁隆平》，叶清华，邓湘子著，湖南文艺出版社 2007 年 6 月出版。

《孔子家书》，黄敦兵导读注译，岳麓书社 2018 年 8 月出版。

《笑面人》，（法）雨果著，周国强译，北京燕山出版社 2001 年 1 月出版。

《名将粟裕珍闻录》，张维文著，江西出版集团，北岳文艺出版社 2010 年 12 月出版。

《莎士比亚喜剧悲剧集》，（英）莎士比亚著，朱生豪译，译林出版社 2001 年 6 月出版。

《名言警句》，秦楚主编，外文出版社 2012 年 10 月出版。

《哲学经典名言》，缘中源编著，新世界出版社 2010 年 9 月出版。

《哲学的故事》，（美）维尔·杜兰特著，肖遥译，中国妇女出版社 2004 年 12 月出版。

《思想录》，（法）帕斯卡尔著，张志强，李德谋译，陕西师范大学出版社 2009 年 3 月出版。

《杂文月刊》2020 年 8 月下，杂文月刊杂志社。

《历史的温度》，张玮著，中信出版集团 2017 年 8 月出版。

《纪伯伦的诗》，（黎巴嫩）长里·纪伯伦著，林志豪，林静斐译，哈尔滨出版社 2005 年 6 月出版。

《马克思恩格斯选集》第三卷，人民出版社 1972 年 5 月出版。

《将军决战岂止在战场》，黄济人著，中国青年出版社 2014 年 8 月出版。

《哲学的故事——哲学就是这么有趣》，星汉编著，中国华侨出版社 2015 年 9 月出版。